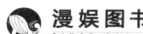

LIE SHAN HAI

流水 著

惟泰元尊,媪神蕃厘。

经纬天地,作成四时。

精建日月,星辰度理。

天除凶灾,烈腾八荒。

钟鼓竽笙,云舞翔翔。

招摇灵旗,九夷宾将。

——《郊祀歌》

# 目录 CONTENTS

| 小雪 ❖ 虹藏不见 | 大雪 ❖ 鹖鸥不鸣 | 冬至 ❖ 蚯蚓结 | 小寒 ❖ 雁北乡 |
|---|---|---|---|
| 006 | 038 | 076 | 106 |
| 龙帝纪 | 凤皇纪 | 帝俊纪 | 帝俊纪 |

# 目录

CONTENTS

惊蛰 · 桃始华　250　——帝俊纪

雨水 · 草木萌动　218　——帝俊纪

立春 · 东风解冻　174　——帝俊纪

大寒 · 鸷鸟厉疾　142　——帝俊纪

## 小雪

# 虹藏不见

龙帝纪

### 一

小雪节气那天果真下了一场小雪。这是今年的第一场雪,雪花在天地间恣意飘洒,如柳絮,又如绒毛,却并不寒凉,它轻触脸颊却又倏然离去,俏皮可爱。

小雪看着这白茫茫的一片高兴起来,它来回扑腾。过了一会儿,它"嗷"的一声,把身体蜷起来,一路滚到山下,直到碰到了人才停。它抬头一看,立即高兴地伸出爪子抓住了那人的衣角。

"小雪,你又淘气了。"

耳边传来好听的声音,如风吹过屋檐的铃铛,随后一只手抱起它,把它抱进怀里。可惜这人的怀里却比雪还冷,小雪冻得一哆嗦,但随即它展开四肢,紧紧地抓住他,把自己有限的温暖传过去,试图给那人带去暖意。那人把身后的披风裹紧一些,就这样慢慢地走上山去。

小雪是一只雪狐,但她捕食的本领却很差。有一天小雪饿晕在这山脚下,被人捡到并供给她好吃好喝的,从此小雪就赖上了他。

那人名叫言墨,说是山里修行之人,成天一身玄衣,有些神秘兮兮。

可惜小雪从来没见他修过什么，整天只是种花、逗鸟，然后就是喂饱小雪。

小雪虽然听得懂，却说不出，只能发出有限的几个音，如"墨墨"，这是她在叫唤言墨，言墨听了就用手摸摸她毛茸茸的小脑袋。

言墨在这片山里有些名气。小雪不知道是不是因为他顶着神人的头衔，总有些小精怪前来找他。

这天，小雪起来后就看着雪，等着言墨给自己喂吃的，没承想却等来了一个美丽的男子。

男子从山下一步一步地走上来，仿佛带着光，照亮了周围的一切。

他是如此好看，以至除了美丽小雪不知道该怎么形容他，也许就像天上的虹。

"请问先生在吗？"男子礼貌地问。

小雪摇摇头。

"那么，我就在这里等他，好吗？"

小雪使劲点头。

男子就在门前的小亭里坐下，远远看去便是一景。

虽然他看似悠闲，小雪却觉得他不太开心，于是想下山去寻言墨，结果一路滚到了言墨的怀里。

见一人一狐归来，男子忙站起身行了一礼："先生回来了。"言墨对他的到来似乎也不觉得意外，只是点了点头。

"先生，霓衣不见了。"男子说。

"我已知晓。"言墨道。

"我要去找她。"

"你知道去哪里找她吗？"

"我……"

言墨起身给男子倒了一杯茶：'喝口茶，然后把一切都告诉我。"

霓衣是我一时兴起收的徒弟。那时我自觉修习已颇有火候，开始骄傲自满，却因为身份所限，不得不表现出一副老成持重的模样。但想显摆的心思总是不死，可长老们整天一副苦口婆心的模样，说的也全是老生常谈，令我颇有些郁闷。

我霓虹一族虽不是什么大族，但因修习功法特殊，全族无论男女都举止优雅、容貌出众，如天上长虹得天独厚，惊艳世人。可世人若是因此就看轻我霓虹族，那就大错特错了，起码我虹渊，新任霓虹族族长马上就能让他好看。

那日是我外出布虹，青山绿水，雨过天晴。我默念法诀，一手指天，瞬时一道长虹挂在天际。牛刀小试，果然功成。

我纵身飞上虹桥，左右顾盼，得意扬扬。

可惜没人欣赏，正遗憾间，忽然听到有人赞道："真美呀！"

嗯，是谁这么知情识趣？我往下一看，大树后面冒出个小脑袋，是个小姑娘，睁着大大的眼睛，一脸崇拜地看着我。

"你是何人？"我端出族长的架子，低头看着她。

她吓得一低头，连忙回道："禀君上，我叫霓衣。"

"霓衣？"倒是个好名字，可惜就是脸普通了点，我心里暗想。

霓虹一族修习的功法特殊，修为越是高深，容貌就越是夺目。只要是我族之人，照理从小开始修习，应该就没有长得丑的。眼前这女孩，虽然谈不上丑，可是和漂亮实在也沾不上边。

"你没有修习过本族功法吗？"我问道。

她摇摇头。

"没有人教你吗？"我又问她。

"有的，是霓衣自己笨，学不会。所以霓衣只能偷偷跑出来看上君施法。"她小声说，"是不是打扰到上君了？"

"哦，你之前就看过了？"我听了倒是没有在意。

"嗯，我每次都站得远远的，我认得上君布的每一道虹。"她把头一抬，声音大了一些。

我一听，顿时觉得那张普通的小脸顺眼了很多，小丫头，眼光倒是不错。

还想再多听两句，那小姑娘却依依不舍地说道："上君，霓衣要回去了，要不婆婆该着急了。"我点头示意她去，然后隐去身形偷偷地跟在后面。

我看她匆匆忙忙往前赶路，终于到了一个族中村落，来来往往的人个个容貌不凡。当她走进村子时，人人侧目，还有人在一旁小声说"真像个凡人"。

想必她也早习惯了这样的眼光，我看到她只是平静地走进屋去，照顾她口中的婆婆。自然，那卧病在床的婆婆也教不了她太多，但这并不妨碍她去欣赏美丽的长虹。

原来是这样。

过了几天，我又来到相同的地方，又是一个雨过天晴的好日子。我特意留心了一下四周，果然又在一棵大树后面看到了同样的小身影。

"霓衣，出来吧。"我略微提高了声音。

"上君，你发现我了。"霓衣从树后面慢慢走出来。

"你以后不用偷看了，就站在这里，我施法给你看。"

"真的？谢谢上君！"她一下子高兴起来。

我看准时机，手腕一抬，法诀一施，长虹顿现，身边的霓衣赞叹出声。我心里得意，有个人在旁边喝彩感觉甚好。

于是，我每次施法布虹都会先告知霓衣。在每个雨过天晴的日子，在青山绿水间，在流霞飞瀑旁，在她清脆满足的笑声中，天际长虹熠熠生辉。

虽然这样的日子不错，可是看着她那张平凡的小脸，我还是想再做点什么。她的婆婆需要照顾，我也不方便把她带在身边，但是，我可以收她为徒。

虽然她从来不说，也不在我面前表现出对容貌的在意，但是我想女孩子总是想要变漂亮的，更何况她是我霓虹一族的人。

只是不能公之于众，长老们若是知道我擅自收徒，肯定会把我的耳朵念聋的，那就先偷偷教着吧。

我打定主意，望着天际虹桥装作不在意地说："霓衣，你想学法术吗？"霓衣的目光从远处收回来，轻轻说道："想，但婆婆年纪大了，我不想她费神。再说霓衣觉得现在这样也挺好，可以在这么美的地方，看到这么美的虹，霓衣很知足。"

这样就满足了？我看着她一脸平静，开口道："我教你，不麻烦。"

霓衣转身吃惊地看着我："上君，你说什么？"

"我说我可以教你，你想学吗？"我也转过头来看着她。

"是真的吗？霓衣只是个普通人，当不得上君如此厚爱。而且上君你有很多重要的事情要忙吧，不用特意为霓衣做这些。我真的挺好的，我能照顾好自己，也能照顾婆婆。"

她说这些的时候直直地看着我，眼神坚定，我知道她并不是为了安慰我而说大话，而是确实能做到这些。

我周围的所有人都汲汲于增强自己的法力，高了还要高，强了要更强，为了成为人上人，对别人狠，对自己更狠。而且所有人都认为这是理所应当的事，为达目的，用尽一切机巧，心早就不知道生了几窍。

而她却拒绝，真是特别。

可是我却想让她变得更好，这样的女孩本就应该得到更好的，她既然遇到了我，就说明上天对她有垂怜之心。

于是我认真地对她说，不麻烦，是我想要收个徒弟，不要想太多，只安心跟我学就好。

她还是有些犹豫，但是我一再坚持，她最终还是答应了。其实她不知道，她的眼神中早不自觉地流露出渴望的神色。

我满意地笑了，于是和她相约以后在这里相见，我来教她。

她不算太聪明但也不笨，对能有机会学习功法，尤其还是我教她，显然十分珍惜。

所以她按部就班地刻苦学着，虽然谈不上进步神速，但胜在扎实。

我们相处的日子多了，她反而变得安静，并不多话，有什么困扰也不太敢开口问我，总是自己默默地琢磨。我于是花更多的时间去教她，看到她豁然开朗的样子，自己也很高兴。

一段时间过去，她终于对我吐露心声。

"上君，上君是霓衣见过的最美的人。"

她说这话的时候,眼睛亮晶晶地看着我,脸上有突然涌出的红晕,额间还挂着不及拭去的汗水。虽然她一说完就马上低下头去,可是又忍不住用眼角余光偷偷瞅我。

虽然她在我面前极力表现得自在从容,可是时间长了,还是忍不住露出小女孩的性情。

她就像山间突然冒出来的一棵嫩草,如此清新自然,又充满勃勃生机,让人忍不住想靠近。

风吹过来,草尖抖了抖,就像有小爪在我心里挠了挠,忍不住地痒痒。

我想我是有些喜欢她的,虽然她没有动人的外表,没有出众的才华,但是打动我的却恰恰是那份不完美,这样一个普普通通的人,却留住了我的目光。于是我开始唤她小霓。

修习了一段时间后,小霓在我手里渐渐改变,一张脸虽还是原来的模样,却渐渐添了芳华。自她的婆婆去世后,我可以说是她最亲近的人,于是我把她安排在后山的居所中。

她开始不愿意,但我觉得自己有责任照顾她,最终她还是来了。

后山只有一片枫林、一口池塘,鲜少有人打扰,可以安心修炼。而她除了平日修炼,也只待在后山,从不曾主动来找我。

时光如水流逝。不知何时,池塘里来了一尾锦鲤,红白相间,圆头圆脑。小霓有时去喂食,那鱼一见她就凑上去,不久就引起了小霓的注意,成了抢鱼食抢得最多的一条。

因为只是一条鱼,我开始也没有在意,小霓平日练功辛苦,有个东西解闷也是好的。

那鱼自从得了小霓的待见之后,更加神气活现,整天摇头摆尾,在池塘里横冲直撞,别的活物见了都纷纷躲闪。这鱼愈发张狂起来,有时还一个甩尾跃出水面,再砸下老大一片水花。

一条鲤鱼倒以为自己是条龙?

我暗自觉得好笑,但它颇可以给小霓解闷,横竖就在池子里,便随它去闹。

过了两天,小霓告诉我她养了条鲤鱼,她难得有了新东西,心里还是想我去看看的。我只当什么都不知道,随她来到了池塘边。

"上君,你看,这是小锦。它能听懂我说话。"小霓指着最肥的那尾,高兴地跟我说。

"哦,那倒是稀奇,你叫它试试。"我装作好奇地问道。

"小锦,小锦!"小霓去叫它。

那鱼刚才还搅着水,一见我来到池塘边,浑不见了平日的嚣张模样,一头扎进水里,远远地躲在荷叶下吐泡泡。

"小锦?咦,为什么,早上我喂食的时候一叫它就来了,这会儿怎么又听不懂了?"小霓有些奇怪。

我早知道这鲤鱼能听得懂人话,此处灵气充沛,有慧根的开了灵窍也有可能。

我于是收敛了周身气息,对小霓说道:"你再唤它试试。"

小霓又去唤它,还拿出鱼食来,那鱼探头出水面看了看,迟疑再三,但架不住鱼食的香味,还是犹豫地游了过来,一边吞鱼食,一边不时拿那鱼眼看我。我不禁心里暗笑,吃货一个。

但我转脸对小霓说,这肥鱼一看就颇有慧根,通灵智是迟早的事,还跟她说可以多和它说说话,说不准哪天它就学会了。

小霓对我的话深信不疑,一有空就去招呼那鲤鱼,嘀嘀咕咕和它说话,可是那肥鱼却进展不大。

我看她这么辛苦,有天终于忍不住,扔了颗灵果进去。

过了几天,小霓兴高采烈地跟我说:"上君,小锦真的会说话了!"

"哦?那要去看看。"

我们又来到池塘边,这回这肥鱼一听到召唤就老老实实地游到了跟前,口称"上君",还试图把前面两个鳍拱起来给我作揖,那滑稽模样差点让我笑出了声。

嗯,不错,是个女孩子,化形之后正好可以与小霓做伴。

小霓到底还是个小女孩，整日练功难免无聊，再加上我事务繁忙，陪她的时间有限，这时有个女孩陪她说说话，有什么女孩的小心思也可以有个吐露的对象，想必对她是好事。

我觉得自己考虑得颇为周到，对这个宝贝徒弟尽心尽力。

想到这里我对那肥鱼说，要好好修炼，不要白费小霓的一番苦心，有什么不懂的尽可以问小霓。这样一来，这肥鱼想必会对小霓感恩戴德，忠心对她。

大荒之上，自龙帝登基以来，天下承平，各族各家各有属地，或在天上或在凡间。天庭中也有各族选出、经天帝认定的司职之人管理天下事务，天上地下秩序井然。

只有魔族为祸世间。

魔族并不是天地间自然生成的，一开始只是世间怨念、不忿聚积而成的气息，它浑浑噩噩，并没有灵智，在世间游荡。但如若有人心智不稳，让魔气乘虚而入，不能及时排解，越积越多，便会被魔气最终占领，沦为魔物。

自上古神族几次大战之后，世间魔气越积越多，终于通了孔窍，开了灵智，有了形体，成了族众。

魔族自诞生之日起，就注定了与我神族势不两立，我神族从创世之始就能通过各种方法自天地中获取神力，代代繁衍，生生不息。虽然后世子孙已不能与上古大神相比，但也不是其他任何一族能够比拟的，无论是魔族还是人族。

人族乃我神族一手所创，我神族被称为神人，我们按照自己的样子创造了人族。其起因是大半神族移居天界，天长日久，大地荒芜，上古大神就创造了这一新的种族，教他们生存，受他们膜拜。但人族源于泥土，杂质甚多，为大多数神族所不喜。

魔族自前代凤皇时与之大战几次之后，便一直蛰伏，现在只有零星魔物还逗留世间，不足为虑。

所以这次外出竟然遇到魔族作乱，我着实感到有些奇怪。

只是几个低等魔物，很快就被我收拾了。但是其中有一个心思狡诈，我不小心挨了他一招，负了点轻伤。

魔族蛰伏已久，我们一直没有找到他们的聚集之地，这次本来想留个活口探查一下，却没有想到一时大意被他偷袭得手。我慢了一步，那魔物便被其他人拍成了灰，只得作罢。

回来后，我还在想那魔物的来历，却见小霓一头闯了进来。

她脸上泪痕犹在，眼眶通红，一副眼泪又要掉下来的样子。

我很吃惊，后来才反应过来这是她第一次主动来找我。

她站在堂中，看到还有旁人在场，才意识到自己有些莽撞，一时踯躅不前。我挥手让其他人退下，忙问她怎么了。

"上君，我听说上君你受伤了！"她奔到我身边，急急说道。

"小伤而已，别担心。你看我这不是好好的。"

"你，你能让小霓看看吗？"她可怜巴巴地看着我。

我只好伸出手臂让她看，伤口已处理好，并不像最初那样狰狞，但还渗着血。小霓一看眼泪就掉了下来。

我还是第一次见她这个样子，连忙站起来，用袖子去擦她的眼泪。

"你别着急，我真没什么事，这点小伤过两天就好了，别哭。"

她却不肯听我说，只顾一个劲地流泪。

唉，以前怎么没发现她这么爱哭，印象中她确实没有因为自己的事哭过，这头一回竟然是因为我。

我只好伸出手拍拍她："没事的，我的本事你还不清楚吗。我答应你不会有下次，别再哭了，好吗？"

她拉着我的袖子，好半天才止了泪，抬起头看着我："那上君答应了霓衣可不能不算数，下次可不能再伤了自己。"

我连声道好，又帮她把泪擦干净，扶着她坐下，这才问她是怎么知道我负伤之事的。

"是小锦告诉我的。"霓衣答道。

竟然是那条鲤鱼，这我倒是没想到。

见我眉头皱起，霓衣连忙说是其他的小精怪告诉那条鱼的。

一条鱼的消息倒是灵通，先前倒是我小瞧它了。

小霓却没多想，又拉着我的手反复看那伤口，然后对我说："上君，小霓以后会更加努力，希望有一天能与上君并肩而战，能帮到上君。"

　　说完她眼神坚定地看着我，似乎要用自己瘦弱的肩膀护着我。

　　这么个普通女孩，却说出这样的一番话来，我看着她，半晌才回答："好。"

　　又过了几日，诗情来访。

　　诗情是我幼时的玩伴，她的性情十分爽快，与其名字截然两样。

　　我们两族虽不在一处，我在凡间，她在天上，但她仍时不时地来探访我。

　　此时，她毫不客气地坐在我对面，等着我亲手给她煮茶。我忙活半天，把茶分好给她。

　　她端过来抿了一口，"好茶！"赞叹一声，"你这手艺真是一绝。哪天你不当族长了，光卖茶就够养活一家老小的。"

　　"你这说话的腔调，倒是像个凡人。"我也抿了一口茶回她。

　　"凡人好啊，生老病死，爱恨痴嗔。他们一生虽然短暂，但精彩非常，比我们这些所谓的神人有意思多了。"她瞅着我说，"你说你虽然在尘世待着，离他们这么近，却还是个正经八百的神人做派，我真是佩服你。"

　　我看了她一眼："那是因为他们等闲看不到我。你这么喜欢凡尘，就别在天上待了，干脆去做个凡人好了。"

　　"我也想啊。说不准什么时候我就到凡尘去做一世的凡人。"她说着又抿了一口茶。

　　"一世？你去凡尘待着就好了，还回去做什么？"我打趣她。

　　"凡间虽然百般好，但有一样不好。"

　　"哦，是什么？"

　　"他们的感情太匆忙，这我实在是消受不了。"诗情大摇其头。

　　"这不正是你说的精彩吗？"我反问她。

　　"人生苦短，他们中的有些像挣命似的，看着个好的就去恋一场，很可能相处下来不是那么回事，只有分开，或者另觅他人。更有甚者，同时可以兼爱几个,生怕自己这一生虚度了。这实在不合我的胃口。"

"这你就说错了,我就曾经看过一生一世至死不渝的。你这待在天上所知还是有限。"

"嗯,难道这就是你留在人间的原因?好笑了,那你怎么不去亲身体会体会?"

"说你呢,又扯到我身上。"我不欲多言,也抿了一口茶。

"好吧好吧,话说回来。我们这些神人因为生命漫长,所以寻找伴侣也格外慎重,寻来寻去,老长时间才能找到合意的,找到了就相守一生。可问题是,那个人不好找呀。"说到这里,她凑过来,"你呢?有没有找到合适的?"

我沉吟不语。

诗情一见我这样,又凑近了些:"其实我这次来呢,就是想问下你。那个,你看我们也这么熟了,要是都没有合意的,要不凑合下呗。"

我吓了一跳,转脸问她:"你说真的?"

她凑到我面前,仔细打量了下我的神情,扑哧一笑:"假的。"

"哦。"我舒了口气。

然后诗情又开始东扯西拉,吃饱喝足后她起身告辞了。

合适的?我心中一动。

午后,小霓又到池塘边去喂那锦鲤。

"小锦,对不起,今天来晚了,我今天终于把新的功法练熟了,等会儿我教你。你饿了吧,我今天带了你最喜欢的吃食,快出来吧。"

半天那肥鱼才慢腾腾地游出来:"今天不想吃,都吃饱了。"

"为什么,我今天还没来喂过你啊?"小霓好奇地问。

那锦鲤得意扬扬地说道:"我跟整个池塘都说了,我是上君的二徒弟,有什么吃的都要先紧着我,否则让它们吃不了兜着走。现在我天天都吃得饱饱的。"

"啊,小锦,你不能这样说,上君他并没有收你做弟子呀。"小霓着急道。

"你是上君的弟子，你现在负责教我，我不就是上君的二徒弟吗？反正只要把上君的名头抬出来，谅它们也不敢违抗。"

"可是，这样始终不好。"

"好了，好了，我以后不说行了吧，看你紧张的，有什么大不了的。对了，你知道吗，今天诗情神君来了。"

"不知道，诗情神君是谁？"

"你怎么什么都不知道？诗情神君是上君的青梅竹马，他们的关系可好了。"

"哦，你怎么知道？又是山中的精灵们告诉你的？"小霓好奇地问。

"那是，这山里就没有我不知道的事情，只要我招呼一声，马上就有消息传到我耳朵里。倒是你，来了这么久了，还是一个人，看来也只有我愿意搭理你了。据说诗情神君与我们上君自小就交好，神力也相当，平时是住在天上的，只是为了看我们神君才到凡间来的。

"我还以为上君会跟你说，说不定还会把你介绍给她，可是……"

"上君他自有道理，你不要乱说。"

"好吧，可我这也不是乱说。"

"好了，小锦，我今天教你……"

"打住，我不想学。"那鱼摇头摆尾的。

"为什么？小锦，你要加紧修炼，才能幻化人形啊。你不是总说想跟我一样吗？"小霓着急道。

"我哪有你运气好？可以得到上君的青睐。"那鱼咕咕吐着泡说。

小霓脸一红："可是，修习要靠自己，别人帮不了的。"

"你少骗人了，不知道上君给你吃了多少灵丹妙药，否则你怎么会进步这么快？也没说分给我一点。"鲤鱼不服气地说道。

"没有啊，真的没有！"小霓着急起来，连连摆手。

"还装？还说想帮我早日修成人形，却只顾自己。骗子！不理你了。"鲤鱼掉头游向了池塘深处，只剩下小霓还在岸上不死心地唤它。我看到这里，皱了皱眉。

之后，小霓还是尽心尽力地去教那条鲤鱼，但是那条鱼却并不领情，修炼也总是敷衍。小霓很替她着急，她自己却不以为然。

一日晚间将就寝之时，门外突然有人轻声唤我，"上君，上君？"我以为是侍从有事找我，便说了声"进来"。

就见门被轻轻推开，一个窈窕人影闪了进来。

门口站着一个娇俏的女子。"你是……小锦？"

"对呀，上君，你认出我了！"那女子惊喜地说道。

"你已经可以幻化成人形了？"

"刚刚修成的，就想要上君看看。"她有些扭捏，说着脸似乎还红了一下。

"嗯。那你应该去告诉小霓，她会更高兴。"

"小锦知道。小锦来是想请教上君……小锦才化形，还有很多东西不懂，不知道上君能不能教我……"她越说声音越小，人却往我身前靠。

"好啊，你过来吧。"我不动声色。

她连忙跑到我跟前，双目脉脉地看着我。

要说颜色真不错，看不出来圆鼓鼓的鲤鱼也可以这样窈窕有致。她似乎也知道这一点，又靠近了一些，眼睛眨了眨，似要滴出水来。可惜……

我一指点在她额间，须臾她就被定在我设的屏障里。

"上君，你，你要干什么？我是小锦呀，和霓衣一起的小锦。"她一惊，开始挣扎。

"干什么？你说呢？"我手中再施力，她的身体委顿下去，片刻后就伏在了地上。

"为什么？上君，为什么这样对我？"她拼命挣扎。

"你真是好大的胆子，还敢问我为什么？"我凛然看着她。

"我知道上回那枚灵果是上君给我的！"她不服气地看着我。

"哦，你倒是聪明。"

"自那次上君给了我灵果，我开了灵窍，就知道上君待我不一般。既然上次能给，上君多给一次又何妨？"她愤愤不平。

"看来还是本君的错了。"

"小锦不敢。可是小锦不服，霓衣有什么好？值得上君这样待她！若不是上君给她吃了灵丹妙药，她怎么能提升那么快？她就像块木头，什么都不知道，这样一个资质平庸的人，凭什么能得到上君您的青睐？就因为她认识您早于我？我不服气！如果是我先遇到上君您，我一定……"

"一定什么？我告诉你，就算是你比她先认识本君，你也绝无可能。

"霓衣她哪里好，你不用明白，本君心里清楚就好。至于你，本就是我为了给霓衣解闷才相助于你，并不是什么待你不一般，这点你最好明白。

"霓衣能有今日的成绩是她自己努力得来的，我并没有给她吃过什么丹药。说起来也确实是本君的错，一时多事，倒让你以为可以走些捷径，不劳而获。世上哪有这便宜的事！"

说完，我再不多言，施力压下，点点灵光过后，只剩下一条普通的锦鲤，没有了灵智。我会派人把她带离山中，放归自然，让她从此自生自灭，也许对她更好。

此事过后，小霓自是时时提起，我说那锦鲤已经找到了自己的天地，生活得自由自在，就不必挂怀了。

之后，我还是每日去教小霓，她也还是认认真真地学。只是我知道，有什么已经不一样了。

我越来越留意她的样子、动作、神态，就算一个人的时候，也不时会想起她，忍不住微笑。

渐渐地，我习惯在树下等她，等她气喘吁吁又满脸喜悦地飞奔而来，等她全心全意地抬头仰望我，双眸映出我的身影。

这种感觉是如此美好，以至于后来，我一整天都期待着这一刻，早早地就往枫林迈步。

终于有一天她姗姗来迟，我在林里来回踱步，心如火焚，却在她终于出现的那刻霍然止步，不能动弹。

我看着她一步一步走近，如从天地尽头走进我心里，如天地初开，洪荒初现；心中的情感如嫩芽破土，转瞬便攀爬生长，直至遮天蔽日。

我不知道这一切是怎么发生的，也许是从她怯怯地叫我上君开始，也许是从她日复一日地修习开始，也许是她注视我的眼神，也许是她曾经滴落的泪水，让我渐渐对她有了不一般的感觉。

自我成年起，就有许多女子对我表示过爱慕之意，她们或美丽大方，或善解人意，且都修习有成，是通常人眼中的好人选，但我从来不曾在意。她们都是高高在上的神族，睥睨众生，心中只有神法功业，看不见凡尘的草木枯荣、温暖烟火。

而我并不想成就什么惊天伟业，也不需要怎样的旷世情缘，我只想安安静静和喜欢的人在一起，慢慢体会细水长流的小幸福。

之前诗情问我为什么不去凡尘走一回，因为我终究是贪心的，我不想只求一生一世，我要的是生生世世，如凡尘爱恋般的生生世世。所幸，霓衣出现了。她如凡尘的女孩一样，虽然有些卑微羞怯，但心里眼里只有我一个，活生生的我，而不是其他。

我自觉不是轻狂少年、纨绔子弟，做的最出格的事也就是收了霓衣做徒弟。我登位的时间虽然不长，但事事处处考虑周到，并不曾出过一丝差错，族中长老们对我也甚为放心。对于此事，我也看得透彻，有一族重任在肩，我自是不会意气用事。但同时我看重这份情，我有能力兼顾两者，并对此负责。

我思虑前后，觉得再无不妥，于是更用心地教她，与她说笑，加倍地珍惜我们在一起的时光。而她也更加依赖我，虽然嘴上不说，但眼中时不时因我的称赞而闪现出欢喜的神色，目光只在我身上流连。

## 三

转眼间,"结彩"的日子到了。

所谓结彩就是族中修习到相当程度的男女结缘的日子。结彩之后两人共同修习,便可事半功倍。正因为如此,我族对"门当户对"很是看重。在这一天,情投意合的男女交换七彩的丝带表示结彩,从此以后可以结成情侣,共同修习,相依相伴。这个对大多数人而言美好的日子,往日我却总是避之唯恐不及,但碍于身份没法逃避。

但今日却不同。

我坐在高位上,看着满场彩带飞舞,云裳回旋,煞是热闹。身旁左边的长老们频频点头,赞赏族中修习有成者大有人在;右边的长老们时不时跟我介绍哪家的女子容貌出众,唯恐我这明亮双目还不及他们的昏花老眼,漏掉了一人。更有甚者,有些胆大的女孩直接跑到跟前,把彩带塞进我手里就翩然而退,容不下我说个不字。一人带头,众人齐上。一会儿工夫,我满手满袖都是丝带,真是哭笑不得。

其实一整天,我心中想的全是她。不知道她何时能来到这里,何时才能把丝带交到我手中……

回想前一日,我们依约在树林中相见。

我虽然一时跨踌,但还是决定问她:"小霓,你知不知道明天是什么日子?"她低着头说:"知道。"

"小霓,我希望明天能在典礼上看到你,我为你准备了丝带。"我温柔而坚定地看着她。

"啊?上君,小霓,小霓从来不曾想过。"她一听此言,大吃一惊。

我知道这对于她来说确实突然,但是我就是想在这一天宣布我们已不同于从前,因为这无论对她还是对我都意义非凡。

"不要紧,你从现在开始想。小霓,你愿意和我在一起吗?"

"上,上君,小霓从来不敢奢望,小霓帮不了上君的。"她急急说道,她显然也知道结彩对于我霓虹一族意味着什么。

"不要想那些,你只要回答,愿不愿意和我在一起?"

"小霓，小霓不知道……"

"小霓……"我叹了口气，轻轻把她揽进怀里，"你是喜欢我的，我知道。"

"上君，小霓……"她吃了一惊，刚想挣扎，我却收紧双臂。

"小霓从来不敢想。能这样天天见到上君，就是小霓做过的最美的梦。"

"那你还可以继续做下去，而且永远都不用醒。小霓，我喜欢你，我想和你在一起。你愿意吗？"我看着她的眼睛，郑重地对她说，"现在，小霓，你告诉我，你喜欢我吗？"

她愣愣地看着我，似乎失去了说话的能力，眼中星星点点，不知是欢喜还是忧虑。半晌，她闭上眼睛说道："喜欢……"那声音低不可闻。

"我就知道！"我开怀大笑。我当然不会错认她眼中的情意，她小心翼翼地探查我的情绪，她每天刻苦努力只为让我欢喜，她的一举一动都由我的喜怒牵引，因我悲而悲，因我喜而喜。她的神情诉说着对我的仰慕、敬意和依恋，难道这不叫喜欢？除此以外，我不知道何谓喜欢。

"可……可是，小霓还是觉得……"

"你不用担心其他，只要记得你喜欢我，记得我明天会等你。"

"嗯。"

虽然她答应了我，我还是惴惴不安，唯恐她不敢当着众人的面把丝带交给我。旁边的一众女子看我久久没有动静，以为也会像往年一样，无果而终。渐渐地，就没有人再上前。身边长老看天色已晚，准备宣布结彩到此为止。我一摆手，示意他再等等。

从清晨到晌午，从晌午到日暮，虽然面上不露分毫，其实我心里没有一刻安宁。等等，再等等，也许下一刻她就会出现，也许下一刻我最大的心愿就能得偿。所以，再等一等……

我攥紧袖中的丝带，又按下心神继续等待，却仍然不见人影。

天色渐渐暗下来，我开始觉得冷，由四肢到百骸，再到胸口，让我一时动弹不得。我从来没有这种感受，没想到她在我心中已经如此之重。但事与愿违，我也没有办法。

正要挣扎起身，远方突然出现了一个小小的人影。我一下子站了起来，看着她一步一步走近，似乎带来热和光。

她终究还是来了！

虽然还是面带犹豫，脚步也还有迟疑，但终究还是穿过熙熙攘攘的人群，来到了我面前，让我的心一下子又提了起来。

"上君，对不起，小霓来晚了。"

"来了就好。东西带来了吗？"

"带来了。"

"那就给我吧。"

只见她从袖口里掏出了一条丝带，交到我手上。

"帮我系在腰上吧。"

此言一出，周围的人群里爆发出一片惊呼。她红着脸，照着我说的做。

眼看丝带系好，我拿出了自己准备的丝带，也低头给她系在腰上。

身边的长老终于忍不住出声："上君。"我一挥手，让她与我并肩而立，扬声道："从此霓衣就是我的命定之人。煌煌东君，为吾见证。"说完，我划破手指，以血点在她额前，那滴血逐渐变成一粒朱砂凝在她眉间，如此，命誓即成。

周遭众人万万想不到我有此举，特别是长老们，均是一副瞠目结舌、痛心疾首的模样。

我就知道会这样，所以根本不和他们商量，抢先下手，现在他们想要阻止也来不及了。想到这里，我很是有些得意。

小霓则目瞪口呆，不明白我为何会这样做。我告诉她："这只是一种仪式，表示我们从此以后都会在一起。"

之后，我被迅速"请"回大殿议事。临走之前，只来得及跟小霓说明天在树林等我。

大殿之内，长老们一个一个轮番劝诫。

"上君，旁人不知，你怎会不知命誓的重要？你，你这是不要命了吗?""是啊,我看那女子面貌普通,修为想必也一般,怎能与你相配?"

是啊,我怎会不知。

结彩对一般族民而言只是双方的修为都会更上一层,但对于族长而言,意义却不一般,它是未来能否顺利渡劫的关键。族长"结彩"即结命誓,只有两人修为相当、心意相通才有可能齐心协力共抗天劫。所以结命誓之人与己命休戚相关,也因此关系一族的安危,理应慎之又慎。也正因为如此,这些年来命誓人选迟迟未定,我既没有表示,长老们也由得我,以为我自有主张,却没有想到,我这主张大大出乎他们的意料。

对于这番情景,我早有预见,于是不慌不忙地把我的理由说了一遍,并讲述了我与小霓的相识经历。其间免不了把她大为夸赞一番,说她现在看起来虽然修为尚浅,但从我亲身教导的情况来看,前途不可限量。并告诫他们,不可把实情告诉小霓,否则让她心里有负担,反而不能尽心修行,到时就是害了我。

长老们毕竟不了解情况,听我这样说,只好放下一半心来,并答应我暂时不向小霓吐露实情。但他们又言辞凿凿地说,就以一年为期,要是到时候小霓还没有起色,就是拼上老命也要设法把我这"姻缘"拆了!

说得口干舌燥总算是有了结果,虽然已经是深夜,但我忍不住喜上眉梢,躺在床上也是辗转反侧,半天睡不着。我想,最大的阻碍已经解决,剩下的就是我们俩的天长地久了。

一想到这里,我就十分欣喜。至于天劫,我功力已深,就算到时小霓差些,但只要两心无疑,自可以安然而过。

第二天,我早早来到树林,看见小霓已在等候,想必她的心情与我的心情一样,于是加快了脚步。

到了近前,我却发现她的腰上并没有丝带。

见我面色迟疑,她用双手捧出丝带,对我说:"上君,小霓实在是不敢接受。"

"为什么,难道你还没有想清楚吗?"

"不，就是因为小霓想得太清楚了，所以不敢拖累上君。"

"上君，"小霓抬头看着我，"小霓虽然不知道命誓是什么，但想来是很紧要的东西，要不上君不会那么慎重。小霓只是普通女子，能蒙上君关照已是天大的幸运，又怎可贪心，让上君把一生的幸福都系在小霓一人身上，还可能有碍上君修行。小霓虽然笨，但也有自知之明。所以请上君收回。"说完，她低下头，把丝带向上一递。

我不动声色地看着她，毕竟这是我们相识以来，她说的最长的一番话，虽然并不是我想要的。想到自己的情意被这样几次三番地拒绝，不禁有些哭笑不得。

我正要开口，忽然发现她的肩膀颤动，地上也有水滴。

"小霓，你抬起头来。"

"上君，请你收回。"她固执地不肯抬头。

我用手抬起她的下巴，果然见她已满脸泪痕。

"小霓，"我看着她，"我不会拿自己的终身幸福开玩笑，也不会这样对你。我选择你，是因为我喜欢你，你也值得我喜欢。"

这个小心翼翼的人儿，小心翼翼地喜欢着我，虽然嘴上说着倔强的话，心里却早已承受不了。

她只是一心为我着想，轻易就要放弃多少人求之不得的机会，放弃她自己。这个傻瓜！

我为她擦干眼泪。

"好了，你也要相信我有能力解决这一切。还是说你不相信我？"

"相……相信。可是……"

"这就是了。再说，命誓一旦结成就不能更改了。"

"啊？上君，你……你怎么不早说？"

我笑眯眯地看着她："所以你要加倍努力，早日提升修为，让我无后顾之忧，这样就行了。"

她的眼神立刻坚定起来："知道了。上君放心，为了上君，小霓一定会努力的。"

"嗯，这就对了。"

## 四

　　转眼间，一年之期将满，霓衣拼了命地努力之后终于见到了成效。长老们看着霓衣清水芙蓉般的样子，与之前判若两人，倒是没了那么多埋怨，但仍是放心不下，说要我们一起去把苍茫峰上的冰莲摘下来才算完。

　　苍茫峰在极北之地，横亘百里，其峰高耸入云，飞鸟绝迹，普通人更是不可能接近。传说中的冰莲就在顶峰，只是去那里须费一番周折。

　　长老们不知道从哪里打听到，通往那苍茫峰顶的山道必须两人一心才能过，那峰顶的冰莲也必须两人一心才能采。

　　看着眼前高不见顶、似与天接的山峰，我叹了口气，长老们一大把年纪了，竟然还想得出这种拆人姻缘的招数，也是难为他们了。

　　霓衣跟在我身后，也是一脸吃惊的模样："上君，这么高的山，我们怎么上去呀？"

　　"慢慢来，我们爬上去就是。"此山脉之内，因为冰莲的缘故，不可轻易使用法术。要想登顶，全凭人力。

　　长老们的意思是借此难关考验小霓的能力和对我的心意，我素知她讷言却思重，因此对她说我们此次的任务只是将冰莲带回即可。

　　我们一路上山，我在前，霓衣在后，厚厚的雪地上留下若干脚印。我在前探路，叮嘱她顺着我的脚印走，于是她一步步走在我的脚印里，雪地上只有一行足印，恍若一人。

　　山中景物多已凋敝，只有松柏不变本色，犹自青翠。走着走着，"咚"的一声，从树上掉下来一物，小霓吓了一跳，仔细一看，是只睡着的小松鼠。

　　她连忙把它抱起来递给我看。我仔细一瞧，小东西并没有大碍，只是睡迷糊了，不小心从树洞里掉了出来。

　　"没有关系，你暖它一下就好了。"听我这么说，小霓连忙把它抱进怀里。一会儿工夫，就见小家伙睁开豆大的眼睛，骨碌碌地看着我们。小霓一边抚摸它一边说:"上君,这样大雪的天,它会不会冻坏了,我们养着它好不好?"

"不好。它的家在树顶。只有今冬好好休息,明年才能成长。它属于这片深林,活得自由自在难道不好吗?何况……"

"何况什么?"

"没什么。"还不知道这小东西的品性如何,别养来养去养成了麻烦,跟之前的锦鲤似的,不是每一回顺手捡到的就是好的。所以……

"你还是送它回去吧。"

小霓虽然舍不得,还是托着那小松鼠,只以自身身法纵身而上,转眼到了树梢。

那树高有数十丈,小霓身形拔高,飘然而上,很是潇洒。我站在树下,仰首望她,也飞身而起,与她并肩而立。

她搜索了一下,找到了树洞,小心翼翼地把缩成一团的松鼠送回洞里,又采了些枝叶沓在洞口,免得小东西又掉出来。

"这样好,你若是记挂它,明年开春了可以来看它。"

"嗯,好的。到时上君一起来。"

"好。"

我举目四望,四野一片莽莽苍苍,天高地远,让人豪气顿生。

"小霓,我们比一场,看谁先到半山。"

"小霓尽力。"

话音未落,我转身向半山腰掠去。身后振衣之声传来,小霓紧随身后。

我们在林海飞纵,纵横往来,淋漓畅快处,我忍不住仰天长啸,群山应和,一回顾,霓衣迎面而来。

我在一处树巅等她,看她接近,折下一节树枝朝前一递,她身子一转,躲开前锋,也折下一段枯枝向我而来。霓衣那熟悉的面庞逼近,阳光照耀之下,眉目如洗,隐隐发光。一个照面之后,我手下施力,便有剑鸣传出,一时间,群山回荡,铮铮作响。

霓衣也举剑回应。两道剑气纵横间,激起树间积雪纷纷而落,如飞瀑倾泻，落在这琉璃世界，风光无限。

霓衣站定，一身绿衣，只有束腰的彩带飘摆不定。她已从之前的嫩芽长成了一株绿柳，虽然没有繁花炫目，但亭亭立在水边，抽枝拔条，舒展生发，一身碧华自然能牵起人的幽思怀想，莫名心动。

不知不觉间，她长成了我希望的样子，自在自然，从无矫饰，如世间一切美好那般美好，如世间一切真实那样真实。我愿尽我所能让她一直拥有这些，永远拥有这些。

半晌后，我们行至半山。此处形成了一个天然的平台，正可休息。

站在崖边举目远眺，天边行云缓缓而过，渺渺无踪。近处冰雪嵯峨，千峰竞秀，有无数冰瀑倒挂山间，冰塔拔地而起，形态各异，瑰丽非常。

这时天又下起雪来，不大，纷纷扬扬洒落，如柳絮随风，天色却还好，于是我们继续前行。霓衣还是跟在我身后，在唯一一条向上的山道上一步一步踏在我的脚印上，足音次第传来。

再往前走，到了长老们说的绝境小路，似一直延伸到云间，若隐若现。据说只有同心一意的人才能踏足其上，否则就会跌落山崖，有性命之虞。

我和小霓站在起点，我伸出手去紧握住她的手。

只是一条路而已，我对小霓有信心，不怕一试。

小霓紧紧贴在我身边，说来也巧，我们同时迈步时，本来时隐时现的山道变得分明起来，于是两人一起前行。

"小霓，这样虚虚实实的路像不像我们的虹桥？还记得我们第一次见面的情景吗？"我转头问小霓。

"记得，上君。那是小霓一生幸运的开始，小霓一辈子都记得。"

"是吗，我也一直记着。"

"上君，小霓的一生因你而变，自那一日始。"小霓也转头看向我。

我看她眼中光华流转，俱是不可错认的情意。我突然觉得这次来得真是没错，这条路也很好，没有这些，我就少了一个确认她心意的机会，错过那只会用眼睛表达的心语。我必不会辜负她，而且相信她也如此。

我们相携并肩走了过去，回首望去已不见了来时路，只觉身在云间。

此时雪已停了，红日又出，似是祝贺我们终于到达了终点。

再往前走两步，一片碧蓝映入眼帘，一片绝大的湖占据了整个峰顶。万千冰莲在冰封的湖面上绽放，绝世风姿，让人不禁屏息驻足。

小霓显然也被如此盛景震撼，久久说不出话来。

终于，小霓开口问我。

"上君，这就是冰莲？"

"是的。"我答她，"冰莲是天地清圣之物，传说冰莲在手，可以映现人心，任何心事都无所遁形。关于冰莲还有个故事。"

"噢？上君讲给我听吧。"

"传说一位水神喜欢上了火神，可是不敢告诉他。因为她的性子温柔如水，在暴烈似火的火神面前总是羞于表达，往往她的话还没有说完，火神就已经走了。"

"啊？那可怎么办？"

"是呀，所有人都说他们不适合，他们的性情、喜好完全不同，属性又相克，根本不应该在一起。人人都劝水神早日打消这个念头。"

"那水神呢？"

"水神也想过放弃。可是心之所系又岂是那么容易改变的。她喜欢和自己完全不同的火神，他说话做事风风火火、雷厉风行，永远如一团烈火熊熊燃烧，吸引了她的全部心神。

"火神总是很忙，虽然水神守在他经常要去的地方，可是能见到他的机会还是很少，即使真正见到了，火神也从来没有注意过这个小小水神。于是她只能暗自神伤。"

"那水神岂不是太可怜了。"

"是的，可是她不愿意放弃，默默地喜欢着可能永远等不到的人。其实所有人都知道她的心意，但是大家都想看看柔弱的她能坚持多久，所以没有一个人去告诉火神，有这么一个她喜欢着他。

"后来，两族却开始征战，火神贵为族长，亲自带兵讨伐水族。

小水神虽然不是族长,却也不能背叛自己的族民。于是他们只好兵戎相见。可是随着战事推进,火神一族渐渐不敌,终于行至末路,两族到了最后一战的时刻。

"战场之上本不能片刻容情,可是她却不能眼看着他死在眼前。于是在最关键的时候替他挡了死劫,在他吃惊的神色中告诉他,苍茫峰上有自己留给他的话。

"等到那位火神终于到了苍茫峰顶,只见遍地冰莲盛开,每一朵都藏着她对他的心意,从心动、挣扎、神伤到矢志不渝。每一朵都能告诉他一段情,从始至终,不曾断绝。从那以后,据说冰莲就有了映现人心的作用,它让真心再不用隐藏,让有情人终成眷属。正因为如此,传说只有心意相通的人才能采撷。"

"上君,这故事是真的吗?真希望是假的。"小霓感慨道。

"不知道。我们就当它是假的好了。因为我们必不是他们。"

"上君,我们真的要摘吗?它们在这里无人打扰,不是很好。"小霓听了故事之后沉默了一会儿,有些犹豫地说道。

"不要紧,我们采一朵无妨,否则没法向长老们交代。这冰莲要两人一起采才能得到。来,小霓,我们一起。"

"好……"

我们在一片晶莹剔透中找到一朵盛放的,同时伸出手去,想要将其采下。

可是,我们的手才触到花瓣,就见那冰莲霎时凋谢,消融成水。为何会如此?我又去采另一朵,这次却没有变化,我舒了一口气,用力想将它摘下,那花却一动不动。小霓忙伸手去碰,冰莲却在她的手指触碰的瞬间凋谢,落地成水!

怎么会这样?!我们又去试采了一朵,同样如此。

小霓的面色转白,手指轻颤。我忙安慰她说:"不要紧,这儿还有这么多,我们再试试。"说着牵起她的手,又去别处试。

可是,无论我们试多少次,结果都一样,转眼间,冰莲已凋谢了一片。

我慢慢直起身来,困惑地看向小霓,看她的脸变得煞白,一丝血色也无。

难道传说是真的，不是心意相通的人就摘不了这冰莲？可是我们明明一起走过了山道。

还没等我理出头绪。突然，天际一声霹雳，整座苍茫峰随之一震。乌云如墨般迅速聚集，遮天蔽日，转眼天光不见。

迟疑间我拉起霓衣，将她护在身后，看来这雷并不寻常。又是一声霹雳惊雷，从天而降，正落在我身前。

竟然是天劫！

我本来打算这次回去告诉她天劫之事，以她现在的修为配合我本该没有问题，但是现在我却不敢确定。

此处虽然是法术禁地，但也并不是完全不能施展，而是一旦启用需要付出数倍修为，耗损极大，所以一般人都不愿轻易尝试。但此时此刻，我却顾不了这许多。

我轻喝一声，屏障轰然而起，护住我二人。

霓衣本已惊慌失措，但看我竟然撑起了屏障，马上竭力稳住心神，也把修为灌注其上。

只听一声巨响，又一道天雷呼啸而至，砸在屏障上激起万千火花，瞬间照亮周遭。

霓衣的眉眼一瞬而现，如白纸一般，眼中似有泪光，她用力咬住嘴角，全力帮我支撑。

天劫者，须以自身元功与天相抗，历来大多数渡劫者都抵抗不过，最后死在这劫上。一般渡天劫者都是一人，只有我族族长可以与结成命誓之人共抗天劫，若抗得过则两人一起跃于更高境界，但若是抗不过……

我来不及细想。须臾乌云盖顶，笼住整座山峰，惊天巨雷落在地上，竟将冰封的湖面砸开，万千冰莲落入水中，载浮载沉，支离破碎，一片狼藉。

此刻天际已暗如深夜，我和小霓相对而坐却看不清彼此的面目。只有借着道道闪电，才能瞥见对方是否安好。我后悔没将此事早向小霓言明，到如今让我俩都措手不及。

阵阵雷声源源不断，似要毁天灭地，屏障一颤再颤，眼看就要承受不住。

我一看情势不妙，拔剑而出，纵身而起，巨大的七色彩虹陡现身前，直插云霄。

我功力再催，彩虹发出耀眼光芒，光明大盛，最终变成一道白光，经行天地，贯穿红日，冲破云霄，硬抗天劫。

但此法不能长久，半响之后，我力竭落地，落在小霓旁边。但我心底明白，天雷九道，已快到尽头。

随着轰隆一声巨响，以我元功维护的屏障应声而碎，此时也只剩最后一道天雷。

拼到此时，只能以自身心血结成虹桥相抗。

我划破手指，逼出心血，单指向天，指间一道七色彩虹横空出世。小霓见状，依样而行，她本就有我的心血加持，就见一道七色彩霓拔地而起，向着彩虹靠近。

见此情形，我心中大定。只要虹霓汇合，就能挡住最后一道天雷。

眼见得两道彩桥就要相交，最后一刻，霓桥却再难向前推进。我大惊失色地看向小霓，小霓显然已竭尽全力，但终究未能成功。

她满脸泪水，试了又试，我却面如白纸，心中凉透。

心神一失，虹桥再不能支，猝然破碎。眼见得天雷劈天而来，危急一刻，我心念一横，用全部神力凝聚成最后的虹光，将她护在身下。

我醒来后，浑浑噩噩，侥幸于自己一时未死，料想小霓也逃过一劫，但我的修为已如决堤之水，一泻千里，再不可遏。

一时之间，我也不知该怎样面对小霓。

我心中明白，最后霓桥之所以未成，是因为她心中对我们的情意还有迟疑。

对此我无话可说，亦无能为力，却没料到小霓并没在我身边，她早已不知所踪。

## 五

男子坐在那里，淡淡叙说，不见悲喜。

"如今遍寻不到小霓，我总要确定她安好，但以我现今的功力已感应不到她了。先生见识广博，还请先生相助。"

小雪团在言墨怀里听了这么长的一段故事，竟难得的没有睡着，还盼着言墨能想办法找到那个小霓，让他们两人重聚。

"你要找到她并非难事，只要你令虹桥再现，霓桥自然会有所感。"

"终究只有此法。如此，还是多谢先生。"男子沉吟片刻，起身就要施法。

"慢。你可知以你如今的情形，如要令虹桥再现，就要耗尽最后一点神力。"

"我知道，但我终须见她一面。"

男子并无犹豫，单手指天，说了声"起"，一道绚烂的彩虹应声而现，映在男子神色莫名的眼中。

过了许久，一道同样绚烂的彩霓终于映现天际。

男子看准彩霓出现的方位，就要离去。临走前，他对言墨说："还有一事告知先生：魔族似有异动，还请先生留意。"而后，他又对言墨鞠了一躬，"先生，虹渊拜别。"说完再不停留，飞身而去。

再次见到熟悉的人时，我以为我会生气，但真正面对她的时候，却发现自己还能勉强笑一笑。

小霓一见我，泪如雨下："上君……"

我却不发一语，看她良久，似乎从未认识过她。

突然，又觉寒意铺天盖地，但这次她却再也不能给我带来温暖。

半晌，我才能出声："事已至此，多说无益。小霓，我只有一点未明。当日，尔到底在犹豫什么？"

"上君，小霓好后悔。小霓错了，害了上君。"她哽咽难言。我叹了一口气，还是伸手帮她擦去眼泪，却再没有力气拥她入怀。

"上君，小霓心中爱慕上君。但，但小霓始终不敢相信上君对小霓也同样情重！

"小霓遇到上君，就是小霓此生幸福的开始。虽然上君一开始就对小霓十分顾惜，收小霓为徒，传小霓法术，但是小霓心里明白，自己与上君终究是不一样的人。小霓欣赏上君，也只敢站得远远的，从未想过把这样的美好收为己有。

"可是上君……上君却一步一步走近小霓，不仅走到小霓的身边，还走进了小霓的心里。上君，你一定不知道，你对一个人在意、微笑，甚至倾心，是多么地让人无法抵抗。小霓只是一个普通的女子，就算知道不应该，又有什么办法？

"自上君结彩于小霓，小霓日日都像在梦中。虽然上君对小霓更加怜惜，但越是如此，小霓越是惶恐不安，战战兢兢，唯恐哪里做得不好，辜负了上君的信任与情意。

"小霓拼命努力，努力让自己成为配得上上君的人。只有这样，小霓以为才有让上君喜欢的理由，才能心安理得地站在上君身边。

"虽然后来看起来小霓脱胎换骨，但小霓心里明白自己与上君之间何止天差地别。虽然上君只留了小霓一人在身边，但长老们的阻挠、旁人的议论，都让我恐惧彷徨，坐立不安。小霓日日夜夜担心害怕，可是，上君，小霓不能时时刻刻见到你……上君肯定想象不到，小霓是怎样时时盼着与你相见，只有你的目光落在我身上，只有那时小霓才能得到片刻心安！小霓拼命地珍惜每一时每一刻，把上君的每句话、每个表情都记在心里。如果得了上君的赞赏，小霓可以高兴好几天。可是上君如果不满意小霓，不，哪怕是上君的一句无心之语都能让小霓坐立难安，夜不能寐。因为哪怕上君有一点嫌弃小霓，小霓就会万劫不复啊！

"这点执念如梦魇随身始终不停息，日日纠缠着小霓，小霓不知道怎么办才好！小霓不敢跟上君说，小霓不敢啊！小霓能伴在上君身边，是多少人盼都盼不来的！小霓知道，小霓一直知道！所以小霓只有拼命努力，想着有朝一日与上君比肩，就不用再这样煎熬。可是……可是小霓克服不了自己的心魔！都是小霓的错，最终，最终还是小霓害了上君！"说到此处，她已泣不成声。

听到此处，我长叹一声，却又觉得安慰。

原来她也是这样喜欢着我啊！

长久以来，虽然心里认定小霓也喜欢我，但还是认为自己才是付出更多的那一个。从我把她引入我的世界，到我尽心尽力地教她修习；从为了她费尽心力地排除长老们的阻碍，到把性命押在她身上，我自问已做到极致。

虽然小霓也喜欢着我，但我从没有奢求她也会做到同样的程度。对此我一点也不在乎，因为是我选择了她，而她只需安心接受。我从不曾后悔，因为这是我的骄傲，是我爱她的方式。

可是如今，我看着柔弱的她，知道她心中一样有着如海深情。那到底是哪里出了错？我们明明两情相许，为彼此拼尽全力，可是为何最后还是落了这样的结局？

我长叹一声，半晌无语。

我心里还剩下最后一点疑惑不解，于是问她："但我们共同走过了山道，那时并未见你有异？"

"上君之前并未对小霓言明山道之事，那时小霓心中也没有他念，可能因此侥幸过关。可是后来上君讲述了冰莲的故事，小霓心里又有了犹豫。后来……后来天劫降临，上君情况凶险，小霓真的害怕，生怕自己拖累了上君。一想到此，小霓方寸大乱，心神难稳，害怕得不知道怎么办才好，终于酿成大祸，拖累了上君！"

说到此处，她再难压抑心中的懊悔，放声大哭。过了好半天她才稍稍平静下来，又凄然道："小霓心中有愧，不敢见上君。但小霓思念上君，担心上君的伤势。今日见上君的虹标，才……"

我已不知该说些什么。原来我们的情意就像一尊净瓶，看上去内蕴光华，无伤无痕，内里却在彼此不知道的地方裂隙暗生，渐渐扩展，直到最后稍稍用力就可以令它支离破碎，不复原状。枉我一直自诩能看透人心，面面俱到，却不想如今一败涂地。

也许我应该给她更多的时间等她长大，也许我应该早点让她知道，她的情对我来说一样意义重大，也许是我太高估了自己……

万幸，她还安好，完完整整地站在我面前，并没有一丝损伤。

就凭这一点，我亦可含笑。是的，我把最后的心血赋予她身，改变了本来一起消亡的结局。既然是我当初选择了平凡的她，我就会护她到底。

"小霓，别伤心，听我说。"我看向她的眼睛，那里清澈见底，一如初见。

想到以后再也见不到她，我终于忍不住将她抱紧，再抱紧。

"我要闭关修行很长一段时间，暂时不能见你。今后，你要自己照顾自己，知道吗？"

"上君生小霓的气了吗？上君不要小霓了吗？"

"不是……"

"那上君带上小霓。"

"那里很远……你，去不了。"

我还想再说什么，却发现已力不从心，原来就到这里了。

想我一世爱恋尽付眼前之人，其中或有偏差，但我已投入了全部的情，付出了完整的一颗心，也得到了同样的回报，虽然未得长久，亦可安心。

如果有来世，来世，我还是愿意遇见她……

"小霓，保重。"就在我再不能支、元神归于天际虹桥之际，忽听得撕心裂肺一声哭喊："上君！"千算万算，算漏了随着命魂消逝，心血也要随之消失，小霓恐怕已猜到实情。

果然，在我神志模糊之际，耳畔响起熟悉的声音："小霓不会让上君一个人走的，小霓会永远陪着上君。这次，小霓不会再错。"天际的彩霓突然绽放出夺目光彩，那一虹一霓，垂天而挂，相依相伴，再不分离。

远处高山上，言墨看着天际的霓虹，久久沉默不语。

那两条彩练如燃烧般发出绚烂至极的光芒，而后又如烟花般慢慢消逝。

就在那最后一点光芒即将消失之时，言墨的袖子突然无风自动，把那点光芒收入其中。他转身回到屋内，袖子拂过已经展开的画轴，那一霓一虹就映在山水之间，画中随即传来流水的潺潺声，他看着画卷若有所思地说道："之后，就看你们的造化了。"

屋内，小雪睡得正香。屋外，飞雪漫天，茫茫一片……

## 大雪
# 鹃鸥·不鸣

凤皇纪

―

大雪的天气，外面很冷，屋里却暖和。

小雪一觉醒来，发现屋里多了一个蛋。

圆滚滚，白溜溜，躺在被褥里。

小雪伸出爪子扒了扒，那蛋滚了滚，它又扒了扒，那蛋又滚了滚，眼看就要掉下床去。

言墨进了屋，眼疾手快地把蛋捞在怀中，庆幸地说道："世间只此一枚，摔了可就没了。"

"蛋，吃？"

"不是吃的。这是一枚鸟蛋，等它孵出来就能变成漂亮的大白鸟。"

"鸟？"

"嗯，寒号鸟。说起来，我许久以前也曾见过……"

安静了千百年的寒号族今日一片喧哗，各色人等纷纷往来穿梭，把半边天都闹得熙熙攘攘，热闹非常。

"你听说了吗？寒锋在这次征战中又立了大功，杀敌无数并斩获敌首！"

"是啊,寒锋有'战神'之名谁人不惧!"

"因此这回寒锋的幼弟化形才会操办得如此隆重,大家都是冲着寒锋去的。"

"是呀。快走,快走,迟了就挤不进去了!"

这些人的议论,寒锋一概不知。

寒锋是如今寒号族的族长,寒号族血脉所延只剩下他和比他小很多的弟弟寒羽,爱惜非常。

这次化形,寒锋虽然只是吩咐照例庆祝一下,但底下人深知他对弟弟的爱护,于是抓住机会大操大办起来。

寒锋本是不喜人多的性子,但看到族中难得这么热闹,也就随他们去。

其实这次有幸而来的众宾客中有许多人只是听闻寒锋的大名,并没有见过他本人。

寒锋是天帝座下第一人,一肩担起天界的安宁,修为之高已无人测得,连天帝也对其礼让三分,等闲之事并不宣见。

寒锋平日深居简出,一般人也不敢没事去他那儿打扰,所以虽然名满天下,但真正见过他的人并不多。

这次寒号族难得给了个开门迎客的机会,各族人马纷纷派出自己的年轻才俊,好让他们见识见识这传说中的人物。

寒号族人丁不旺,算不上大族,但是寒锋却是上古神族的后裔,曾经追随前代天帝征战天下,剿灭巫族。

听闻那时的战争不是现在这零星打斗能比拟的,上古神族几乎都有改天换地的本领,移山填海、呼风唤雨更不在话下。他们从天地劈开之日起就具有了上天赋予的神力,是他们一手创造了如今的世界,后世之人才能坐享安乐。

对于过去的大荒世界,所有人都心驰神往,恨不能亲眼见证上古大神们的风采。可惜这寒号族的族长不是个爱说话的,要不就是去听听他讲故事也算没白跑一趟。

一时之间,寒号族宾客满门,门庭若市。

宾客们在大殿寒暄半晌,却迟迟没看见主角出现,只有管事负责招待。大伙虽然纳闷,却无人敢多说什么,正在众人各自猜测之际,就听一阵沉稳的脚步声传来,大殿门口出现了一人。

那人怀抱婴儿站在门口,喧嚣的人群忽觉一阵风雪涌入,顿时把大殿内热络的气氛压得一静。

就在这寂静中,那人一步一步走来,身旁似有漫天风雪簇拥而行。那身影孤高清逸,虽然身着一身常服,博带广袖,飘逸出尘,却偏偏在飘逸之中又有一股肃杀之气传来,如海潮澎湃,令人不由心生敬意。

待再走得近些,那人如刀刻斧凿的容颜竟有惊心之美,只是如利锋出鞘的气势更胜一筹。就在众人不得出声之际,突然一阵婴儿的啼哭声传来,那人低头去哄,大家才松了一口气。

原来他就是寒锋。

寒锋双亲去世之前给他留下了一个弟弟,取名寒羽,但他先天不足,一直都没有化形,靠寒锋每天用神力养着,好不容易才有了今日。

寒锋走到主位,见宾客已聚齐,于是开口道:"舍弟化形,多谢各位赏光。大家不必拘束,尽兴即可。"他冰雪般的声音却透出真诚,众人应了一声"好",随即觥筹交错,推杯换盏,吃喝开去。

作为上古神祇唯一的遗存,寒锋地位超然,难得亲近众人。

如今凤皇在位,随着巫族的彻底湮灭,神族最大的敌人已经不复存在。在经历了漫长而惨烈的征战之后,上古神族也一一陨落,留下寒锋一人独立峰巅,受众人仰视。

但是大荒之上,各族之血浸润土地,哀号之声充塞四野,天地间浊气肆意翻腾,终于孕育出了魔族——这一至黑至暗的种族。他们开始只是一团浊息,可以混入各族之中,却又狡诈非常,窥视人心,乘虚而入,使其身不由己做出错事。后来他们渐渐有了实体,在隐蔽之处暗中聚集,偷袭小部落的神族,竟然也屡屡得手。

此时凤皇刚刚承位,要处理的事千头万绪,一时还顾不上魔族,这也给了他们悄悄滋长壮大的机会。等到万事俱定,凤皇便派兵屡次围剿,可惜魔族狡猾,又善于隐匿,并没有伤到要害。最终凤皇决定请寒锋领兵前往。

果然寒锋出手之后，魔族无处遁形，又施展不出诱惑人心的伎俩，一击即散。随后寒锋只身深入巢穴，歼灭了几个魔君之后，魔族一时销声匿迹，再不见行踪。

这次酒宴之上，大家见他神色和缓，酒过三巡之后大着胆子问道："请问寒族长，之前与魔族征战，战况如何？"

"小小魔族，不值一哂。"

"那请问寒族长，现今还有巫族存在吗？"

"巫族在之前的大战中已经被消灭殆尽，就算还有遗留，也不足为虑。"

"那是那是，无论巫族魔族，只要有寒族长在，我们便可高枕无忧。寒族长，我敬您一杯。""我也敬您一杯！""我也敬您！"

那日宾主两欢，寒锋也难得多说了几句，任凡有敬酒交攀之人，来者不拒。大伙发现传说中的"战神"并不是不可亲近，于是场面热闹异常。

及至宴罢，众人纷纷觉得这次没有白来，见识了寒锋其人，还和他喝了酒，够好长一段时间显摆的了。

时光荏苒，一转眼，当年的婴儿已经长大，寒锋如兄如父地把幼弟寒羽拉扯大，为了让他万事随心，并不怎么约束他。寒羽仗着兄长在背后撑腰，无法无天，因此继寒锋之外，他寒号族寒小爷在外也颇有名头。

寒锋是个不喜人多的性子，寒羽却偏偏相反，哪里人多往哪儿钻，所以年纪不大，倒是少有他没去过的地方。

因为没见过自己还是只小鸟崽时的样子，族中又没有其他的小雏鸟可供他玩赏，于是寒羽跑到羽族各家去偷蛋。也不知道怎么就让他得了手，他把大的小的、黄的绿的蛋都摆在一个窝里，又不知到哪里去找了一只肥硕的母鸡，让它往那窝上一趴，就这么孵上了。

虽说都是神鸟，但是用适合的温度孵化大体错不了。一段时间之后，竟然真的孵出了几只。寒羽欢喜至极，天天在鸟窝旁边守着，看着一个个毛茸茸、圆滚滚的鸟崽子，叽叽喳喳地叫着，不时去摸一摸那柔暖的绒毛、稚嫩的小喙。他想象着自己幼时也是这么白花花的一小团，亏得兄长把他拉扯大，又是感慨又是喜欢，每天忙得不亦乐乎，浑不管外面各家各族为了找自己的少主奔走呼号，已经急疯。

寒羽偷的多了，最后终于露了马脚，让人家找上门来。各家各族一堆人在寒号族门外挤挤挨挨地不敢进来，还是管事的见到招呼他们，问明缘由后禀告了寒锋才知道有这样的事。

还好各家的宝贝都好好的，并没有损伤，于是寒锋让寒羽原样退回，又替他赔礼道歉，再好好地把人家劝回去。但从此，各家见到寒家小爷避走如躲瘟疫，寒羽也被寒锋好好地教训了一番，老实了一天半。

之后，寒小爷再次出山又开始到处溜达，这次他走得更远了，一心要见识更稀奇的东西。要说天上的飞禽，什么黄鹤、白鹄，见他都要低一头；陆上的走兽，白泽、玄武这样的珍兽也曾有缘一见，就是没有见过龙。

听旁人说起，人人都是一副心生仰慕又敬而远之的模样，弄得寒羽心里痒痒的。

但飞禽对水泽总是天生没好感，寒羽虽然天不怕地不怕，这点也不能免俗，可这丝毫削弱不了寒小爷要见识真龙的决心。

不光如此，寒小爷还琢磨着什么时候弄条龙来耍耍，才算如愿。

在寒羽抓耳挠腮想办法的时候，恰巧寒锋得到了一颗闭水珠，听说只要带在身上，入深海如履平地。寒羽连忙开口向哥哥讨要，寒锋也没多想就给了他。可没过多久，寒羽就带着那颗珠子不见了。

这日，寒锋坐在大殿内问起寒羽，众人都不知道他去了哪里。起初，寒锋不以为意，以为寒羽出去几日就回，谁知等了几天也没见他的人影。这日又问起身边的侍从，大家都不敢吭声。

寒锋眼一掠："寒羽又惹祸了？说说这次又是什么？"

"禀上君，少主去了龙族，说是要去捉条龙回来玩玩……"

"然后呢？"

"然后打起来了。被龙族拿住,说,说要您去领人。"
"龙族大胆!"

## 三

三日前。

寒羽从没有到过龙族水域,这次出了门就一路向东,直奔海边。眼见这么一大片的水,一眼望不到边,确实是东海无疑,顿时高兴起来,捏着珠子就冲了进去。

起初只觉得一片黑暗,到了底下却豁然开朗。一路上只见鱼虾鳌蟹成群结队,海蚌水母游来荡去,寒羽欣喜非常。他平生没有见过这样的光景,看什么都新鲜,心说真是来对了,这到哪儿去找这稀罕,早就该来呀。

一路再往前,就见巍峨的宫殿拔地而起,居中最高大的一座上"玄水宫"三个字熠熠生辉。寒羽围着转了几匝,终于逮着个机会,趁侍卫不备,溜了进去。

里面如树的珊瑚遍地都是,斗大的珍珠随处放光,到处亮晶晶,放光芒,闪瞎人眼。

寒羽虽说从小到大也见过不少宝贝,但因为寒锋不在意这些,所以寒羽见识的也有限。不像这玄水宫,大堆的宝贝就这么随意摆着,真是赤裸裸地炫富。

但这些还吸引不了寒小爷,真正有趣的是时不时过来一个两个半人半虾、似人似蟹的,他们背着个壳,舞着对钳子唧唧咕咕地说话,一着急就乱挥钳子,胡须也跟着乱晃,边说嘴巴还一串串地往外冒泡,看得寒羽乐不可支,差点笑出声来。寒羽心想:这水里的东西到底和陆上的长得不一样,就这样也能成精成怪,怪难为他们的。

寒羽在玄水宫里边逛边琢磨:都说龙长得稀罕,怎么怎么的造化神奇、变化万端。这次一定要弄一条回去养着,瞧个明白。

寒羽打定主意,直奔后殿而去。

后殿正好无人,正中只见一个大池子,池子里灵气氤氲,隐隐有水波荡漾，似有活物在里面。

寒羽一看有门，趴在池子边用手划拉，一会儿，还真游出来一条小白蛇。

"咦，怎么不是龙，养蛇做什么？"

正在疑惑之际，听见有人声从外面传来，寒羽连忙把小蛇往袖子里一塞，闪身躲了起来。

"看看三公子今日如何了？"几个婢女模样的女子走到池边。她们见池水平静无痕，连忙伸手去捞，捞来捞去不见动静，顿时慌了神，边喊边往外跑。

"快来人呀，三公子不见了！"

"三公子？"寒羽拎着手里扭来扭去的小白蛇，心想看来还真是捡到宝了。

寒羽心花怒放，趁着人都往外跑，一闪身溜了出去，准备带着小龙回家去。他刚摸到前殿，就听一声暴喝："小贼哪里跑，放下我弟弟！"接着明晃晃的宝剑劈面而来，寒羽忙闪至一旁，一看对面站着个锦衣少年，一张俊面气得煞白。

"胡说八道，谁偷了你弟弟？"

"小贼，还敢狡辩！"一道金光闪过，寒羽袖子一抖，从里面掉出个小娃娃，他一屁股坐在地上号啕大哭，寒羽顿时傻了眼。

"哼，看你还有何话说！来呀，给我拿下！"

呼啦一声一下子围过来一群人，虾兵蟹将们支着明晃晃的叉子就过来了，寒羽左躲右闪，前俯后仰，在一群虾蟹之间游走，衣角都没有碰到一下。但是对方层层叠叠地越来越多，眼看就要包成一团，把他彻底围住。

一看对方人多势众，寒羽心里想着算了，先避一下再想办法，于是拔腿就跑。

那少年岂容寒羽就此脱身，"唰"又是一剑砍来，寒羽见势不妙，宝剑应声出鞘，两人噼里啪啦打在一起。

寒羽虽然顽皮，但在寒锋的强压下，功夫也没少练，不然也不敢只身闯这东海。因此，时间一长，那少年渐渐就有些不敌。

寒羽觑了个破绽，一剑刺去，正中那少年的手腕。少年冷不提防，宝剑脱手。寒羽一见好机会，转身就往上面游，只要出了海，就天高任鸟飞了。

寒羽铆足了劲儿向上冲，眼看青天在望，正要松一口气，突然一股大力从天而降，硬生生地把他又逼回了海里。

寒羽左冲右突，就是逃脱不掉，那力量如一只大手，把他紧紧地攥在手心。心知不妙，寒羽索性泄了力气，不再挣扎，心里却另打主意。

那力量见状也撤了回去，就见一男子随后现身，五官看起来与那少年有几分相似。果然，少年大步跑了上去，叫了声"大哥"。

那男子一颔首，来到寒羽面前。

"这位公子，不知来我东海何事？"

寒羽眼珠一转："久慕东海盛名，特来参观的。"

"哦，那为何要藏匿行踪，还挟持舍弟？"

"嗯，上门劳师动众总是不好嘛，我本来想自己随意，就不麻烦主人家了。至于令弟嘛，我诚恳地邀请他到我家去做客，他也没有反对嘛。"

"你——"旁边的少年一听，又要挺剑上前。那男子摆手道："既如此，来者是客。我玄家总要尽地主之谊。就请这位公子在东海多住些日子，好好领略我东海的大好风光。对了，还没有请教公子的大名。"

"名字啊，不提也罢，不提也罢啊。"说着寒羽就想溜。

"等等。"那男子踱步过来，拿起了寒羽腰间的玉佩，仔细一看笑了，"原来是寒号族的少主大驾光临，是我玄家怠慢了。少主一定要在我东海多待些日子，我这就遣人给寒族长送信，好让他放心。"

"欸——不用了啊。"寒羽心说，这下可坏了，让哥哥知道了就麻烦了呀。

就这样，寒羽被迫留在东海"做客"，直到寒锋亲自前来。

这天寒羽正在龙宫里逗海龟，忽听人通报说是寒号族族长到了，顿时一个头两个大，恨不能找个地缝钻进去，可同时又盼着哥哥来把自己领回去。

这龙宫虽好，但到底不是他家，而且当初他还妄想偷走人家的三公子，人家怎么会有好脸色给他看。虽然龙族族长一直对自己礼遇有加，可是寒羽总感觉别扭得很。唉，怎一个烦字了得！于是他犹犹豫豫，磨磨蹭蹭，随着众人到了外面。

半空中只见一人独立，气势不凡，正是寒锋。

龙族族长向前施礼道："不知寒兄大驾光临，所为何事？"

"舍弟叨扰许久，特来领回。"寒锋冷冷答道，说罢一甩袖，身后海浪冲天而起，良久不歇。众人面面相觑，一时无语。

寒羽见兄长冷着一张脸，正准备往后躲躲，就听寒锋开口说道："还不过来。"他虽声音平平，却露出无法抗拒的威压。寒羽只好从众人身后走了出来。

"随我回去。"寒锋说罢，转身准备离去。

"哦。"寒羽答应一声，乖乖跟在兄长后头。

"寒兄打算就这样离去？""你待如何？"寒锋回身，看向龙族族长。

"令弟与小三实在有缘，不如就让小三去陪令弟一阵吧。"龙族族长笑眯眯地说。

"啊？这也转得太快了吧。早知如此，你让我带回去不就得了。"寒羽忍不住插嘴。

"为何？"寒锋道。

"小三自降生至今，始终病弱。我玄水宫珍奇丹药无数，但挨个用在他身上也不见起色。为今之计只有以自身元功为他疏理经脉或可见效。当今天下，又有谁比寒兄功力深厚，更能帮得了小三？所以玄弘在此恳求寒兄援手。"龙族族长说完，向着寒锋深施一礼。

"不行！"还没等寒锋回话，寒羽就跳出来抢白道，"你这么简单一番话就要我兄长耗费功力，且旷日费时。你家小三要是总不见好，难道要我哥哥管一辈子吗？"

"不敢劳烦寒兄那么久，只要一年时间，如果一年之后小三仍不见起色,我们自然会把他接回。"

"那也不行……"寒羽还想再说,却见寒锋一摆手。

"此次原是寒羽鲁莽在先,如此,帮你这次也无妨。"

那玄弘听了大喜过望,连忙将寒锋、寒羽请进玄水宫,好生款待了三天,把三弟玄真的情况交代一番,又准备了增补功力的丹药无数。三日后,寒锋、寒羽带着玄家的小三回了寒号族。

寒锋回到寒号族,仔细给玄真看过,发现他是先天不足,与之前寒羽有些类似,只能慢慢将养,于是也弄了个灵水池,把他放在里面。

玄真平日还是一副小蛇的模样,有气无力地趴在灵水池里。只有寒锋为他运功时,他才变成一个五六岁的娃娃,乖乖坐着,方便寒锋为他疏理经脉。

寒羽本来怪他耗损了哥哥的修为不想理他,但听寒锋说并无大碍,就又转了心思,常常去池水边逗弄他。一会儿去摸他头上鼓的两个包,据说是要长角的;一会儿又去拉他几乎看不出来的四条小腿,把玄真弄得整日眼泪汪汪的。可是玄真又不敢跟寒锋说,只是一见了寒羽就在池子里乱躲,寒羽自此算是得了乐子。

就在寒羽乐此不疲的时候,玄家老二上门了。

玄家老二名叫玄华,就是那日与寒羽打斗的锦衣公子。这次他是奉了自家兄长之命来看望小弟的。

寒羽一看来了条真龙,喜不自胜。他心里不禁又琢磨起来:屋里养着的那条虽然也是条龙,但是和条蛇也没多大区别,虽然平日里玩赏一下也颇有趣,但是与自己心心念念的龙根本不是一回事啊。自己的凤愿看来还是要落在这玄家老二身上,总要设法让他现了原形,一饱眼福才好。

玄华因为之前跟寒羽有过节,所以也不大搭理寒羽,只是面上打了个招呼就去看玄真。

玄真此刻正在池子里泡着,听说哥哥来了,连忙化为人形来见二哥。玄华一见小弟长得白白胖胖,料想他在这里生活得不错,便问他:"小真,我看你气色不错,这里生活还好吧?"

没等玄真开口,不知道什么时候跟过来的寒羽在一边抢着说:

"那是，他在我们这儿吃得饱，睡得足，加上我哥哥每日为他疏通经脉，能不好吗？"

"哦，那我还要多谢你了。"

"不用客气，小事一桩。不过要说谢，我还真有一个不情之请，不知玄兄能否答应。"

"说来听听，如果我办得到就答应你。"

"办得到，办得到！我久慕龙族英姿，一直无缘得见，正好玄兄在此，能不能化出原形让我看一下？"寒羽眉开眼笑地问。

"你——"玄华压了压火气，"龙族的原身一般是不轻易显露的，除非是争斗或者伤重，所以这个请求恕玄华不能答应。"

"啊，就一下下也不行吗？"

"不行！"

寒羽还想再说，突然旁边的玄真用手一指，"哥哥不要答应他，他欺负我！"

"什么，你敢欺负小真！"玄华一听火冒三丈。

"没有，真的没有。"

"小真从不说谎！"

"就是多摸了几下嘛。"

"我堂堂龙族岂是你的玩物！之前就见你不安好心，今天不教训你，誓不罢休！"说完，玄华宝剑出鞘，直奔寒羽而来。

寒羽一看也恼了，说道："嘿，又动手。上次还没长记性是吧？小爷今天就让你改改这毛病！"说完，他举剑相迎，两人又打了起来。

因为是在厅内，侍从们以为玄家兄弟要独处，所以一早就都出去了，因此现在这两人打了半天硬是没人知晓。

玄华斗了半天，久战不下，看寒羽还有余力，咬牙说道："你不是要看真龙吗，可别眨眼！"

说罢，向上一跃，就听得一声高亢龙吟，粲然赤龙，陡然而现！

空旷的大厅内一条巨龙盘桓其间，血红的鳞片开合之间泠泠作响，每一片都如镜面般闪亮，夺人耳目。

一转眼，那巨龙就冲天而起，它用力一摆尾，只听轰然一响，大厅屋顶已垮了半边。那巨龙到了外面又是一声长啸，舒展数十丈的身躯遨游天际，真是身姿优美，又气势十足。

寒羽目不转睛地看着天上的游龙，不由惊叹："真是百闻不如一见，确实好看哪！"

那巨龙在空中调转身躯，突然直奔寒羽而来。一只巨爪从云中探出，如泰山压顶，一爪子就要摁瘪寒羽！

寒羽正在高兴，冷不防一爪子就到了，忙往旁边一滚，不小心慢了一点，胳膊上赫然现出一道血痕。这下，寒小爷不高兴了，来真的？好！我寒羽怕你不成！一声长啼，就见一道白影也冲出屋顶，再看，一只巨大的白鸟出现在半空中。

那白鸟将双翅展开，竟遮住了一片天，一身翎羽赛雪欺霜，根根笔直如箭。它长鸣一声，落在赤龙的对面，霎时百鸟噤声，正是寒羽。

寒羽躲过玄华那一爪子，用自己腹下的四只爪子，闪电一般狠狠向赤龙抓去！只听"哧"的一声，几片龙鳞纷纷而落。那巨龙痛得"嗷"一嗓子，回过身来，张开口就来咬寒羽的翅膀。寒羽连忙躲开，回身也用利喙去啄巨龙的眼睛。

一龙一鸟就在半空中你来我往，斗得不可开交！只见空中一红一白，时而缠斗在一起，时而又分隔两边，羽毛、鳞片不时落下，龙吟鸟鸣声此起彼伏，热闹无比，不时还有法术加成，电闪雷鸣，喷火吐水，弄得声震十里，光耀八方！

就在两人纠缠不休之时，一人倏忽来到，双手一开，说了声"停手"，那一龙一鸟就突然动弹不得，乖乖地落到地上，变成人身。两人都一副鼻青脸肿、狼狈不堪的模样。他们看见寒锋居中而立，赶忙上前。

"哥哥。""寒族长。"两人一看周围残垣断壁，一地的鸟毛麟片，都有些讪讪。

"这次又是为何？"

"寒族长，玄华无意冒犯，只是令弟欺人太甚！"

"只是摸了下他的宝贝弟弟，就不依不饶，小题大做。"

"你！"

"好了。寒羽，从明日起罚你闭门思过百日。玄华二公子请回，转告令兄，玄真我会继续为他调理，不必担心。"

"多谢寒族长。"寒锋摆摆手，玄华又瞪了寒羽一眼，便离去了。

"大哥，我……"

"怎么，不服？"

"没有……"

## 三

次日一早，寒羽便乖乖地到后山闭门思过。

说是思过，寒小爷哪里能那么老实，除了不能出门以外，样样都和在自己居处差不多，一天三顿都有人送来，想吃什么就传个信。

其实寒羽早已过了需要吃食过活的年龄，但总忘不了这口腹之欲。寒锋也就由着他。因此寒羽对吃喝格外上心，把自己一身皮毛吃得油光水滑。

吃饱喝足，寒羽这满身的精力无处施展，他一边剔着牙一边寻思：门是出不去了，但我可以往里钻呀。一想到这儿，寒小爷来了劲头，决定往山里头去逛逛。

后山一片莽莽苍苍，山中间开了一处洞府，本是寒锋以前修炼时辟的，虽然已久无人迹，但草木润泽，灵气氤氲，并无枯败之象。

寒羽便往山洞里走去，那山洞曲曲折折，有暗道向前延伸，竟然是通的。他掏出一颗夜明珠，一路向前。

寒羽自小没少干过猎奇探险的事情，因此胆子奇大，但没想到自家后山中竟然还别有洞天。他心想：真是奇了怪了，怎么从来没听哥哥提起呢，难道是有什么隐秘故意不让我知道？自己本来就在这儿禁足，可不要再惹出什么麻烦才好。

想到这里寒羽不禁有些退缩，但是转念又一想，哥哥也没说不能去后山山洞呀，应该没有什么吧，算了，去看看再说。打定主意后，寒羽往深处探去。

越往前走，越是幽深，只有水滴不时从洞顶滴落下来，更显得洞穴深邃，寂静无人。

寒羽正觉没趣，准备退回去时，隐隐见到前面有光透出。他精神一振，往光亮处跑了过去。拐过一个弯之后，突然光明大盛，豁然开朗，竟来到了一处极大的石厅。

石厅似乎有一个大殿那么大，四周石壁上有无数火把，大厅从上至下被金色字符覆盖。那些字符如有生命般阵阵涌动，来往交错，密密匝匝，绚烂至极，竟然是一座大阵。

石厅正中伏着一物，看不清楚，可是很显然，这座大阵就是为此物所设。在这后山之中，有人掏空山体，设下大阵，只为困住它。

寒羽一时有些踌躇，看这阵势，中心之物必定大凶大恶，不是自己能应付的，如今看也看了，还是回头吧。

正想着，突然听到一声如雷般的轰鸣："寒锋，既然来了就别走啊，我们好好叙叙旧。"

见那东西竟然开口说话，还叫出哥哥的名字，寒羽惊讶地转过身来，就见中心那物缓缓立了起来，猛然睁开了眼睛。寒羽一时觉得如有电光闪过，刺痛人眼，好一阵缓过去，才发现那是一对灯笼大的眼睛！

它已经站直了身体，身躯庞大，寒羽只能仰视。那怪兽猛地一抖身上的鬃毛，舒展身躯仰天就是一吼！一时间地动山摇，吼声在山洞中来回震荡，似要刺破人的耳膜。

寒羽连忙用手把两只耳朵捂上，闭上眼睛，蹲在地上，心想：我的乖乖，这是什么呀？这么厉害，难怪被关在这里。

吼声过后，一阵嘿嘿嘿的笑声传来，那怪兽开口说道："这样就受不了了？寒锋，你真是越活越回去了。老子真是怀疑，当初你是怎么把老子关进来的。"

嗯？是被哥哥抓住的，那还神气个屁呀！

寒羽一下子来了精神，噌的一下跳了起来："你谁呀？被我哥哥抓住还大言不惭，不嫌害臊吗？"

那怪兽一听此言，把那双大眼又瞪大了一圈："你哥哥？"说着，慢慢踱了过来。

那怪兽慢慢走到光亮处，身形完全展现在寒羽面前，庞大身躯投下的阴影把寒羽困在其中。

就见它一身闪亮的皮毛，蓝中带紫，脖子上一圈鬣毛，三条尾巴甩在身后，身上不时有电光闪过，噼啪作响，竟是一只威风凛凛的雷兽！

传说雷兽是上古神兽，可口吐霹雳，脚踏风雷，无拘无束，从不屈服于任何人。亏得寒羽喜欢到处游荡，曾经听人描述过雷兽的形貌，要不这会儿一时还认不出来。

为何这后山山洞里竟有一只？

就在寒羽纳闷的时候，那雷兽还想靠近，可一时间金光大盛，竟是触动了阵法，层层金色字符如沸水一样翻腾，锁链般牢牢地锁住雷兽，将其困在其中，不能稍动。

那雷兽见不能动弹，无奈只好伏下身子。

寒羽开始还有些害怕，见雷兽动弹不得，胆子又大了起来："你是谁？为何认识我哥哥？"说着他又往前走了两步。

雷兽睁着大眼，仔细打量寒羽："你又是谁？"

"我是寒锋的弟弟，寒羽。"

"我怎么不知道寒锋有个弟弟？"

"哥哥比我年长许多的。"

"难怪，估计我被关起来的时候，你还没有出世。"

"那你是谁？为什么被关在这里？"寒羽好奇地问道。

"我是谁？为什么被关在这里？"雷兽仰天大笑，"哈哈哈哈，回去问问你的好哥哥！"

"我哥哥？哦，那肯定是你做了坏事，才被我哥哥关起来的。"

"关是你哥哥关的，但是坏事嘛，就不一定了。"雷兽哼了一声。

"我哥哥当然是对的，必是你做了坏事。"寒羽不服气地说道。

"小家伙，胆还挺大。你可知道当年，在我面前没人敢这么说话。"雷兽眼一眯，浑身的毛孥了起来，尾巴也噼里啪啦直响，带出几道闪电。

寒羽却是不怕，知道他挣不开阵法，只是虚张声势，反而又进了一步，神气活现地说："你再会闪，还不是被我哥哥制服了，乖乖地关在这儿，没什么好说的。"

"说起你哥哥，那本事确实令人服气，这我没有二话。"

"那不就得了，尔乖乖躲在这儿，小爷我心情好就来看看你啊，不错啦！"说着寒羽就势还想去摸摸他的鬃毛。

"我原也想就这样了，但是现在不同了。"

"嗯……"还没等寒羽说完，那雷兽突然跃起，把寒羽摁在掌下！

没等寒羽反应过来，雷兽仰脖发出惊天巨吼，浑身闪电扯出万道光芒，奔雷走电，洞中石砾纷纷如雨点般落下。

那金色的大阵随之又起，层层锁链锁住雷兽全身。

但那雷兽越变越大，霹雳闪电也越来越强，眼看就要破山而出！

寒羽被缚在他的一只爪子里，怎么也挣脱不开，一开始只觉得烦，怎么谁都想把他摁在爪子里？又一想：完了，闯下大祸了，指望那阵法能有点用，千万别让这祸害挣脱。

他心里正在祷告，就听得"咔嚓"一声巨响，那金色的锁链寸寸碎裂，雷兽脱困而出！

寒羽一脸惨白，心想：我怎么这么倒霉，禁闭也能惹出这样的祸害来，哥哥知道了又要生气了。这样想着，小脸又白了一层。

那雷兽一朝脱出，风驰电掣般向外逃去，边跑还边说："你小子来的还真是时候，我现在把你扣在手里，寒锋总要顾忌几分吧。嘿嘿。"

寒羽一听这话，脸上仅有的几分血色也退没了，心中懊恼不已，又担忧着兄长的责罚，一颗心怦怦直要跳出来。

那雷兽抓着寒羽在手里，本来一气儿地狂奔，突然停了下来。

前方一人负手而立，此时慢慢转过身来，接过雷兽的话："哦？你是这样想的吗？雷霆。"一张棱角分明的脸毫无表情，接话人正是寒锋。

"哥哥……"寒羽一见兄长，连忙开口唤道，又讷讷地闭了嘴。

"嗯。"寒锋看他一眼，应了一声，又加了一句，"莫怕。"

寒羽自知这次闯了大祸，怕再不是闭门思过这么简单了，但听自家兄长这么一说，底气一足，顿时又活了过来。

"我不怕。那什么雷的，我哥来了，还不把小爷放了！"

雷霆不理他，只对着寒锋："多年不见，你还是老样子啊。怎么，兄弟相见，不叙叙旧吗？"雷兽一变，化为人身，原来是个粗犷的汉子，一头蓝紫色的长发随风飘曳，如旌旗猎猎，煞是英武。

"如何，是你束手就擒，还是要我动手。"寒锋并不答话，淡淡说道。

"束手就擒？笑话！我被你困了这么多年，岂能再回去？"

"那你就哪里也不用去了。"寒锋眉峰一蹙。

"为何？"雷霆闻言突然激动起来，"为何？我一直都不明白！想当年我们兄弟在一起，自由自在，无拘无束！老子一朝称王，天下无人敢逆！何等的畅快，何等的潇洒，为何变成了今日的模样？"雷霆越说越是激动，声声质问着寒锋。

寒锋却面色不改，并不接话。

"都是那个该死的天帝。"雷霆见寒锋不言，接着愤愤地说道，"自从你结识了那天帝，一切都变了！你甘心助他称帝，甘心受他驱使，为他征战天下，再不顾兄弟们的死活。到头来兄弟们死的死，伤的伤，只剩下我，还被你囚在这里几百年！你说，你这样做到底是为了什么？"

"不为什么，因为我厌倦了。我厌倦了无休止的征伐，厌倦了天下间吵吵嚷嚷。天帝他会结束这些，所以我帮他，就这么简单。"

"不要跟我说这些！我不懂，也不想懂！我只知道你也可以结束这一切，自己当天帝！"

"不感兴趣。"寒锋仍是淡淡地说。

"你——"雷霆为之语塞，一时说不出话来。他原地来回踱着步，胸口剧烈地起伏，脸涨得通红，显然气愤难耐，寒羽被他拉着东倒西歪。

突然，雷霆停住了脚步："寒锋啊寒锋，这么多年过去，你还是这副死样子。好！既然无话可说，我们就拼个生死！"

"看在昔日情义，我让你三招。三招过后，生死不论。"

"那我也放了你弟弟，我们谁也不欠谁。"说罢，雷兽松了手，寒羽趁机跑了出来，站在一旁。寒锋负手而立，不再言语。

雷霆见寒锋这副模样，腾一下又变成了雷兽。

雷霆气极，见寒锋不声不响地站在眼前，有如当年站在千军万马阵前，同样的不动声色，但举手间，敌众望风而靡，灰飞烟灭。又如往昔，寒锋动手擒住他，也是这样面不改色。然后把他投在洞中，亲设大阵，几百年来不闻不问……这，这就是他曾经衷心拥护的人？这就是他一腔热血追随的人？雷霆不禁自问。他总也弄不清楚寒锋到底在想什么，以前是，如今仍是……算了！事已至此，多想已是无益，就让数千年的情义在今日斩断！

想到这里，雷霆把眼一闭，腾身而上，飞至半空，居高临下。霎时，乌云翻滚，电闪雷鸣，有蓝色的光球在他口中聚集、膨胀，终于随着轰一声巨响，滚滚天雷从天而降！雷兽之所以称为上古神兽，就是因为可以随心所欲地掣电布雷，而如今这已成为上苍惩罚罪者的工具。

随着滚滚天雷隆隆落下，如天罚临世，雷霆好像吐出了一口浊气，一口憋了几百年的恶气！

雷霆看着天雷转眼落到寒锋眼前，那人只是一挥手，有如光壁的屏障耸然而起，轻而易举就挡住了天雷。

"哼，就知道不会这么容易。"雷霆鼻翼翕动，自言自语道。寒锋站在屏障里，并无动作，等着雷霆的第二击。

雷霆见势，调过身去，将三条长尾扫向寒锋，但见那三条尾巴凭空耀出千道紫电，天地间异象陡生，本来因两人争斗而如黑夜降临的天地一时间亮如白昼！亮光瞬时照亮寒锋的脸，眉山乍现，眸如寒星。那闪电如万千花火突现，似金花吐蕊，银蛇乱舞，流星驰火般奔来。

寒锋的屏障轰然一响，在如流金绽放中颤了一颤，仍是无损。但同时寒风呼啸，暴雪倾注，周遭一下气温骤降，冻彻骨髓。

雷霆见状大吼一声，鬃毛竖起，浑身雷电交织，身躯猛然膨胀了数十倍，如泰山一般举身压向寒锋。寒锋眼一凛，屏障内光华流转，也大了数倍，狂风更强，怒雪更盛，迎上前去！

两人施展劲力僵持，风吹雪舞，弥漫天地，夹杂雷鸣闪电，早已辨不了人影。方圆百里，气候陡变，冬雷阵阵，飞沙走石。又有雪片铺天盖地，他们两两相抗，互不相让，气流撕扯出滋滋声响，生死只在一线。

雷霆见状，顶住风雪，强压上前，指掌被两人真元扯出的气旋割裂，鲜血直流。但他毫不在意，仍举身向前，誓要碾破寒锋的屏障。不多时，雷霆的嘴角也有鲜血淌落。

"停步。你可知道，这样撞上，再无生机。"寒锋开口。

"那又怎样？大不了一死，反正我早就该死了！"雷霆咆哮道。

"现在撒手，我保你无事。跟我回去。"

"我死也不回去！"雷霆说罢，施力下压。

就听得山崩地裂一声响，两股巨力相接，天地似乎都要为之震荡，周围山河破碎，大地开裂，一切灰飞烟灭。气浪掀腾而出，把寒羽拍出老远。待他回身再看时，尘埃落定，空中已无雷兽，只剩下寒锋脸色煞白立在原处，手里一团紫气氤氲。

寒锋看着手中的那团紫气，半晌无语。

寒羽见气氛不对，一时不敢出声。

寒锋回过神来，见寒羽在旁边，问他："你没事吧？"寒羽连忙上前："哥，我没事。你还好吧？"说着上前打量寒锋。

"我没事。"寒锋缓了一缓回答。

"没事就好。这是什么？"寒羽好奇地问。

"这是雷霆的原魂。"

"原魂？"

"刚才在比斗中他用尽全力，耗尽真元，因此只剩下原魂了。其实囚禁这么多年，他早已不比当年，只是逞强罢了。"

"哦，那还这么厉害。哥，那你打算怎么处置？"

"放他回原生之地，自然运化，千载后可重获新生。"

"啊？那哥哥你刚才放他走不就行了，为什么又要打他？"

"出了寒号族，被人发现后早晚也是一死。还不如我亲自动手，保他一线生机。"

"啊，为什么？这才是哥哥你把他关着的原因吗？还有哥，他说的那些都是真的吗？"

"不错，他说的都是真的。你怎么想？"寒锋问寒羽。

"不怎么想。我只知道你是我哥，你做的都是对的，谁要敢惹你生气，我就跟他翻脸！"

"哼，天下还无人敢轻易惹我，只有你有本事让我生气。"

"哎，哥，哥，我听话还不成嘛，你消消气，消消气……"寒锋拂袖而去，寒羽赶忙跟上，"哎，哥，再跟我说说当年的事啊。"

"当年……"寒锋陡然站住，目光悠远。寒羽紧跟上来，"说说呗。哥，说说呗，我想听。"

"当年，我和你一般的年纪，不喜拘束。那时大荒的所有生灵都自在生长，虽然弱肉强食，但生机勃勃。可是不知从什么时候起，巫族逐渐壮大，慢慢侵占了我们的领地。我虽然无意争斗，但为了寒号一族，不得不进行防卫，就这样，身边渐渐聚集了一些人，其中就有雷霆。随着声势起来越大，这些人不再满足于只是驱逐巫族，而是要大荒的生灵通通听命于他们，否则就直接灭杀。在此过程中，他们又开始彼此争斗，斗得你死我活，我觉得没意思，就离开了。"

"后来呢？"

"后来，我遇到了前任天帝，他告诉我一个道理：天地自然存在着规则，万物都需遵循。"

"那哥哥你就信了吗？"

"是的，我觉得他说得有理，就开始追随他。"

"那哥哥，你为什么不向你的部众说明呢？"

"我试过，没有人听，我也就懒得再说了。"

"哦，那雷霆呢？"

"其他人都各有自己的盘算，只是借我为旗号征伐他族。一见我志不在此，就各自称王。只有雷霆一直跟着我，可是他心心念念都是我去当天帝，甚至还为此刺杀过天帝，我只有把他关起来。"

"原来是这样。"寒羽点点头，"可是前任天帝呢，那他后来怎么了？""他在后来的鏖战中与敌人同归于尽了。现任天帝乃是他的亲族。"

"那，那哥你就没想过自己做天帝吗？"寒羽小心翼翼地问。

"哼。"寒锋转过身来，睥了寒羽一眼，"天地宽广，我把自己拘在那个位置干什么？"

"可……可是哥，你现在还是在为天帝征战啊。"寒羽结结巴巴地问。

"现今这天下是前任天帝留下的，他为此奉献了性命，我答应了要为他守住。"

"哦，哥，你放心，我以后一定好好修习，给你帮忙。"

"不必。我承担这些，是因为我愿意，我若不愿，谁也不能强迫我。小羽你要记得，我寒号一族不为任何人、任何事敛翼。何时要飞，振翅就是。"

"是，哥，我记下了。"

之后，寒羽似有所悟，跟着寒锋勤加修炼，大有长进。

其间，一年期满，玄弘亲自来寒号族接玄真回去。看到玄真稳稳地站在大殿里，面色红润，血气通畅，玄弘不禁喜出望外，对寒锋感激再三。

回去之后，玄弘仔细询问了玄真平日的状况，得知寒锋果然每日不辍地为他输送元功，又探得他经脉有固，不禁自语道："他竟然真的肯耗损自己的修为为你疏通经脉。那你看寒锋的身体可有什么变化？"

"没有什么变化啊，与之前一样。"

"这样……我知道了。"

### 四

光阴荏苒，转眼又过了几年，这一日，天帝派人传讯，说是凡间西南地脉不稳，请寒锋前去查看。寒羽知道后，缠着寒锋带上他，寒锋应允了，于是兄弟俩一同前往。

出发前，寒羽突发奇想要化为原身赶去，寒锋想想觉得也无不可。只听一声清啸，巨大的寒号鸟应声而现，寒羽满眼所见皆是雪白羽翼，好一会儿才看清那鸟的全貌。

天地之间寒号鸟傲然展翅，在地上投下巨大的阴影，似乌云盖顶。它稍一振翅，天地易色，风云翻滚，大雪随之而生，雪花簌簌而落。又听一声长啸，那寒号鸟倏忽已飞跃九天之上，睥睨众生。

寒羽还在发愣，耳边突然传来寒锋的声音："还不跟上。"他这才缓过神来，追上兄长。

跟在兄长的身边，寒羽更发觉自己渺小，无论他怎样扇动翅膀，都无法飞出兄长的羽翼之外。折腾了半天，寒羽终于老实下来，乖乖地隐在巨大的阴影中，随之向前。

自化形以来，无数次翱翔天际，寒羽本以为早已熟悉这感觉，但此时追随兄长的羽翼，他才真正明白飞翔的意义。只需御风而行，就能扶摇直上；稍一夹翅，便能化为流星，一往无前。

他们的翅膀激起风雷，搅动云雪，带着冲决一切的力量，化作两道光划过青天，似要冲破天去！

这无所束缚、无所牵绊，只要展开双翅就能无所不往的感受如血印般烙在寒羽的心里，从此刻起他知道为了不失去它，自己可以付出生命。

两道白影经行之处，风雪呼啸，百鸟退避，苍穹之上只剩下寒号鸟的傲然身姿。

寒锋、寒羽赶到西南地界，老远就看见半空中满是腐虫围绕着什么嗡嗡作响，地上有各色人马撑起屏障，待飞近些才发现那竟是一条蛟龙。

只见那条蛟龙已是奄奄一息，血肉模糊，鳞片四散，无数腐虫正在其伤口处吞食血肉。那蛟龙虽然翻滚咆哮，但始终摆脱不了万千腐虫敲骨吸髓，其状惨不忍睹。

寒羽从未见过如此惨烈的情状，一时愣住。

寒锋叮嘱一声"留在此处"就直飞了过去。

寒锋的到来瞬间压住嗡嗡虫响，巨大威压笼罩四野，刚才还围绕伤蛟啖食血肉的腐虫抵抗不了，望风而靡，纷纷溃散而去。一时之间周围一片寂静，巨大的寒号鸟用四只巨爪捉住了细蛇般垂死的蛟龙，如古神莅临。

待回到地上，寒锋恢复人身，一人拱手向前说道："见过寒族长。"原来是玄弘，他奉天帝之命带领龙族众人查看地界，可是到了这里就被这有毒的腐虫缠得没有办法。本来龙族众人在屏障中还可以支撑，只是派出蛟龙试探，可谁知那些腐虫水火不进，反而附在蛟龙身上挣脱不掉。那些腐虫吃肉吸髓，再加上本身带有剧毒，腐蚀血肉，一时大家都不敢轻举妄动。

寒锋听了情况，沉吟了片刻，寒羽见状便自告奋勇前去打探。寒锋点头，紧随其后。

寒羽追随着那些溃散的腐虫，看见它们都嗡嗡地飞去了一处地缝中。肉眼可见的毒气还在从地缝里源源不断地往外冒，周围一片焦土，寸草不生，估计地缝中就是腐虫们的老巢了。

寒羽追到此处不敢再深入，决定禀告了兄长再说。

两人来到了地缝处，只见内中深不见底，黑黝黝一片，腐虫们也不见了踪影。寒羽摸了块石头扔下去，半晌，竟然没有回声传上来；放根羽毛下去，竟然就被什么吸了下去。

寒羽心中一惊："哥，小心有古怪。"寒锋说了声"跟在我身后"，就纵身跃了下去。寒羽答应一声，紧随其后。

从地缝跳下后好一会儿才落到实地，往上看去天空只余一线，地缝中的气流形成回流，产生了吸力，把上面的东西往下吸。

他们落地之后，往前走了一段，顿觉豁然开朗，似到了天之尽头，极远处有几根巨柱插入云间，不知何用。

眼前繁花似锦，青鸾吟唱，一派平和之景，和之前的景象迥然两样。寒羽没想到地缝下是这样一番景象，顿时有些傻眼，他迟疑道："哥，这……""小心跟着我。"寒锋仍面色不改，继续朝前走去。

最终，繁花的尽头站着一位女子。那女子站在那里向远方眺望，似在等着什么人，一动不动，凝成一幅画。随风摇曳的花枝与飞舞的青鸾都定格在一瞬，成为这幅画的装点，成为画中人的陪衬。听到有声音传来，女子缓缓地转过身。

寒羽脑袋嗡的一声，心想世间竟有这样美的人。

那女子转身见到寒锋，脸上露出无法置信的神情，但随后泪水便涌了出来，仿佛长久的等待终于有了结果。

随着泪水滴落，她僵硬的身躯似有活水汇入，瞬间柔软起来，连她那本来没有表情的面容也陡然生动起来。霎时，周遭的一切也随之恢复了生机。

"你终于来了，寒锋。"那女子出声道，声音沙哑。

"你是，曼兰？"寒锋迟疑出声。

"是我，寒锋，是我。"女子急切地走了过来，来到寒锋身边，不敢相信似的伸出了手，轻轻触碰寒锋的鬓发，"真的是你，真的是你。太好了，太好了。我太高兴了。我，我还以为等不到你了……"女子喜极而泣，泪水漫过脸庞，她拉住寒锋的衣袖不愿放手。

相比女子的激动，寒锋却平静很多。

"哥，你认识她？"寒羽在旁边好奇地问。

"嗯，一位故人。"

"寒锋，这是谁？"

"舍弟。"

"哦，这么久不见，你的弟弟也已经长这么大了。"

"你怎么在此？"

"我当然在此，你忘了吗？这本来就是我的族地。我，我不知道去哪里找你，就回到这里等你。幸好，你终于来了。"女子说了几句之后，泪水又涟涟而下。

寒锋听了不置可否。倒是寒羽，他的眼神不停地在兄长和女子之间来回移动，一副好奇宝宝的模样。寒羽感到疑惑，从未听说过兄长青睐于哪位女子呀。

寒锋并不多语，那女子却不停地絮絮而言，一副喜不自胜的样子。

"寒锋，你知道我等了你多久吗？你肯定不知道，因为我自己都记不清到底多久了。

"与你分别之后，我又回到了这里，毕竟这里是你我留存记忆最多的地方。起初，我还记得处理族里的事情，还记得要好好打理这里，好有朝一日你来了之后看着欢喜。可是越到后来，我越是懒得管这些，只是一心一意细数我们的过往，一心一意地等你，在这里等你。仿佛我剩下的生命只剩下这一件事情，你知道吗？锋。"

女子殷殷切切地述说，恨不得道尽这么多年的相思，奈何寒锋依旧面无表情，并不曾动容。倒是寒羽看着于心不忍，总想着说上两句。可是没等他开口就被寒锋的眼神制止，只好讷讷不语。

那女子见寒锋一副不为所动的样子，拭去了眼角的泪水："光顾着说话了，请随我来。"女子边说边往前走，来到了一处闲亭。她拂袖而过，亭中石桌上出现了一壶酒、两只盏。

"这是我最拿手的'昨日非'，当年你很爱喝。我每年都酿上一坛，为的就是你来的时候，我能亲手为你奉上一盏。"女子拿起酒壶斟满酒杯，眼中泪水却又汹涌而出，恰巧一滴泪水不偏不倚正落在杯中。寒锋见此情形，轻叹一声，伸手接过了酒杯，就口喝下。那女子一见寒锋喝了酒，顿时绽放笑颜，一时就如盛开到极处的花，令人屏息。

"曼兰，我以为有些话当年就已经说清楚了，你这又是何必。"寒锋如冰似雪的声音响起。

"是啊，我知道……我知道……我知道你没有那么喜欢我，但没有关系，我还有千年万年来等你，来感动你。只要我一直对你好，总有一天你会记我在心上。我一直是这么以为的，可是，锋，我终于发现等不到那一天了。"女子的声音越来越小，头也越垂越低，"所以我不甘心，我不甘心……"女子突然猛地抬起头，一字一句地说，"我，不，甘，心！"

寒锋乍听此言，也不见得多么动容："所以呢？"

"所以，所以我要你在这里陪我，生生世世在这里陪我，哪里也不准去！"女子几乎是喊出口，一改之前凄婉动人的模样。

"这位姐姐，这就是你的不是啦，我哥哥他忙得很，不能在这里陪你的。"寒羽一见情况不对，马上上前打圆场。

"你闭嘴，这里没你说话的份儿。"女子一挥袖，寒羽马上不能言语，不得动弹。

寒锋作势要起，却发现自己也动弹不得。

"怎么，心疼了？可是，你已经喝了我的酒，饮了我的泪，就由不得你了。锋，你看这幕像不像当年……"女子说着双眼蒙眬起来，慢声细语地陷入了自己的回忆。

"当年虽然我们是敌人，但我倾慕于你，并不曾与你为敌，甚至还对你有所助益。这你不能否认。"女子看着寒锋说道。

"不错，你当年确有一段时间罢手，我也因此并不与你为难。"

"是啊，那是我一生中最快活的日子。"女子说着又是一笑，"寒锋，你还记得吗？就在这里，就在榆地，我们也曾相谈甚欢，我为你酿一壶'昨日非'，你为我带来外面的消息。虽然每次相见时光短暂，但对我来说却弥足珍贵。我心心念念酿这一壶酒，把许多无法当面对你说出的话酿在这酒里，只盼你能懂我，为我停留。我知道我们之间隔着万壑千岩，但我愿意为你踏遍。寒锋，我曾经真的这么以为。"

"我并无此意，你早该明了。"

"是啊，你是苍穹之上的寒号鸟，不会为谁停驻。我只是黄土之下的虫豸，只适合在黑暗中默默地仰望你……可是，我不甘心！

"想当初，我为一族之长，身后也曾跟随万千族民。但为了你，我放弃这一切，甘心守在这里，只为等你偶尔一顾。我本以为自己会习惯这样的等待，我以为自己有足够的耐心等你回头。可是，我错了。我终究是个不甘心的女子。我不能容忍自己的漫长等待只是痴妄，不能容忍自己的奉献牺牲只是虚空。什么只要默默仰望就能心满意足，什么只要静静守候就能平安喜乐……骗人！没有哪段感情不渴望回应，没有哪个女子不需要顾惜。寒锋啊寒锋，我如此待你，你却丝毫不为所动，我怎能甘心！"女子越说越激动，一掌打翻了杯中酒。

"于是，你就开始设计我。"寒锋冷冷地接口道。

"是，我又开始与其他部族联络，给你提供一些半真半假的信息，让你在战场上无往不利。渐渐地，你越来越相信我，于是我就和他人联合，布局骗你，终于一举将你擒获。我要让你永远都属于我！"

"是，那是我平生之耻，轻信于人。"

"那又怎样，那段时日你日日只能陪在我的身旁，眼里看到的也只能是我。虽然你不再理我，不和我说话，但就算这样，我也已经满足。锋，那段日子我毕生难忘，我们再一起重温，不好吗？"

"你我之间，不如不见。"寒锋并不理会。

女子也不生气，接着说："虽然之后你拼尽修为，强压毒性，最终得以逃脱，还领兵回来打败了我，但之后终要休眠百年。可无数寒暑过去，如今，你还不是又一次被我骗过。"女子得意地轻轻笑起来。

"是吗？"寒锋缓缓站起身，回视女子。

"你……你没有中毒？不，不可能，我看着你把酒喝下去的，里面有我的泪，没有解的！"女子姣好的面容扭曲，不敢置信。

"你以为有了一次教训，我还会再犯同样的错误？"

"你……你从一开始就不相信我？不，不会的。你不是这么狠心的人。就算在当年，你知道我陷害了你，也没有对我下死手，最后还是放了我一条生路，不是吗？"女子急急说道。

"不错。但这并不代表我会再上你的当。"

"可是你当年还是放了我。你对我未必无情，我知道的！你骗得了自己，骗不了我！"女子哭着喊着，状若疯癫。半晌，气力用尽，复又颓然坐下，"不会的，不会的。我知道你是喜欢我的，是你自己不知道，可是我知道，我知道。这千百年来，我一直都知道……"女子越说声音越小，最后变成喃喃自语，仿佛只是说给她自己听。似乎只要她自己听就够了，就像这千年来她一直说的那样，一直相信的那样。

可是，随着女子的喃喃自语，周遭的景致渐渐发生了变化。

天色黯淡，乌云如墨般聚集，骄阳不现，一轮血色的钩月升上天际。迷雾与瘴气开始蔓延，远处传来如鬼似魅的声音，渐渐吞噬了繁花盛景。只是一转眼，这里变成了毫无生机的死地。到处是怪兽的尸骸，还有濒死者在岩浆中扭曲挣扎；断臂残肢遍地，哀号、诅咒声充盈于耳，仿佛天地的怨气都集中在了此地，无处宣泄，只能湮灭生灵，埋葬生机。四周鸟儿的婉转鸣叫声也变成了腐虫的嗡嗡之声，原来这才是真实的景象。

曼兰还是站在他们面前，眼中的泪水已经变成了血红色，她一步一步走向寒锋，血泪在脸上蜿蜒，显得狰狞可怖。

"你看，你不喜欢我，他们就把我变成了这样，你还满意吗？"说完，她往空中一跃，终于彻底变了样子。

她的身躯膨胀，再不见婀娜之姿，脸虽然还是那张脸，身体却已经兽化，如犬似狼，毫毛附体，四肢着地，两耳上还缠绕着两条青蛇，嗤嗤吐信。她已不能称之为她。更加可怕的是，她的身上还深深扎入了根根锁链，那些锁链连到极远处的支柱上，似乎拉扯着什么。

"这就是你那天帝干的好事！这就是你要维护的天道！"她或者它，字字血泪地嘶吼。

寒锋脸色一变，终于不再冷漠，他上前一步问道："曼兰，当年到底发生了什么？为何你会变成这副模样！"

"哼，当年你把我打败，天帝看在你的面上，说只要举族归顺就不再追究。为了守住族民，我本已投降。但你们的天帝嘲笑我对你痴心妄想，在你休眠之后，把我变成这副模样，让我的族民沦为魔物，还要用我仅剩的法力支撑天柱。"

"你说什么？当年大战后，天地倾覆，地层断裂。我虽然最后没有参与，但醒来后也知道是天帝分出魂魄，用神力支撑，怎么会是你？"

"哈哈哈哈。他说的话你也信！分出魂魄是何等的牺牲痛苦，他怎么肯？"

说着，它又是一阵仰天大笑，带动身上的锁链阵阵扯动，鲜血洒落，点点红斑落在寒锋的脸上、身上，如被一场血雨淋透。

寒锋一动不动，睁大眼睛看着眼前这一切。霍然，他飞身而起，抱住了它，说道："曼兰，我来救你。"说罢，他伸出一掌，把自己的神力渡过去。

"你……锋,你不怕我吗?我如今这个样子,自己都觉得可怕,你又何必?我……我就知道,你对我是有情的。"它惊喜地说道,终于慢慢又变成了女子模样,但脸色惨白,身上还是缚着那几条锁链。

"不要多说,屏气凝神。我为你守住元神。"寒锋见状,双掌齐出,神力源源不断地注入曼兰体内。

"没有用了,我被缚在这里百余年,早已耗尽元神,再也撑不住这天柱。地脉不稳,因此才会被你们天帝察觉,遣你前来。他只道我早已恨你入骨,绝不会向你吐露真相;又或者我已魂飞魄散,无从向你吐露;还可能是,如今的他已经不害怕让你知道真相。锋,你要小心。"女子急切地说。

"我知道了。这些都不重要。你先守住元神要紧。"寒锋边说,边再次催动神力。

"锋……"女子痴痴地看着近在咫尺的容颜,此时这张总是寒霜凛冽的脸上终是露出了着急的神色。女子缓缓伸出手去,抚上他的面庞,这是她心爱的人啊,可惜这一生只得了这样一刻的温存。她不会再去问他,到底有没有喜欢过自己,这个答案只要她心里相信就足够。想必带着这样的好梦,就算坠入永远的黑夜也不会害怕,女子心里这样想着,脸上露出了梦幻般的笑容。

可惜,还有好多好多的话来不及说,还有好多好多的梦来不及做,女子模模糊糊地想,却最终只汇成一句:"可惜,再不能为你酿'昨日非'了。"

"我从今而后再不饮酒,方才那是最后一杯。"

"真的?锋,你总归心软……珍重……"那笑容凝在嘴角,自此不败。她仿佛已身处香甜的梦中,无忧无虑,不悲不惧。

随着女子停止呼吸,身躯渐渐化为飞灰,腐虫们也化为乌有。周遭的一切烟消云散,只隐隐约约中有一缕酒香随风而来,又倏忽远去……

寒羽经历了这一场变故,一时有些回不过神,他想:原来兄长与这美丽的女子还有这样一段过往。作为这天下第一的战神，兄长到底还有多少故事是他不知道的呢。不管怎样，自己是一定要跟他共进退的。

正想着，寒锋开口道："小羽，你先回去，我有些事要去单独处理。"

"兄长，你是不是要去找天帝？"寒羽问道。

"是，曼兰死得如此凄惨，我要去问个明白。"寒锋回答，"所以，小羽，你自己先回去，我去去就回。"

"不，兄长，我也要去。"

"胡闹，你去做什么？"

"我要去看兄长是怎么质问那个天帝的，就算打起来，我也可以帮兄长的忙。"

"谁说我会和天帝打起来，不要瞎想，赶紧回去。"

"兄长，寒号族就你我二人为至亲血脉，我才是最了解你的人。你就是会和他们打起来，你就是要去讨个公道。这种时候，我难道不应该站在你的身旁吗？不要小看我，我是你的弟弟。"

"小羽，你……"寒锋一时语塞。

"兄长，我整日都听别人说自己的兄长如何厉害、天下无敌，但是从来没有亲眼见过。兄长，难道我就要永远躲在你的羽翼之下吗？难道我不是寒号族的一员？难道我躲在你身后，今后就能像你一样顶天立地了吗？不，我要和你一样经霜历雪，我要和你飞得一样高。"寒羽一边坚定地说着，一边看向寒锋。

"小羽，你长大了，你真的长大了。好，就带你一起去，万一真有冲突，你不要动手，你放心，哥哥必能护你周全。"

"嗯，哥哥。"

寒锋与寒羽回到地上，玄弘等人连忙上前。

"寒兄，底下情形如何？"

"已经没事了。"

"那就好。寒兄无碍吗？"

"我没事。我现在要去找天帝，当面问他一些事情。"寒锋眉头紧锁，面带不豫，说罢欲走。

玄弘见他脸色不对，急忙跟上，说："我和你一道。"

## 五

层层云霄之上，巍峨宝殿耸立，一望无边。无数侍卫站立两旁，却鸦雀无声，气象森严。

寒锋无视这些，直往里走，寒羽和玄弘紧随其后。身边还是有人一声声传报进去："寒号族族长寒锋觐见。"寒锋闻声，微微皱了皱眉头。

进了大殿，他们竟意外地发现殿内兵甲林立，挤了满满一堂。前方正中一人正襟危坐在宝座之上，面色微沉，端正威严，正是当今天帝，凤族凤狂。

寒锋当先一步一拱手："天帝。"旁边马上有侍从说道："拜见天帝怎能不跪？"寒锋微愣。

天帝一摆手，说道："寒族长自然与旁人不同，不用拘礼。不知寒族长这次勘察西南地界，结果如何？"

"地界确实有巫族的残遗，但如今已无事。"

"是吗？那就好。可这几日，此处地脉不稳，寒族长可知为何？"

"这也是我今日面见陛下的原因。陛下以为为何？"

"大胆寒锋，你这是在和陛下说话吗？"左右又有人发声。

天帝又是一摆手，说道："寒锋，看来你已经知道了。"

"不错，当年你答应我放曼兰一条生路，为何出尔反尔？当年感念你分出魂魄支撑天柱，我才拥你为帝，为何骗我？"

"哼，"天帝嗤笑一声，"有巫族余孽可用，我为何要牺牲自己？莫非，你真看上那丑八怪了？"说罢，他哈哈大笑。

周围一众人等也跟着笑起来。

身旁玄弘一拉寒锋的袖子，小声提醒他道："寒兄，慎言。"

寒锋却直视宝座之上的天帝："我再问你一遍，真是你做下的这些事？"

"不错，如今告诉你也无妨，这是朕的决定，无人能够质疑。就算是你寒锋，也不行。"

寒锋听完之后也不搭话，只将眼一凛，双袖无风自动，突然周遭的气温骤降，风雪从殿外涌入，千层云雪，万顷风雷，瞬间就要席卷整座大殿。

"寒锋，你要造反吗？"天帝大声喝道。

"背信弃义、欺世盗名之辈，不配为帝。"寒锋一字一句吐出这几个字。

"我不配为帝，你芙吗？"天帝冷笑一声，慢慢站起身来，"寒锋，我念及你的身份、你的功勋，一直对你礼遇有加。你那后山藏了何人，以为我不知道？那厮不自量力，一心逃离你的庇护自寻死路，我便成全他。我要让你知道，判生断死由我做主，任何人都不例外。我才是这天地唯一的主宰，我是天帝！"说罢，天帝一振衣袖，万道金光陡射而出，压制住漫天风雪。

"原来雷霆的脱逃与你有关，难怪他能挣脱我的阵法。"

"不错，原指望他能有点用，却是不堪一击，你却半点折损也没有。

"实话对你说，那西南天柱本来也该由你去扛。你是上古唯一的遗存，这样维护天道的重责大任舍你其谁？你是强者，足够承担这样的牺牲，不是吗？"天帝冷哼一声。

"原来这些都是你的算计。"寒锋冷言道。

"正是。谁要你运气好，恰恰休眠百年，那巫族余孽就替你补上。可叹她痴心一片，被你连累至此，却还是不忍心加害于你。你可知道，只要她把一身锁链转到你身上，自己就能逃脱，可叹她至死不肯。"

"你说什么？"寒锋闻言声音一颤，"曼兰……"随即用手一指面前之人，"卑鄙！"

"我卑鄙？我与前任天帝有何不同？同样是征讨杀伐，同样是尸骨成山，到了他那里就是天道，我这里就是卑鄙，笑话！"

"他不会对已归降之人赶尽杀绝，也不似你般利用人心。"

"我心胸狭窄？朕是天帝，天地之间亿万生灵的唯一主宰！这世间的规则由朕制定，万物生灭由朕掌握，朕就是天道！"天帝的声音有如雷声滚过，说罢，他平举双掌，背后光芒更盛，似朝阳初升，令人目不能视。

"天地自有规则，不因任何人而改变。任何妄图阻拦者都将湮灭，更遑论自称天道的人。"寒锋冷冷的声音响起，虽声量不大，但如水银泻地，无处不在。

"大胆寒锋，口出狂言。朕对你忍让已久，你却变本加厉，今日看来是留你不得了。来人，将逆臣寒锋拿下！"

旁边寒羽看着形势果然急转直下，马上和兄长并肩站在一处，昂然而立。

寒锋低声问他："小羽，你怕不怕？""哥哥，我不怕。"寒羽忙道。"你放心，这些人我还不放在眼里。你紧跟着我就是。"说罢，寒锋又转向玄弘，"玄族长，你怎么说？"玄弘犹豫了一下说道："寒兄对我龙族有大恩，且天帝如此做法实在令人心寒。寒兄，我与你共同进退。""如此，多谢。"

寒锋回过身来，云雪在他身边聚集，他伸出右手，一股风雪急转如旋涡，接着旋涡中心有光凝结，那光越来越亮，渐渐成了一柄剑的模样。这剑在空中略一侧转，剑身光华万丈，隐隐有剑鸣传来，似在呼应寒锋。

"许久不见了，诞，随我迎战。"寒锋轻喝一声，语带怀念。

那剑又鸣一声，落在寒锋的手中。寒锋握剑在手，如握住一段冰雪；他仗剑而立，剑下风雷顿生。

众人见他凛冽的模样，虽然还是面无表情，却觉一股亘古纯然的杀气腾腾而起，令人胆寒，始忆起"战神"名号。

天帝一声令下，殿上众人把寒锋三人团团围住。寒锋却视若无睹，只把那冰雪般的利锋指向苍穹。

不知从何处传来狂风的声音，奔腾咆哮，由远及近，带着毁灭一切的力量正面撞上天宫，"砰"的一声，巍巍天宫竟然被撞得一震。

很快，漫天风雪随狂风而至，席卷整座天宫，似要覆顶。不过片刻工夫，大殿中的一切已抹上一层霜白。殿中众人不是被吹得东倒西歪，就是冷得面色发紫。

天帝见状，将大袖一挥，巨大的凤凰幻象突然出现，只见那凤凰浑身金羽，光芒万丈。它长鸣一声，迎风展翅，尾翼飞舞，带来了滚滚热浪，把那风雪寸寸压下。

寒锋见状冷笑一声，功力催动，风雪澎湃而起，狂风刮得更紧，霜冻以肉眼可见的速度蔓延而上，所到之处，尽成冰凌。转眼间，整座天宫披霜挂雪，晶莹剔透，竟整个被冻住了。

寒锋所发的冻气比一般冰雪冷上许多，绝非一般人能抵挡，转瞬间，殿中诸人修为稍差的已成了冰人，剩下少数人苦苦支撑。

天帝见状，双掌上举呈擎天之势，环环日轮冉冉升起，殿中不知何时不见实景，只剩下宇宙星河之象。那巨大的日轮越升越高，与凤凰融为一体，耀出千道光，万丈热！接着就见那日轮一变二，二变四，光华耀眼间已变成了十个！竟是上古十日重现！

上古十日的威力足以令世间的一切冰雪消融，赤地千里！如今这一罕见的奇景在殿中重现，很多人已经目瞪口呆，疑似梦中。瞬时殿中一边是烈火炙烤，另一边冰雪霜冻却还在向四周蔓延，真正是冰火两重天。

此时，天帝威严的声音再起："寒锋，上古十日再现，就是天要亡汝！朕说了朕即天道，这就是证明！如今，汝还有何话说？"

寒锋凛然说道："你错了。上古十日本是凶煞，消逝了就是消逝了，不该再现。不存于现世之物，就算勉强挽回，也终要消亡，这才是天道！"

寒锋的话音刚落，举剑就向一日刺去，行动间，凭空竟然出现了一条冰霜铺就的道路，随着他身形飞纵，延伸向前。眨眼间他到了一日近前，举剑便刺，只听"轰隆"一声巨响，巨大的日轮破碎，碎片如火球般飞溅而下，又似流星曳出万道光芒，在地上砸出深坑。众人纷纷躲避，躲闪不及者发出痛苦哀号。

天帝见状，双掌翻动，剩下九日倏忽流转起来，连成一线，如火圈般把寒锋三人围在中央。

寒羽自冲突一起就感觉眼睛有些不够看。他看着大哥这阵仗，不由得心想：自己以前闯的那些祸实在是小把戏。一直知道自己哥哥厉害，但厉害到何种程度自己也不清楚。现在看来，只有天下无双四字才配得。

虽然自己也想帮忙，但明显轮不上自己伸手，何况身边龙族族长牢牢将他护住，有些妄想偷袭的都被他随手打发了。

看着自家兄长转眼间就破了一日，寒羽高兴坏了，正想也开口说几句抖威风的话，忽然瞧见寒锋的脸色一白，连忙凑到近前问："哥哥，你没事吧？"寒锋略一调息，摆摆手。

"寒锋，如何？我知道你有飞诞在手，无锋能锉。但是用来灭日，总归勉强。除非射日弓再现，否则如之奈何？你已然受伤，还要再试吗？"天帝已不见人影，只有声音回荡在大殿。

寒锋不语，斜睨着那轮转不停的九个日轮，眼神却一点一点变得炙热。日轮的巨大光辉映在他眼中，如两簇火焰，熊熊燃烧起来。

"你倒是提醒了我。"说罢，寒锋手中的长剑倏忽变幻，慢慢变成了一张弓的样子。那弓的样式古拙，通体朱红，有一人多高，立在当场，透着一股上古的森严杀气。周围立刻有人说道："射日弓，真是射日弓？这……这不可能，这怎么可能？"

"好，真是好！"天帝语气森然，"你是铁了心要跟我作对到底了。用飞诞化作射日弓，不足就用修为填？哼！箭呢？有了弓，你的箭呢？莫非你还能变出烬阳箭来？"

"不劳费心。"寒锋一抄手，便有了三根修长的白羽，再一紧握，白羽的前面变成了箭镞。白羽俨然，握在手中铮铮作响，只是箭头尤带血痕。寒锋羽箭在手，脸色又白了几分，仍是傲然面对天帝。

"哥哥！"旁边的寒羽一见白羽，却连忙扑到跟前，"你抽了自己的命羽？那与你的性命相关，怎能轻易舍弃！哥哥！"寒羽一着急，眼泪差点掉下来。

在寒羽心中哥哥伟岸如山，宽博似海，是这天地间第一等的男子，无人可比拟。当他展翅高飞时，霜飞雪舞，奔雷走电，任天之高、海之深，无可阻碍。这世间没有什么能让哥哥蹙眉。这就是他的大哥，他宽大的羽翼足以抵挡任何伤害危险，令自己安栖。

但此时见到哥哥抽出命羽，寒羽方才意识到事情并没看上去那么容易，这个什么元帝弄出的上古十日，正是寒号一族的克星，就算是哥哥恐怕也要吃亏。可惜自己的修为有限，帮不了哥哥。

寒羽正在担心，寒锋却低声安慰他说："不碍事。上古十日非命羽不得破，之前那剑只是侥幸。小羽，站在我身后，看我破日。玄族长，麻烦你看好他。"玄弘在一旁朗声应道："寒兄放心。"

寒锋转过身来，搭箭在弓，修为再提。只见他周身的冰雪如炸开般喷出，温度再降，霜上落雪，冰上成冰。寒锋往前两步，立在当场，羽箭漾出寒光，锋芒毕露，似要噬人血肉方回。他缓缓看向周遭人等，众人皆噤若寒蝉，他目光所及之处，人人自危。寒锋收回目光，利箭直指日轮，他双臂蓄力，慢慢把弓弦拉开，直至满圆。

寒锋保持着挽弓的姿势，矗立不动。一时间，人人屏息，只看那箭直指红日，不破不还。

破空之声忽然传来，由远及近，又好像只是一瞬间如尖刺入耳，轰然炸响。在场之人还来不及反应，就见当空三个巨大的日轮应声炸裂！轰隆巨响间，残片如流星雨般倾泻而下，又像巨大的烟花当空绽放，千簌火树，万点金光，星辰破碎的巨大伟力令人根本无从抵抗，因此有人当场毙命，有人则被烧成火球，一时间哀号之声此起彼伏，不绝于耳。

天帝撑起屏障，把残片隔绝于外，说道："寒锋，命羽一失，修为已损大半，还不伏诛！"天帝的语气加重，面上已有得色。

命羽既出，寒锋的脸色已隐隐泛青，血气在喉间滚了几滚，强自压下。他心中明白今日之事怕是难得善了，自己身死不要紧，但无论如何要保全寒羽。

正在思虑之间，耳畔忽地传来一声痛呼，他转身一看，寒羽半跪在地上，手里握着一支白羽。"小羽，你干什么！"寒锋抢到近前，抱住寒羽，忍不住喝道。"哥哥，别着急，也……也不是很疼。"寒羽疼得龇牙咧嘴，勉强露出一个笑，"我的兄长天下无敌，我也不能太差。可……可惜我只修了这一根命羽，想再拔也没了。不知道，能不能帮上忙……"他一句话没说完，就止不住地喘气。寒锋见状，只觉心头一紧，竟呕出一口血来。

寒羽见哥哥呕血，心中着急，挣扎着就要站起来。寒锋把他扶住，用手擦去自己嘴角的余血，说道："哥哥没事，别担心也别害怕。小羽，哥哥一定带你出去。"

寒羽倚在寒锋的怀里，抓紧寒锋的胳膊，轻声说："小羽不害怕，哥哥，你要小心。"寒锋用手抚了抚寒羽的头发。在他心目中，他的这个宝贝弟弟从小飞扬跳脱，总是一副神气活现的得意样子，就算是出去闯了祸，人前也是一股不服输的劲头。弟弟只有在他面前才束手束脚，唯命是从，不高兴了一溜烟不见人影，高兴起来就拉他袖子挽他胳膊，声声喊着"哥哥、哥哥"。

多少年了，寒锋早就习惯了他这个样子，之前那一席话、眼前这一支羽，都在提醒他弟弟也是寒号一族的血脉，骨子里的血气烈性并不少于他。要知道命羽就是修为的表征，失了命羽就失了多年的修为，不到万不得已，轻易不可舍弃。且抽掉命羽，痛苦难当，就像自断其臂一样。看着寒羽脸色煞白、有气无力的样子，寒锋一阵心痛，但同时一股骄傲之情油然而生：这是我的弟弟。

把寒羽交给玄弘后，寒锋拍拍玄弘的肩，说道："有劳了。"玄弘扶住寒羽应道："寒族长小心应战，无须多言。"

寒锋拿起寒羽的白羽，咬牙说道："凤狂，你今日逼我至此，我再不能与你甘休！"他把箭搭在弦上，风雪从脚底冲天而起，衣袖被狂风激荡，猎猎作响，如战旗飘扬！他满头发丝也陡然向上扬起，头上的玉冠随着冲冠怒发飞上半空，再"当啷"一声落在地上，应声而碎！

寒锋缓缓升至半空，将弓拉到极致，指中鲜血淋漓，神色却凛然不移。

"嗖"的一声箭响，又是一日被箭射中，可是却没有立即破碎，随之响起的是天帝怒涛般的声音："寒锋，你竟敢伤朕！你……"话音未落，红日轰的一声炸裂，天帝的身形应声而现，只见他的面容扭曲狰狞，身上赫然中了一箭！

"好你个寒锋，你不与朕甘休，朕又岂会与你甘休？朕要将你挫骨扬灰！"

　　随着天帝负伤，周遭的环境又是一变，剩下的五日慢慢又变成了一日，原本是日轮的地方却出现了五颗暗星，这五颗暗星逐渐变成一颗。一转眼，已是一明一暗两颗星呈阴阳相辅相成之势，围绕两星慢慢又出现了由原来碎片形成的点点星辰，竟是日月同现、星宿齐聚之象。

　　"泰极天元阵。"寒锋冷冷说道。

　　"对，泰极天元阵！你应该很眼熟吧，想当年这座大阵吞噬了无数生灵，任你是怎样的神通，都逃不开此阵，从无例外。你应该比任何人都清楚。毕竟，你无数次亲眼见证过它的威能，不是吗？现在它终于成了朕的护身大阵，认朕为主，若非如此，朕还不敢轻易动你。如今，只要朕受伤，此阵即起，无人能脱！寒锋啊寒锋，你现在知道了，朕说要将你挫骨扬灰就是挫骨扬灰，这就是违逆朕的下场！"天帝咬牙切齿地说。

　　寒锋见大阵将成，不再多言，转身抱起寒羽对玄弘说了声"快走"，就往外闯去。

　　"想走？做梦！"天帝提起神力，催动大阵，诸天星宿逐渐归位。寒锋提剑在手，转眼已抢到出口："你们先走。"玄弘连忙背起寒羽往外奔去，寒锋挡在身后。就在此时，玄弘不知怎么一个踉跄，身子一歪，背上的寒羽落在地上。"玄弘，你没事吧？""没事。""你们快走，我挡一阵。"玄弘忙把寒羽重新背好，就在玄弘和寒羽刚出大殿之时，"轰隆"一声巨响，整座大殿轰然倒塌！

　　"哥哥——"


　　"寒锋，死？"听到紧张之处，小雪着急地问言墨。

　　"死了……"言墨叹了口气，摸摸她，安慰道，眼前却浮现出那白色大鸟遨游天地的情景，仿佛就在昨天。

　　"后来呢？"小雪又问道。

　　"后来，后来龙族取代凤族做了天帝。再也没有人见过寒羽。再后来，寒号族就只剩下我手中的这枚蛋了……"

冬至

# 蚯蚓结

帝俊纪

小曲是一条小蚯蚓，在这数九寒天的日子本该待在地下睡大觉。今天它却不知怎么都睡不着。

它生活在这一片已经有些时候了，虽说蚯蚓成精大家都觉得是个笑话，可这笑话如今就活生生地应验在它身上，让人不服都不行。

小曲在成精之前一心只知埋头啃泥巴，身体曲直重复往前拱，待把身边这片地拱得泥松土软了，就算大功告成。

别看这点事，可是个技术活。它需要来来回回地纵横交错，把好方向，保持适中的力度，把一大片地分成小片，再一片一片地来。顺利的话，半天时间就能把一大片土地整得有模有样。

这日，小曲忙活了半天，看着新整的地，它满意地伸伸腰，决定到上面去透透气。

这里是一片冻土，满目所见一片洁白，耳中所闻也只有风声。小曲找了很久也没有见到其他蚯蚓，或者虫豸。

作为这片土地唯一的蚯蚓，小曲兢兢业业地干着自己分内的事，想想也挺了不起的呢。

今天日头不错，是难得的晴天。小曲摇头摆尾地蹦跶出来，再一扭一扭地往前去，决定去那个地方瞧瞧。

那里藏着小曲最大的宝贝。

一路上景致不错，蓝天白云，并没有青山绿水，只有几棵不知道名字的树在寒风中摇摆，小曲看着也觉有趣。

要说小曲成精最大的好处就是耳聪目明，以前生活在土里，两眼一抹黑。自从启了灵智，就打开了新世界的大门。原来世上除了黑，还有其他颜色，也有有趣的东西，要是能多见到一些就好了，不过眼下，还是要赶紧去瞧瞧自己的宝贝。

赶了几天路，终于到了地儿。那是一大片结了冰的湖，远远看去就像一大面镜子，映着太阳的光。往里看去，却只见一层一层的白，看不到底。

小曲慢慢地往湖中心滑去，一路上仔细观察着，它又有一段时间没有来了，看着好像有些变化，但具体又说不上来。一曲一折，慢慢地，小曲滑到了湖中心，它从这里开始往里钻。钻开坚冰比钻开冻土更难，但好在小曲如今已脱胎换骨，身体虽然细小但胜在坚韧，像根针一样慢慢透了下去。

终于，小曲又一次见到了它心心念念的宝贝。那是一片翎羽，金黄色的，浮在冰里，一丝一缕都看得清清楚楚。虽然只是一片羽毛，却硕大无比，它横亘在整片冰上，连波动起伏都纤毫毕现，美得令人炫目。仿佛它上一刻还在九天之上，下一刻却直直地落在这湖底深处，被瞬间冰封起来。

"多好看呀，而且是我一个人的。"于是围着转了个圈。

小曲想起自己是偶然发现这片羽毛的。

在那之前自己刚从别的地方搬来，还是条名副其实的蚯蚓，在遇到这片羽毛之后就多了个"精"字，所以这真真是个宝贝。

小曲来回打转，它并没有试图把它取出来搬回自己窝里去，而是让它安安静静地待在这里，唯恐弄坏了它。

想它的时候，小曲就拱上十几里路，来看它一眼，和它说说话。

但今天注定有些不一样，一道光芒闪过，眼前的羽毛不见了。

正呆愣间，突然一个声音在耳边响起："挺美的吧？"小曲吓得一哆嗦,回头一看,一个人蹲在它身边,用指头戳着它。

"你,你,你是谁?……你怎么冒出来的?"小曲结结巴巴地问,简直不敢相信一个大活人能凭空出现。

"我?我一直都在这里呀,你不是隔三岔五就来看我吗?"那人一笑,说道。

"你,你是……"

"我就是这根羽毛。"

"你是什么?"小曲的身体开始打结。

"这根羽毛呀。别这样,我还以为你挺喜欢我的。"他眨眨眼,"我是看你这么费劲时不时来看我,就出来和你见一面。惊不惊喜,意不意外?"

"我,你……"小曲的脑子也开始打结。

"唉,蚯蚓就是蚯蚓,这么纠结,还是出去再说吧。"

小曲只觉身体一轻,转眼已经到了外面。

"啊,终于出来了!到底比在地底下冻着强。"那人说着伸了一下腰,好像已经很久没有伸展过了,然后又蹲下身,对着小曲说,"说起来,还要谢谢你,小蚯蚓。"

"不……不用谢。"天哪,这到底是怎么一回事,小曲怀疑自己在做梦,羽毛变成了活人?

"你真的是羽毛吗?"本来小曲还想说你是我的羽毛吗,没好意思。

"是呀,我就是这片羽毛呀。"

"那你怎么变成人了?"

"我本来就是这个样子,但忘了自己为什么会变成羽毛。"

"哦。"小曲并不如何高兴,它有点接受不了它的宝贝一下子变成了大活人。

"那你为什么要在冰里?"

"不记得了,不过既然是你遇到了我,就是我们的缘分。"那人困惑地皱起眉,转眼又不甚在意地笑了,可小曲看着却觉得他有点可怜。

"这样呀。"原来他是失忆了，小曲心想，"但是你总要有个名字吧，要不我怎么称呼你？"

"都不记得了，要不，你给我起个名字？"那人说道。

"我……我从来没给人家起过名字。那，就叫小金吧，金灿灿的意思。"

"好，就叫小金。你救了我，我可以许你三个愿望，什么都可以哦。"那人笑道。

"愿望？可是你连自己是谁都不知道……"小曲瞅瞅面前的人，有点不相信。

"别这样，羽毛可能不行，但现在这个样子就没问题了，我可是很厉害的！"他又眨眨眼。

小曲忙说道："好吧，相信你。让我想想……"

"我，我想变成这世间至大之物，去遨游一番，可以吗？"小曲小心翼翼地说。虽然它心里还是有些怀疑，但见对方这么热情，那就试一试好了。对于一只蚯蚓而言，这也实在是它最想干的事。

"世间至大之物……遨游……"小金想了想，"那就变作鲲！"

"鲲？那是什么……"

话还没说完，小曲的眼前忽然掀起滔天巨浪，它一时缓不过神来，吓得把眼一闭。

等它再睁眼，发现眼前是一大片水，只有水，仿佛世界就是水做的。往远处看，天地一片混沌，水天之间没有明显的界线，只是滔滔一片。

身边忽然游过来一条鱼，一条巨大的鱼，小曲虽然没见过什么世面，但也知道一般的鱼绝没有这么大。一眼望去看不到它的首尾，只能看到水中的一大片身影，如山的脊背露在水面上。看上去它不像是在游动，而像是在滑行。

忽然，大鱼开口说道："小曲，这就是鲲。"

嗯，是小金，他怎么变成了鱼？小曲刚想说话，突然发现自己吐出了一个巨大的水泡！

原来它也变成了鱼！

有着如此庞大的身躯，在这茫茫大水中沉浮的，真的是它自己？

苍穹之下竟然有如此巨大的生命，与作为小蚯蚓的它岂可同日而语？

小曲高兴坏了，试着划动它那巨大的鱼鳍，摆动有力的尾巴，于是那像小山似的身躯便劈波斩浪，瞬间向前。

它摇头又摆尾，在水中翻滚，搅起阵阵白浪。身躯虽然庞大，却灵活无比，无论上浮、下潜，都随心所欲。水就像一只温柔的大手，始终托着它，无论怎样翻腾都可以。

于是，它高兴得一个摆尾高高跃起，倏然跃出水面！

月光下，一个庞然大物从水中升起，那无比矫健的身姿舒展开来，把月亮都能遮住。然后，它又重重落下，荡开巨大的水浪，轰然声响，震荡八方。

原来这就是世间至大之物，拥有无与伦比的力量，什么都不能阻挡，可以去任何地方。在小曲还是只蚯蚓时，这些根本无法想象。

"小金，谢谢你！"小曲由衷地说道，说完它重重地摆了下尾巴，又朝他吐出一个泡泡。

"别客气，只要你高兴。"小金也摆摆尾。

小曲沉浸在这美好的感觉里，它全力向前游，水面瞬间划出数道长长的白线。

它不禁又喷出高高的水柱，好像唱起歌，招呼着小金。

天地无极，四海无边，它俩就这样游着，尽情地跃动，前行。

海天茫茫一色，也不知游了多久，小曲发现小金始终朝着一个方向，于是问道："我们这是要去哪儿？"

"归墟。"

归墟？传说中世界的尽头？

"去那儿干什么？"

"去了你就知道了。"

好的，现在小曲对他佩服得很，于是紧紧地跟着，去期待更大的惊喜。

远远地，竟隐隐传来了声响，那声音似鸣似唱，似吟似诵。

小曲循声望去，极远处竟然有一群鲲在游动！

它们如山峦般的脊背露出水面，远远望去有如群山起伏，却又在交错移动。它们发出一阵阵低沉的鸣响，似在这天之尽头呼唤同伴，又似发出对天地的赞美。

天地之间这至大至伟之物聚集在一起发出声来，形成宏大的乐章。

小曲被眼前的一幕惊得说不出话来。这实在是难以想象的奇景。

"它……它们在干什么？"

"它们只是高兴了。"

"噢，我也很高兴。"

"那我们就一起去吧，加入它们。"

"去哪儿？"

"去归墟。"

说话间，它们融入鲲群，一起调头往东游去。

天渐渐亮了起来，小曲被围绕在鲲群里，很快便学会了它们的歌，一路吟唱着前行。

越往东，本来平静的水面渐渐有了波动，水都往一个方向流去，而它们顺着水流的方向游得更快了。

终于远远听到了隆隆的声音，水变得湍急起来，鲲群几乎是一路冲向前去。

小曲裹挟在其中用力摆尾，小金的声音响起来："小蚯蚓，想不想飞？"

"飞？"那是种什么样的感觉？

小曲想起自己也曾见过飞鸟，意识到那是与自己完全不同的物种，它们似乎能轻易到达任何地方。

"我也能飞吗？"小曲有些不敢相信，但是小金很厉害，也许他真的能让自己飞起来。

"当然可以。等会儿我说飞的时候，你就往上跃。"

小曲应了一声好。

水流得愈发急了，鲲群似乎也越来越兴奋。它们全力冲刺，排成阵势浩荡向前，浪涌如山，气势如云。

它们终于抵达了目的地，前面再也没有接天之水，只能听到雷霆般的流水声。排在最前面的鲲发出一声长鸣，那声音响彻天地，然后它猛地摆尾而起，冲上云霄！

小曲正在好奇，突然，一声鸣叫又起，是与之前完全不同的声音，那是一只巨大的飞鸟发出的声音！

刚才那只鲲在空中翻转巨大的身躯，扶摇直上，冲入云端，瞬间不见。片刻后，云中出现了一只巨大的翅膀，只一扇就拍散了层层云霭，露出巨大的身躯。那是一只黑色的巨鸟在飞翔，它伸展双翅，遮天蔽日。

"那是鹏。"小金又说道，"是鲲的另一种形态，所以它们也叫鲲鹏。"

远处的东边太阳跳出了海平面，周遭的一切逐渐清晰，小曲看到前方一只接一只的鲲跃上云端化身为鹏，在空中盘旋，它们巨大的羽翼交叠，仿佛游在空中。

小曲目瞪口呆，鱼怎么能飞了？

还没等它细想，小金的声音又传来："小蚯蚓，飞起来！"

"啊！"小曲连忙扇动自己的鳍，可是似乎不管用。

身躯突然从空中坠落，原来前面是巨大的沟壑，全部的水都往下流去，就好像此处是用什么东西一下子砸出来的一样，水流垂直向下，一泻千里，横不见边深不见底。

小曲身不由己地一路往下坠去，正不知所措时，小金的声音又传入耳中。

"飞起来！"

"怎么飞？"

"心里想着飞就能飞起来！"

"想着飞？"

"我要飞，我要飞！"小曲心里想着，拼命扇动尾巴和双鳍，扇着扇着，突然肋下似生风，有气流托住自己，身体也越来越轻盈，它开始渐渐上升。

那巨大的身躯摇摇摆摆从水里升起,身体伸展、变化,双鳍变成双翅,身躯披上羽毛。

真的飞起来了!

小曲拼命地扇动翅膀,略一低头,茫茫大海在自己身下,归墟之水不停奔涌,一只接一只的大鱼变成大鸟。天地之间,太阳放出万道光芒照耀着这一切,令人不敢置信。

小曲扇动翅膀越飞越高,飞到众鸟之上,更看清了天地广阔,沧海无极。它乘着云,驾着风,自由自在,随心所欲。

"小金,你快看呀,我飞起来啦,我真的飞起来啦!"

它忽左忽右,上下翻腾,把云团绞得像丝絮,高兴得像个顽皮的孩子。它在空中打滚,巨大的翅膀始终托着它,不管怎样动作都不会坠落。

突然,它的身边平腾起一只巨鸟,它通体乌黑,体态却与其他鸟不同。最特别的是,它的身后拖着三根长长的尾羽,其中两根是黑色的,中间一根却通体金黄,就跟在湖里冰封的那根一模一样!

"小……小金?"

那鸟闻声转过了头,眸中满是倨傲,完全不是之前见到的样子。一瞥之后就不再理会,它突然长唳一声,展翅而上,它的身形比其他鹏鸟更为修长舒展,展开的羽翼也更为宽广。当它展翼向上,那根金黄的尾羽璀璨闪耀,群鸟自然跟随其后,三者天成。

眼看众鸟高飞,小曲连忙扇动翅膀紧跟上去:"等等我呀,喂——"

小曲随着群鸟掠过天际,如聚成一朵巨大的云冉冉上升,周围不停有鸣叫声传来,它们渐渐形成梯队,如一支箭遥遥指向,太阳!

小曲终于慢慢接近了最前面那只鸟,看到了自己最心爱的羽毛。它从冰中活了过来,在空中肆意舒展,每缕羽毛都带着光,漂亮得刺目。也许它原来就是这样,长在那只骄傲的大鸟身上,代表了某种不可逾越的美和威严。

小曲看着看着,有些艰难地再度开口:"小金?"

没想到这次却听到了回音:"小蚯蚓,想不想到太阳上去?"

"小金!"小曲高兴地回答,"你想起来了?还以为你把我忘了。"

"没有,小蚯蚓,想到太阳上去看看吗?"还是那柔和的嗓音。

"太阳,太阳上有什么呢?为什么你想去那儿?"

"没什么,就是想去看看。你去不去?"

"好呀!"

"跟着我。"

鹏鸟们开始以一种独特的韵律一起扇动翅膀,盘旋而上。渐渐地,有风从海上升起,浪也越来越大,水面上开始形成巨大的旋涡。鹏鸟们齐声鸣叫,越飞越快,形成飓风,那旋涡也越来越大,终于席卷着海水盘旋而出,直向天去!水借风势,风借水力,在海天之间形成这奇景:一道旋转的巨大水柱从海中猛然拔起,其上有无数的大鹏飞腾,它们借助这大自然的伟力,要把它们的王送上天去!

小曲紧紧跟在小金身边,身后的飓风裹挟着它们向上飞腾,而小金还在用力地扇动翅膀,越飞越快。

它就像那支箭的箭头,携风带浪,呼啸着向红心而去。

越来越近了,小曲已经能感觉到太阳的炽热,感觉到它耀眼的光芒。一瞬间,它觉得很熟悉,就像小金身后的那根金色的羽毛,为什么那根羽毛这样吸引自己,也许就因为它闪着太阳的光。

近了,更近了,大鸟更加展开了它硕大无朋的双翅,整个身体沐浴在太阳的光芒里,翎羽根根透亮,光彩溢目。

在那一瞬间,小曲似乎看到它全身的羽毛都变成了金黄色,金灿灿的颜色,仿佛就是太阳本身!

"小金?"这真是小金吗?从冰里变出来的小金?

整个鸟群还在用力向上飞,气流环绕着它们,小曲也跟着用力扇动翅膀。虽然不知道为什么,但既然这是小金的愿望,那自己也要出一份力,就这样一鼓作气飞上天去!

我们就要成功了!小曲高兴地唤着小金。

突然,小金像是被抽去了浑身力气,双翅来不及收拢,就失去意识一般,从高空直落下去。

"小金!"

小曲尖叫着调转方向,扇动翅膀,想接住不断坠落的小金。可是小金坠落的速度实在太快,小曲在后面拼命追赶也来不及。

"小金——"它撕心裂肺地叫了一声,接着一头栽进了冰冷的水里……

## 二

"小蚯蚓,小蚯蚓。"有人在点它的头。

"小金?"小曲一个激灵醒过来,忙上下打量眼前的小金,"太好了,你没事!你怎么在这里?你不是……不是掉到水里去了?"

"没事,那些都是假的,幻觉。我们还在冰上呢。那是你的愿望,不记得了吗?"小金笑着说。

"哦,对哦,我的三个愿望。"小曲这才想起来,"可是,可是那些鱼和那些鸟看着都像真的一样呀。还有你,小金,你变成了好大好美的一只鸟,带着大家要飞到天上去。"

"都是假的,我不是好好的在这里吗,别担心,小蚯蚓。"小金伸出指头又点点它的头。

"是假的就好,虽然你变成鸟的样子很好看,但是还是现在这样平平安安的好。变成大鸟虽然很威风,但是也很危险,不如这次我们就变成最小的鸟吧,你说好不好?"

"最小的?那就变成蜉蝣吧。"

小曲在鸟儿的啁啾之声中醒来,发现自己停在一颗露珠旁,在一片晶莹剔透中看见自己的模样。

纤细的身姿,长长的触须微微卷曲,背后一对几乎透明的翅膀正反射出七彩的光芒。它稍稍一振翅,身体就能随风而起,转过身,便洒下流光一片。

小曲感觉不到身体的重量,好像随东南西北的风飘到哪里都无所谓。刚刚那滴露水已经喂饱了它,现在它可以悠闲地四处游荡与自我欣赏。

眼前的一切都变得巨大而新鲜。于是它扇动翅膀飞起来，从一滴露水飞到另一滴露水，从一簇花枝飞到另一簇花枝。小曲不停地飞，世界五彩斑斓，对于它来说有无尽的精彩。

层层叠叠的花枝、茎叶就像深林，小曲努力让自己飞得高一些，看清自己所处的环境。

眼前是一望无际的花海，季节似乎正是初夏。惠风吹过，花枝一片起起伏伏，蝴蝶、蜜蜂也不知从何处飞来，枝头的鸟儿叫得愈发欢畅。

可真美呀，小曲一路游荡着往前飞，它要先去找小金。

终于，小曲在一株向阳花的底下找到了另一只蜉蝣，它的情况却不太好。

它微微蜷着身子，触角低垂，翅膀贴在身上，躺在地上一动不动。"小金，是你吗？"小曲试着呼唤它。那只蜉蝣似乎听到了声音，身子微微一动。

"小曲？"

"小金，是我！小金，你怎么了？"小曲连忙飞到它身边。

它支撑起身体，说道："我没事，一会儿就好。别担心。"

"没事就好。"小曲落到地上，看着小金。它似乎比自己更大一些，也更漂亮一些，背上有一对金色的翅膀。

小曲见它没事，又兴致勃勃地说："小金，你看这里多美呀，有各式各样的花，五颜六色的，我以前都没有见过。"

"小金？"没有听到回声，小曲怕它身体还没有恢复，连忙关心地问它："你真的没事？"

"是很美。"小金却似没有听到，答非所问。

"小金，你……你不开心吗？"小曲犹豫着问。

"没有不开心，你开心就好了。"小金回答。

"那就好。"

"你还记得之前的事情吗？"

"之前的事？模模糊糊的，记不太清楚了。"小曲摇摇头。

"今天过后,你就会彻底忘记。"

"嗯,为什么?"

小金却没有回答。

小蜉蝣一会儿飞到东,一会儿飞到西,透明的双翅发出七彩之光,竟是比其他飞虫都美。它时不时地在一朵花上停下来欣赏一番,在一株草上摇晃一下。小金开始只是沉默,听着小曲说得高兴了也答一两句。

飞得累了,它们停在一片硕大的花瓣上,花心有一大颗露珠,小曲喝了一大口,然后舒舒服服地躺下。小金在它身边,看着这片花海。

"小蚯蚓,要是让你以后都生活在这里,你愿意吗?"

"我想想,似乎也不错。这里这么美,有这么多好看的花陪着我,什么都不用想,挺好。"

"如果变成一只大鸟,可以自在飞翔呢?"小金又问。

"那,"小曲想了片刻,"那我还是愿意变成大鸟。我,我怎么感觉曾经那样飞过。"小曲有点犹豫地说,"我是不是忘了什么事情?"

"哦,为什么呢?"小金却只问它。

"因为我是一只蚯蚓呀,原本只能待在一个地方,可是变成了飞鸟,我就能去更远的地方看看了。"

"可是远方可能有未知的危险,你不怕吗?"

"我怕的,但是还是想去试试,去看看。"

"好,那我们就试试。小蚯蚓,你相信我吗?"

"嗯,信的……"小曲还没有说完,小金带着它开始往一个方向飞。

它们用尽全力飞行,扇动的翅膀变成虚影,身边勾连的花枝试图挽留它们,任被它们挣脱。它们一路向前,虽然只是两只小小的蜉蝣,却有了一往无前的气势。

小曲紧跟在小金身后,它们的目标是远处的一棵树,可是一段时间之后,小曲觉得不太劲。因为沿途的风景虽然在不停地变化,但距离却没有变短，那棵树还是在远方。

"小金，这是怎么回事？你不觉得奇怪吗？"

小金没有回答，只是带着它一个劲地往前飞，直到飞得精疲力竭，从空中掉落下去。

"小金！"小曲连忙飞到它身边，落到一片叶子上。

"小金，你休息一下再飞吧。"

"我没事，要抓紧时间。"

"嗯，为什么要抓紧时间？我们还有很多时间呀。"

小金却没有回答，只是带着小曲换了一个方向，再次起飞。

它们一直飞，一直试，把四面八方都试遍，但无论怎样飞，还是因在这片花海里，山风照旧温柔地吹拂，四周野花烂漫。

终于它们停下来，小曲吃惊地发现，它们竟然又停在了刚才那朵大花上，那滴露水也还在。

"这，这到底是怎么回事？"小曲累得有些喘不过气，又惊又惧。

"因为这是个笼子，我们被关在了里面。"小金说道。

"为什么？谁把我们关在这儿？"小曲大吃一惊，翅膀又拍了起来。

"因为我。"小金飞起来，看着小曲。

"因为你？"小曲不敢置信地看着它，"谁把你关起来了？为什么要把你关起来？"

"因为我想回到天上去。他们不想我回去。"

"他们是谁？为什么你要到天上去？"小曲越听越糊涂。

"因为……"小金刚想开口，却发觉天色已暗。

"来不及说了，我先送你出去。"

小金拉起小曲，又开始带着它飞起来。这次它飞得更快，整个身体变成一道虚影，花叶想缠过来阻挡它，被它直接穿过，一路只听到茎叶断折的声音，无数花叶落地。

小曲看着前面的身影，觉得越来越熟悉，如纵横归墟的大鱼，如一翅冲天的飞鸟，如风，似箭。

"小金，我想起来了！我全都想起来了！我们之前经历的一切，我都想起来了！"

"是的，小蚯蚓，你要记住，你要到更远的地方去。"

"砰"的一声，小金一头撞在什么东西上，身体滑了下去。片刻后，一截曲折的裂痕乍然出现，转眼间那裂痕如闪电般延展。再后来，从四面八方不断传出"咔嚓"之声，网状裂纹四处蔓延，终于有什么东西碎了。

"小金，你快看呀，我们出来了，屏障碎了！"小曲在小金身边摇着它，看着四下散落的屏障碎片高兴地喊着，但它已经闭上了眼睛，一动不动。

"小金！"小曲的眼泪流了下来，"小金，你快看呀，小金！"

小曲抬起头，突然顿住，愣愣地看着远方，那里是另一片一望无际的花田……

第二天，一只蜉蝣在鸟儿的啁啾之声中醒来，发现自己停在一颗露珠旁，在一片晶莹剔透中看见自己的模样。

纤细的身姿，长长的触须微微卷曲，背后一对几乎透明的翅膀正反射出七彩的光芒。它稍稍一振翅，身体就能随风而起，转过身，便洒下流光一片。

它几乎感觉不到身体的重量，好像随东南西北的风飘到哪里都无所谓。刚刚那滴露水已经喂饱了它，现在它可以悠闲地四处游荡与自我欣赏。

它好像记得自己要去找另一只蜉蝣，还记得自己要到什么地方去，但到底是什么，已经记不清楚了。它就这样游荡了一天，直到太阳下山，生命终止。

第三天，另一只蜉蝣在鸟儿的啁啾之声中醒来，发现自己停在一颗露珠旁，在一片晶莹剔透中看见自己的模样。

纤细的身姿，长长的触须微微卷曲，背后一对几乎透明的翅膀正反射出七彩的光芒。它稍稍一振翅，身体就能随风而起，转过身，便洒下流光一片。它只想在这里随处游荡，其他什么都不想……

"醒醒，小蚯蚓。"小曲在一阵摇晃中醒来，睁眼一看，原来它还在冰面上，小金正蹲在它的身前。

"小金，你没事？我知道了，那些都是幻境，所以你没事，对吗？"小曲问道。

"是的，我没事。"

"可是，那感觉太真实了，就像是我亲身经历了一样，而且每次你都伤得很重，真的都是假的吗？"小曲有些怀疑地问。

"别多想，我这不是好好地站在你面前吗？"他又用手指点了点小曲。

"可是……"小曲还想说什么，却被小金打断。

"你还有最后一个愿望。"小金开口道。

"那好，那你告诉我你是谁？"小曲看着小金，直直说道，"你现在还是没有想起来吗？"

"小蚯蚓，你可真是……"小金摇摇头，"我确实想起了一些，但不是全部，既然是你的愿望，那好吧。

"我原本住在天上，但因为一些事情和家里人吵了一架，就被赶了下来。但是我在下面住得不习惯，时刻都想回去，所以就想借助鲲鹏之力重返天上，就像你在第一个愿望中看到的。但是家里人估计气还没有消，不让我回家，于是我就变成了一只蜉蝣到处游荡，就如你在第二个愿望中看到的。再然后我也不太记得了，估计蜉蝣也当腻了，就变成一根羽毛睡在冰里，最后被你挖了出来。"小金说道。

"就这样？"小曲有些不信，"可是幻境中你的样子可不像你说的那样。"

"嗯，那是怎样的？"

"我也说不好。"小曲摇摇头，"感觉没有你说得这么轻松。"

"可是我记得的就是这些，你别瞎想了。"小金又摸摸小曲的头，"个头不大，想的倒是多，一会儿脑筋又该打结了。"

"我没有瞎想，我的脑筋也不会打结！"小曲气鼓鼓地说。

"好吧好吧。哎呀，真是，蚯蚓不会打结谁信呀。你看，天色也不早了，你早点回去休息吧，明天再来。"小金还是笑眯眯的。

"好吧。"小曲扭扭身子，有些不情愿，"那，明天我再来看你，陪你聊天，等着我啊，说好了。"

"好，等着你。"小金说着挥了挥手。

"说话要算数哦，你这么大个，不能欺骗小蚯蚓的。"不知怎么的，小曲还是有些犹豫。

"好的，说话算数。我还是那根羽毛。"

"你要记得呀。"

小曲一屈一伸依依不舍地走了，只留下小金孤零零地站在原地。良久，人形消失，只剩下金黄的羽毛依旧留在水中。

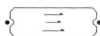

我并没有对小曲说出全部的故事，其实我已经回忆起更多，但那回忆太沉重，沉重到我不愿意想起。我宁愿做那根叫小金的羽毛，也不愿意回忆过去。

但一个人的过去是不会消逝的，就算你刻意去忘掉它，它也会在你稍不留神的时候从时间的空隙里漏出来，然后变成一张网，把你困在中央，令你无法摆脱。

那段时光里，我是金翅鸟族的王子，我是太一。

金翅鸟族是万族之首，我的兄长俊是当之无愧的王者，人们后来称他为帝俊。金翅鸟族自诞生起只应有一位王者，由天地孕育而生，天地的精华也只集中在一人身上，这样至强至尊的存在理应只有一个。

可是不知道哪里出了岔子，在我的兄长诞生后，竟然又多出了一个我。

自天地分开，沧海桑田，在山海之间无数的种族、部落为了生存和繁衍相互厮杀，在他们之中诞生了无数的英雄，但没有哪一位比得上我的兄长。

在我的兄长诞生之前，各族的祭司、长老、大巫都收到了冥冥中传来的消息，天地之间将诞生一位万族的共主、乾坤的主宰，而他的原身是一只金翅鸟。

不知从何时起，这个预言就像风一样吹过大荒的每一片土地，没有人知道它是从何处传来的。可是就像是约定好的，一夜之间所有聆听天谕或者妄图窥破天机的人都做了这样一个梦，梦中巨大的金翅鸟降临人世，统一神族，最后把他们都带到天上，君临天下。对于这样的预言，有人相信，有人则半信半疑，直到那一天来临。

如天地的神话要重新描绘一般，漆黑的夜里，有巨大的光球呼啸而至，从大荒最西边的莽莽大山经行长空，到达最东边的东海之滨，点亮所有人的瞳孔，就像预言中说的那样，重塑他们的信仰。随着一声响彻寰宇的鸣叫，巨大的金翅鸟本相显现在半空，随后群鸟咸至，百兽跪服，天地间光明大盛，如鸿蒙初开。

就在大家惊叹之余，没有人注意到有一颗暗星也坠落天际，和那颗光球一起落入尘世，那就是我。

兄长天生神力超群，而我却一丝神力也没有。所以自我降生起，人们对我的议论就没有停过，哪怕我的原身也是一只金翅鸟。

起初我也很沮丧，有时候甚至怀疑自己不是兄长的亲弟弟。但兄长却跟我说，我是这世间他唯一的亲人，是他最重要的人。他还给我起名太一，是至尊之意，表明我的身份尊贵；却给自己取名为俊，意为才智超群之人。

兄长天生为神，通晓各种神通，他试图把他知道的一切都教给我，这引起了部众更大的非议。但随着兄长越来越强，征服的部族越来越多，表面上的议论声逐渐消失，但我知道，在兄长不在的时候，他们看我的眼神依然异样。

兄长执掌一族，对外征伐极其迅猛，对敌毫不留情，我们的领地迅速扩张；兄长对内处事极其公允，不偏不倚，虽说有些冷漠无情，但却没有一丝错漏。就算有些事一时看似处理得不妥，但时间最终会证明兄长的正确。他似乎全知全能，再加上那降世时的预言，不久兄长的威名就传遍八方，不少部落诚心前来归顺。

兄长是天生的王者，他惯于发号施令，甚少语重心长。他周围的人对他很是敬畏，与他说话时都不敢直视；在其他人面前，他总是高高在上，面色凛然，但唯独对我不同。

兄长待我一如既往，从未变过。其实我们几乎同时诞生，就因为他比我早了半刻，成了兄长。因为我出生时没有神力，他便十分小心，时时处处照顾着我。

也许是天赋神力，兄长成长迅速，很快便长成了成年的模样，他的心智成熟，能力也一并提高；而我却因为缺少神力，仍是一副少年样貌。所以无论我有什么愿望，他总会尽力去满足我。

我们一起住在部落建造的大屋里，他总是尽量把我带在身旁，就是一时有事不便带着我，也会派人层层保护我，确保我不接触到外面的人。虽然我也是一只金翅鸟，却感觉像是生活在笼子里。

记得有一次，我实在是太想到外面去看看了，看看不一样的人和风景，于是我绕过了守护我的侍卫和服侍我的仆人，因为我十分清楚他们的值守时间。我终于跑出了屋子，奔向渴望已久的世界。

我第一次独自看到大地、山川，看到围绕大屋聚集的层层叠叠的部落，看到族人们在山林间狩猎，而与我同样大小的孩子们则在四周疯闹着。眼前的一切都让我觉得新奇，我从来没有机会这样仔细地看他们，他们每个人都有自己的生活，脸上的表情十分生动，不像那些侍候我的人。

我虽然有些羡慕他们，但并不靠近。我知道兄长把我一个人放在大屋的用意，我要保护好自己免得他忧心，所以我看一眼就满足了。

我看到远处的山上高高地飘扬着金黄的旗帜，迎风展开时能看到上面绣着的金翅鸟，它仿佛无声地庇佑着这片土地上的生灵。我在大屋的各个地方都能看到同样的图案，但绣在兄长衣袍上的金翅鸟最为璀璨。每次我看到金翅鸟的图案，都觉得它代表的是兄长，而不是我。

我就是兄长羽翼下的一个普通人，和这里的每个人并无不同。其实我早就知道这一点，所以从来不曾用自己是兄长的弟弟这一点提出过什么过分的要求，即使我知道如果我说出来，兄长一定会满足我。

作为一个普通人，这次我也只是想亲眼看看兄长护佑下的其他人，看到他们好好地活着，然后回去心安理得地继续做我的普通人，这就够了。

就在我准备回去的时候，突然看到一个漂亮的小女孩冒冒失失地冲到了路中间，睁着一对懵懂的大眼睛，好奇地看着眼前的一切。

这显然也是个不经常出门的孩子。她还小小的一团，长得如花骨朵一般。她愣愣地站在路上，看着往来的行人、叫卖的小贩，还有到处跑闹的孩子，渐渐地，她的脸上露出了笑容。

看到她我才意识到自己这样偷跑出来有多么不妥，兄长一定担心了，还是早点回去吧。可是看到这小女孩一个人在这，我又有些不放心。

忽然，一个衣衫破旧的男子假装不小心撞了她一下，那女孩"哎呀"一声坐到了地上，那男子赶紧去拉，口里连连说着道歉的话，却趁那孩子不备，扯走了她腰间的配饰。

女孩正待叫人，又跑过来一群人，他们同样衣衫破旧，其中一个一把抱起那女孩，说道："小妹妹不用怕，我们带你去追坏人，把东西给你抢回来。"那女孩已经愣住不知做何反应，眼看就要被那伙人带走。

我跑到他们身前拦住他们，手里举起自己的配饰，说道："你们想干什么？我把这个给你们，放了她。"

随着我把那枚雕刻着金翅鸟纹的玉佩举起，所有人呼啦一声全部跪倒在地，高呼道："金翅鸟纹，是族长，是族长的玉！"同时，出来找我的人也发现了我，他们跑到我身边同样跪倒，恭敬地请我回去。

看到眼前的这一幕，我终于意识到我并不是个普通人，就算我一丝神力都没有，也注定不能像普通人一样生活。

回去后，兄长虽然没有说什么，但我发现之前服侍我的人全部换了，再也没人见过他们，而我也不会再一个人跑出去了。

这一天，哥哥还在大殿内议事，此时的我已经在院子里练了好一会儿箭了。这是我自己找的新消遣，就在院子里拿着弓箭射果子，在兄长每日必经的路上，他每天都能看到。

等到第二十个果子落地后，兄长终于议完事出来了，他见我无聊，居然一反常态地提出带我去打猎。

我们并没有走很久，因为大屋附近就有一片密林，我们边走边说着，很快就到了。这是为数不多的我和兄长单独在一起的时光，他现在越来越忙了，我有时一整天都看不到他。所以此时有这样的机会和他在一起说说话，我很高兴。

他还是照例地问我最近身体怎么样，吃穿可好，有什么高兴或者不高兴的事情，我就会把身边的事情拣些有趣的告诉他。

其实我的生活很单调，活动的范围也就那么大，可以讲的实在是不多，就算我着力渲染，也不会有趣到哪里去。但是兄长总是很耐心地听我讲，有什么忽略的地方，他还会时不时地问我的感受，好似用这种方式来弥补他无法陪在我身边的遗憾，以防我在生活上有什么不顺心的地方。

我喜欢这样和他相处的时光，就这样随意地说着话，什么都不想。有微风从我的发上拂过，又轻快远去，如同我的心情。

正说着，我忽然看见了一只有七彩羽毛的鸟儿站在树梢，那是一只我从未见过的鸟。它有长长的尾翼，身上如披织锦，见有人来，"啾"的一声如一片祥云一样飞远。

兄长也看到了那只鸟，他听我说声"想要"，便准备动手。我连忙拉住他，说自己先试试，如果射下来，就用它的羽毛给兄长做帽子。

那只鸟并没有飞远，一会儿又停在了另一处枝头，歪着脑袋似乎在打量我。

我看准机会弯弓搭箭，一箭射去，可惜片羽未落，那鸟展翅又飞走了。我并未气馁，而是搭了第二支箭在弓上，准备再试一回。一会儿，那只鸟儿又飞了回来，同时我也听到了从远处树上传来几声稚嫩的"啾啾"声，原来是有雏鸟在此。

我的手不自觉地松开，犹豫了。然而还没等我反应过来，身旁的兄长一把拿过我的箭，"嗖"的一声一箭射出，那只鸟应声而落，摔在地上。它挣扎了两下，不再动弹，远处树梢上的"啾啾"之声急而凄切。

我看着眼前的一幕，一时说不出话来，只是看着兄长。他的眼眸如水清亮，透出泠泠冷光，问道："你不是要它的羽毛吗？"我愣了片刻，然后回答他："是的，谢谢兄长。"

对于我的身体，兄长试过很多方法，但是我的经脉气息自成体系，一般方法很难奏效。

终于有一天，兄长决定把他的神力直接分给我一半。对于这个决定，我坚决反对，所有人都不赞成，但是任何人都没有办法改变兄长的决定。于是兄长开始着手他的计划。

一开始进展还算顺利，我可以逐步吸收兄长的神力，但随着输入的神力越来越多，神力越来越深入我的经脉，他发现了我体内另一股沉睡的力量。几次之后，兄长终于确定，我的身体里也存在天生的神力，只是不知为何被封闭，但他可以慢慢解开它。

这个消息虽然晚了一些，但我还是很高兴，我总算不用忍受他人异样的眼光，说不定以后也能帮到兄长。

于是兄长每隔一段时间就用神力去冲击那封印，我的神力便从无到有，像小溪般渐渐地充盈起来。虽然冲击封印的过程极其痛苦，但是为了不让兄长失望，我都咬牙忍耐。

之后，兄长开始教我术法。之前兄长也试图把他的神技教给我，但是当时我的身体条件不允许我修习更深奥的术法，可现在不同了，随着我体内的神力复苏，我也总算能有所得。

看到兄长渐渐欣慰的神情，看到旁人愈加敬畏的眼光，我感到由衷的高兴。

直到有一天，我的神力已可一观，兄长却突然对我说，我以后会成为这天地真正的主人,他只是暂时替代我而已。

我大吃一惊,简直不敢相信自己的耳朵,不知道兄长为什么这么说。要知道我们神族的寿命绵长,特别是像兄长这样由天地孕育的神灵,本应该与天同寿,待他成为天地之主后,也应一直掌控天下,直到寿终。

但是他现在却对我说这样的话?我心里十分不安,再三地追问兄长缘由。可是任我怎么追问,兄长只说以后自然见分晓,再不肯多说一句。

我却暗自下定决心,未来不管有什么事情,也不会与兄长争位。

虽然兄长是冥冥中上苍选定的主宰,但预言终归是预言,在没有秩序和规则的世界,力量才是决定一切的主因,兄长正是如此做的。我站在他身边,看他在战场上纵横驰骋、傲视敌手的样子,心中感到十分骄傲。

征战之初我们面对的只是一些不知深浅的小部族,兄长几乎不费什么气力就能收拾。但随着征伐的土地愈加广阔,归降的部族越来越多,我们终于与传说中的人物对上了。而此时的我已开始成为兄长的助力。

那是与强良的战争。强良号称北方之神,据说神力通天,只是因为其领地在遥远的北方,所以关于他的事迹都只是听闻。

传说他的原身是一只巨大的白虎,身缠两条剧毒之蛇,来去如风,能够驱使风雨雷电;又传说在他所居之地,江河北流入海,千里冰原上他统御着归附的各族,实力强悍。

虽然我们两族从未有过往来,但对彼此却不是一无所知,因为我们都知道这一战在所难免。只是在还没有彻底摸清对方情况的此刻,强良突然来袭,显出几分蹊跷。

交战那天天色不佳。自天地分开之后,世界一片黑暗,只有各个部族的首领分出神力照耀自己的领地,这也是衡量首领实力的一个标志。在黑暗世界里,只有实力强大的首领才能长时间地用自己的神力支撑天地的光明,而我的兄长无论何时都可以光照全族,从不疲惫。

强良作为一方之神，早就闻名于世，论年纪他要比我和兄长大上许多，我虽然对兄长取胜充满信心，但还是免不了担忧。

强良远来，一路声势赫赫，从北境冰原携风带雨席卷四野，沿路各族望风而靡。他一人纵贯千里如入无人之地，就这样越境而至。

那日，我与兄长早已得到消息，我俩站在高崖眺望天际，只见原本暗沉的天色更加混沌。

天际乌云翻滚如同泼墨，似要把天压低，其中擂鼓般的雷声不时传来，最初还只是闷响，之后便一声声震荡耳膜。闪电在云中穿梭，一闪而过，不时落到地上，便激起火花四射，野火四起，人们纷纷躲避。

兄长眉峰一蹙，屏障即起，屏障内一切止息。远处却雷声渐隆，乌云愈厚，终于随着一道横劈天地的闪电，大雨滂沱而下，天地间如有雨箭，砸在地上铿锵作响。雨越下越大，对面已见不到人。此时，又有水浪之声传来，我勉强往远处望去，只见天地相接之处现出一道泛白水线，正不停地涌动向前。我不禁感叹，一人之威竟至于斯。

兄长扬眉，站在当场，虽不见动作，我却能感到威压陡升。我从未在兄长身上感觉到如此高昂的战意，不由得张口叫了一声："兄长。"兄长闻言却只是伸手轻抚我的发顶，说道："不愧北方之神。"

说罢，冲天神力陡然而起，天地之间一声金翅鸟鸣，寰宇振响。之后以我们站立之地为界，雷电尽散，风云俱收，朗朗青天再现眼前。一线之隔，恍然两个世界。

但很快，那道水线就越过界限，越逼越近，水势愈来愈大，最后竟成了一片汪洋。浪头高高抬起，似要与天相接，所到之处涛声震天，万物不存。"原来是北海之水。"兄长说道。传说北海之水冰冷无比，其中没有生命，却又磅礴浩荡，承载无数冰山雪峰，是为禁地。

兄长说罢纵身飞上高空，双手平展，蓄力后再翻掌，雄厚无比的神力呼啸而出，如同实质正面撼上那滔天巨浪，那恣意汪洋不意竟遇到阻碍，如拍上高山巨岩，发出震彻天地的巨大声响，卷起千层雪浪。

那水后浪赶着前浪，前浪受阻，只得往上累积，越积越高，但无论怎样翻腾总有一道屏障挡在面前，无法逾越。

于是渐渐形成这样的奇景，在兄长身前，一道高高的水墙拔地而起，水墙之后巨浪滔天，响遏行云。但那墙却纹丝不动，滴水不漏。

眼看那墙越来越高，像一棵巨木从地上长出，不停地攀延向上，直要长到天上去。就在两方僵持不下之际，突然阵势一变，从那片海中猛然凝出无数冰箭，越过水墙，只对着兄长一人！

"哥哥！"我脑子顿时一空，飞身而起挡在他身前，他还在抵挡海浪，却不料箭已到了眼前。万箭齐发中，我在他身前轰然撑起屏障，再一瞬，感觉自己已被箭埋葬。

"太一！"耳边传来兄长的呼声。

好一阵过后，我才恢复知觉，连忙撑起身体问兄长："哥哥，哥哥你没事吧？"我顾不上自己，只慌忙伸手去够他。

"我没事，太一，我没事。你让我先看看你的伤。"兄长就在我身边，他握住我的手，这时我才觉得鬓边有血淌下。

"强良！"兄长脸色陡变，从我身边站起，他的手上沾着我的血，渐渐握成拳，再陡然张开，于是有极亮的一点光芒在他手上聚集，然后那光芒从他身上铺展开去，越去越远，越来越亮，直到从天到地，无处不在。雷电风云节节后退，之前翻腾的滔天海水也被这沛然莫御的光明之力控制，瞬间静止。下一刻，海水变成蒸腾的水汽，消失无踪！

一时间，所有人仰望天空，出声不得。

忽然，一声虎啸从极远处传来，穿透全场。再看时，一个极魁梧的身影从天边缓缓而来，虎首人身，身缠双蛇，正是强良。

初时他一步一步走来，大地随着他的脚步微微震动，再后来，他的脚步越来越快，身形也随之越变越大。大地传来鼓点似的响声，他奔跑起来，身形变为一道白色虚影，风驰电掣。等到了跟前，又是一声震天彻地的虎啸，只见一只白色巨虎出现在众人眼前。

那巨虎一爪朝天，有冰聚集，渐渐从爪中生出一座冰山，初看不大，翻掌落下却随风而长，无边无际，正往兄长压下。"天柜山。"

兄长冷冷说道,"真是把北海的东西都搬来了。"

我一看此景,忙支撑着站起,说道:"我去。""太一,你刚受了伤。""无妨,哥哥信我。"说罢,我飞身而起,仰天一声长鸣,巨大的金翅鸟原身现出,用双翅托起了万仞高山。

我甫一接触那山,就觉何止万钧之力压在肩头,压得我整个往下一沉。我连忙稳住身形,深吸一口气,双翅耸起,托住。

片刻,我感觉到背上的重量不断增加,而且带来刻骨寒意,但我不能认输,因为我是俊的弟弟,这个世间最厉害的人的弟弟,所以我也不会输!双翅再展开,身形再变大,我用金色的背脊负起苍山。

片刻,虎影已越来越近,带来漫天席卷的风雪,似乎天地间的风雪本就是虎形,一路奔腾到此,转瞬已至眼前。

兄长长唳一声,腾空而起的金翅鸟傲然展翅,烈烈火光冲天而起,瞬间席卷天际,点亮每个人的眼。那火无凭无依地烧起来,越烧越旺,一时之间天地光明,照亮了我能看到的一切。那金羽灿烂夺目,每一缕都带着火盘旋而上,绚烂至极,似要就此撕裂苍穹!

双方还没有接触,巨大的气旋相互撞击已发出砰然巨响,掀起巨大的气浪,周遭的景物瞬间变成齑粉,天地失色。

再分开时,兄长还是站在原地,强良也已恢复人身,倒是十分威武雄壮。

"金翅鸟族真是名不虚传。"意外地,强良的声音十分爽朗。

兄长不为所动,双掌平推,我背上的天柱山飞起落下,熊熊烈火而起,之后冰山消融无踪。

"所为何来?"兄长冷冷说道。

"你这天地共主的名头太响,想先来见识一番。"强良笑着回答。

"感觉如何?"兄长身形不动。

"真厉害,不过我也不差。"

"哦?"

"笑话,我不来,你就不会去打我了吗?与其到时候闭着眼睛被你打,还不如我先来瞅瞅你到底咋样,你说我说得对吧?"强良又一笑。

"说得也是。你还可以直接归降于我。"兄长淡然回道。

"那不能，好歹我也是一方之神，那样太没面子了。这样，现在算是平手，等会儿咱们重新打过，再论高下，如何？"强良手一摊。

"奉陪到底。"

"其实我这次来是想问你，真的要当这天地共主吗？你在你的地方称王，我在我的地盘称霸，不是挺好的嘛，干吗非要统一成一个呢？坐在那个位置很累的。"强良接着问道。

兄长却没有笑，只说了一句："因为那是我的使命。"

"你真的认为天命在你？就因为那预言？这岂不是太过虚妄。不瞒你说，在你之前，我也认为天命在我，于是我与你一样，到处征伐，也有不少部族归降于我，可是那又怎么样，过不多久他们又重新打起来，乱哄哄一片。后来我就索性不管这天不天的了。再说在这山海之间，强者无数，弱者必然被淘汰，自天地劈开就是如此，并没有什么不好，你何苦执意要改变？"强良正色道。

"我的使命就是打破这一切，建立天地的秩序，让强者和弱者都可以生存。"兄长也敛容回道。

"那你可要累死了，也会有很多人反对，就比如我。而且你怎么保证在你建立的秩序下，强者不会欺凌弱者？"强良又问道。

"我的使命是把它建立起来，之后的事还有后来者再去做。"

"这样？说得也有几分道理，也许天命真在你也说不定。但是现在没办法，我还是要跟你打一场，如果你把我打败了，你就去实现你的天命；要是我打败了你，那就说明你的天命没有到。"

"正是如此。"

话已至此，多说无益，强良回身又摆开架势。

只见那巨大的白虎再次出现，它的身形开始膨胀，身上黑纹历历，两条巨蛇在它身上往来缠绕，毒牙闪现，似乎随时都要噬人。

那虎越来越大，它脚踏山川大地，昂首向天，张开巨口，虎啸再起。这一声与之前又有不同，只一声就震慑众人，令人胆寒，似乎有什么不寻常的事情将要发生。

随着虎啸之声越来越大，周围的一切都在震颤，似要分解。等到虎啸声停止，那巨大的虎口前出现旋涡，似在蓄力准备吸纳什么东西。

正在疑惑间，我突然发现周围的景物开始失去色彩，逐渐变得苍白，进而渐渐消失！似乎天地的一块被它吸进了嘴巴里！

随着那旋涡越变越大，四周的景物都被拉扯，竟纷纷如流水般消失，它这番举动竟是在吞天？

这真是太不可思议了！我不可置信地看着它，果然是个胆大妄为的家伙，天命不在他，索性就把天吞了！

但兄长却不容许它这样。

一声高亢的鸟鸣过后，如一颗火球划过，浑身如流金璀璨的巨大鸟身映现天际，长长的尾羽横展八荒。

那鸟一振翅，片片金羽飞扬，根根丝毛闪耀，顿时有如无数的流火闪过。那点点火光往来交织，如一张巨大的光网，把天上地下的一切笼罩其中，顿时周遭的一切又有了颜色，消失的景物也一一再现。

白虎见状，又长啸一声，终于往大鸟扑来。金鸟腾身而起，还不等它近身就如迅雷般往虎身而去。一金一白如两道闪电，在空中不断交汇、碰撞，电闪雷鸣间只能看到两道残影一触即分，发出巨大的轰鸣声，震荡乾坤，如光弧一跃，再开战局。

至此，至强者狭路相逢，再没有半分旁人插入的余地，只有纯粹的力量交锋，两人附近的一切尽化为齑粉。神族的力量与生俱来，遇强更强，从没有半途退缩的怯弱者，更何况是这二人。

突然，随着一次剧烈的碰撞，白虎发出一声痛苦的怒吼，从空中翻滚落下，跌入尘埃。随后兄长也从空中缓缓而下，落在众人面前。

我连忙跑过去，看到兄长神色淡然，似乎安然无恙，于是放下心来，同时又感到胸口炽热，望着兄长。这是我眼中唯一的高峰，不可逾越。

躺在地上的强良已恢复人形，他勉强坐起来，咳了两声，吐出一口血，说道："我现在投降还来得及不？"

"迟了。"兄长回道。

"真是无情呀，早知道我就不来这一趟了。但是其实结果也没什么不同就是了，这样看来，天命说不定真在你身上。俊，好好干，让所有人换一种活法说不定也挺有意思。可惜呀，我看不到了。这样，我和你商量件事。"他还是一副玩世不恭的样子，"我把冰魄给你，你要好好对待我的族人。这次是我一个人脑子抽风，不关他们的事。"

"自然。"兄长点头。

"谢了，我知道你会答应的。我虽然败了，但也给你留了点东西，你估计要难受好一阵子了，哈哈，痛快……"笑声渐歇，强良的人影消失在原地，只留下一块晶莹的玉石般的东西。我把它捡起来递给兄长，他看了看交到我手里，嘱咐道："你留着吧，虽然与我们金翅一族的属性不符，但你以后要是遇到合适的人，可以交给他，他可以成为你的助力。"

我点头应下，再看兄长时，却发现他的脚步有些踉跄，我连忙上前扶住他，问道："哥哥，你怎么了？""无妨，先回去休息。"兄长声音略微有些沙哑地应道。

我忙把兄长扶回住处，他把衣袖挽起，我这才看到他的半截手臂已经全部黑紫，上面有两个小洞正冒出黑气。

我倒吸一口凉气："这是怎么回事？"

兄长把衣袖放下："无妨，是那时交战时被强良的蛇咬的。"

我一听顿时火起："难怪他最后那么说。"心里对强良生出的一点好感消失得一干二净，他竟敢这么对待我的兄长，我掏出冰魄，只想把它挫成飞灰。

兄长看出我的意图，拦住我道："不要意气用事，双方交战在所难免，何况这东西确实有些用。"

我只好又把冰魄收起来，问道："可是，哥哥，你的伤怎么办？"

"暂时还可压制。"兄长摆摆手，示意我没有大碍，可是我怎么都放心不下，又不想让他看着我担心，只得退出来想办法。

我先找到族里的大巫，要他们想办法先弄些解毒的药草，不行再去想其他办法。片刻后药弄好了，我连忙亲自端去给兄长。

只一会儿工夫，他那手臂上的颜色更深了。我赶忙扶起他，把手里的碗递过去，指望这药能有点用，哪怕减轻一点兄长的痛楚也好。

兄长就着我的手把药吃下去。我连忙仔细打量他，问道："哥哥，你感觉好些了吗？要是这药没有效果，不要紧，我马上再去想办法。"说着便要转身出去。

"太一，别担心。我已经好多了。"兄长拉住我。

"真的？这么有效，那就好那就好！"我高兴地连连说道。

"是有些奇怪，我都按压不下的毒，怎么会这么容易就解了。你去把大巫叫来问问。"

"好的，兄长你先躺好，我这就去找人。"说着我用手擦擦鬓角，然后拿起手里的碗，正准备转身出去，却发现兄长盯着我的手没有说话。

我低头一看，原来是刚才鬓角的血粘在手上，又滴到了碗里，一时没有注意。我顿时有些不好意思："那个，刚才跑快了些，头上的伤口又裂开了。"

"不用了，太一你过来。"兄长对我说道。

"嗯？兄长你不是要找大巫？"我虽然心里有疑问，还是依言坐到了兄长的床前。

"没事，不用问了，我已经知道了。"兄长说着指尖凝出神力，伸手拂过我的鬓角，血立刻止住了，"你以后做事切忌莽撞，记得保护好自己，知道吗？"

我虽然还是有些疑惑，但是既然兄长这样说，忙口中答应下来。接着我又去仔细查看他的脸色，见他的脸色由之前的雪白变得渐渐有了些许血色。再看他的手臂，手臂上的小洞已然不见了，黑紫色也明显变淡，我这才放心下来。不管因为什么，兄长的身体无恙，这才是最重要的。

在那之后，我们接管了原来属于强良的大片土地，兄长的威名更盛。虽然我还不能理解兄长所说的天命，但是他认为是对的事情，我自会帮他。

在今后的战斗中，我们再未遇到强良似的敌手，更多的族群主动归附于我们，兄长也对他们做了很好的安排。

虽然他还是一副冷冰冰的样子，但是强者对他更加敬畏，而弱者却对他充满感激。各部族之间虽然还时有征战，但在我们的领地内，更多的生命却留存了下来。

无论兄长到哪里，无论有多少人跪在了他的脚下，我却始终可以站在他的身侧。他对我也一如往昔，只要是有关我的事情，事无巨细他都要亲自过问，亲自安排，哪怕他不能时时刻刻与我在一起，我也能感觉到他是这广袤世间与我最亲近的人。

自从我体内的神力破封之后，神力也开始逐步增长。当我身披与兄长类似的绣有金翅鸟族族徽的外袍时，人们会远远地跪下行礼。如今的我已不再是那个只会躲在兄长身后的软弱无力的孩童，虽然与他相比还差得很远。

在战场上，我更加紧跟在兄长身边，因为他也会受伤，也会流血，这让我总是担心，恨自己帮不上更多的忙。因此我更加抓紧时间日夜苦练，我要变得更加强大，才能更好地保护他。

后来，我虽然还时有受伤，但兄长却一直安然无恙，直到他成为帝俊。

[小寒]

# 雁北乡

帝俊纪

## 一

天色昏沉，一望无际的冰原上寸草不生，只有冷风呼啸着来去。

远远地，走过来一个人，他的身上裹着块毡布，也不知道多长时间没有打理过自己，风一吹，袍子头发乱飞，只一双眼睛显得格外地亮。

小雁是整个部族最漂亮的姑娘，她注意年轻人已经很久了，比如，虽然他和其他人穿得一模一样，但其实是个很英俊的青年；再比如，他独自住在帐篷里，跟谁都不熟，跟整天和自己比美的娇娇也不熟；还比如，他来到她的部落为的是寻找传说中的冰莲。

这里原本是强良的属地，只是现在归于遥远的东方的帝俊。虽然还有人提起强良的名字，但至少对于小雁来说，现在的生活没什么不好。虽然东海的主宰看似离他们很远，但并不妨碍他的威仪影响到这里，让他们过着井井有条的生活。

外来的青年是在一个雪夜来到他们的领地的。

他站在漫天风雪中，轻声地问能否借住一宿，既没有被逼迫的急切，也没有讨好的意味。他平稳的声音透过呼啸的风声传到小雁的耳中，也传到小雁的父亲、族中长老的耳中。

小雁被那声音吸引，于是在众人都犹豫的时候，难得地向阿爹撒了娇，求父亲放他进来，只为见这声音的主人一面。

第二天她以送吃食的名义去见这新来的年轻人，没想到他的帐子里已经有不少人了。一早上，他已经帮大伙搭好了昨天被吹倒的帐篷，巩固了屏障。匆忙中小雁仍看到了他略带金黄的发色和一张极英俊的脸。

于是年轻人被理所当然地留了下来，他实在是会很多东西，不仅手很巧，还会平心静气地讲道理，用那么好听的声音。

这样的一个人，与之前小雁见过的人都不一样，所以有时候她不禁为他出神。可是阿爹却说他与他们不是一个世界的人，让她不要放太多心思在他身上。

什么叫不是一个世界的人，难道他不是一个鼻子两个眼睛？真是老借口，再说就是因为他与他们不同才吸引她呀。和他一比，部落里那些男孩简直就是野人，同样的衣裳穿在他身上就那样好看，而穿在他们身上就是块破布。尤其当他迎风站着的时候，衣服、头发飞起来，能让人看得心怦怦跳。

而最吸引人的是他的眼睛，他的眼睛是琥珀色的，比一般人都浅。当他看着你的时候，很容易在他眼中看见自己的影子，让人忍不住也想在他心里留住自己的影子。

可是就是这样的一双眼睛，却是含着愁的，小雁坚信这一点，而且坚信除了自己谁都没有发现。

她一面为自己的这点小发现窃窃自喜，因为这是一点自己与他的独特联系；一面又为这样好看的人却有着不为人知的忧愁而伤心，并且为不知道自己是否有能力为他解忧而难过。

这甜蜜而又愁闷的感觉实在是很折磨她，折磨她那颗从来没有为谁这么跳动过的心，哎呀！

他总是独来独往，但是部落有事却从不推诿，借此换取了吃食和一顶帐篷。除了小雁之外，部落里几乎所有的女孩都为他倾倒。

自己与她们是不一样的，小雁暗暗对自己说，她看中的是人，而不单单是外表，所以她也要做最好的那个，这样才能令他刮目相看。

不就是找冰莲吗？找来给他，这事就成了。

主意拿定，小雁这就决定上路。冰莲在苍茫峰顶，这小雁是知道的，但是为什么从来没有人采下来过，这不在小雁的考虑范围内。她还听说好像要两个人一起去走一段什么路，这倒是个难事，只有再拉一个，这也好办，凑上小黑就完了。

胆大包天的少女小雁于是悄悄出门去找她自幼的玩伴小黑，小黑是部落里最强壮的少年，也是小雁的忠实跟班。小雁跟他说阿爹的身体不好，需要冰莲疗伤，要他跟她一起去苍茫峰，因为冰莲在传说中确实能治百病，甚至有起死回生之效。

起初，老实的小黑将信将疑，觉得就他们两个半大的小孩去完成如此重责大任难免力有未逮，但架不住小雁连哄带骗再威胁，看着小雁一副不达目的誓不罢休的架势，可怜的小黑没有办法，只得答应，免得她去祸害别人。

于是两人定好日子，偷偷摸了出去，都没有注意到身后跟着轻烟似的一道人影。

我知道这个风风火火的女孩喜欢自己，自从我离开家，一路上已经见过太多这样的眼光，她们之中有很好的姑娘，但是我心中却只有对兄长的担忧。

说起来兄长也曾经问过我有没有喜欢的女孩，当时我却茫然地看着他，我从来没有考虑过这个问题，就如我从来没有想过会和兄长分开一样。

兄长见我一脸茫然，忍不住笑了，然后跟我解释女孩是怎么一回事。说我有一天会遇到一个令自己心动的人，在自己眼中她是最独特的。她的一言一行、一举一动都能牵动我的心，而我会时时刻刻心里都想着她。她是上天安排给我的最好礼物。

于是我反问他：怎样知道一个女孩就是上天安排的最好礼物？到底是要一见倾心还是应该日久生情？如果我真的遇到了这么个女孩，我又怎么知道她就是那一个呢？

兄长面对我的问题，难得地迟疑了，我就知道其实他也不知道，那些话都是别人说的，他不知道怎么听来的就照搬给我。之后，我们都笑了，就再也没有继续这个话题。

倒是我出来了以后，渐渐明白了互相倾慕的人是什么样的，他们的眼神、语气都会泄露他们的心情，其实只要仔细观察，就不难发现。

自兄长称帝之后，他要处理的事情越来越多，虽然他还是和原来一样，时刻过问我的情况，我也随时都能去见他，但是像以前那种日常琐事的交流总会被更重要的事情打断。久而久之，我也自觉地不再去打扰他。

只有吃饭的时候是值得期待的，这个时候其他人都不在，只有我和兄长坐在一起边吃边聊，兄长也一样过问我的身体如何，修炼进展怎样，再说一些琐事。

兄长常嘱咐我不要太辛苦，尽力就好，但我知道我的神力与他相比还差得很远。

兄长称帝之后和之前并没有多大变化，仿佛他就是为了那个位置而生的，就像久远前的预言最终变为了现实。人们已经习惯了他用不变的表情说出永远正确的话，就像天地间的道理终于通过了一个具象的人表达了出来，不容置疑。

他是真正高高在上的神明，值得所有人顶礼膜拜。他永远注视着远方，不会为眼前人停留，这样的他让我觉得有一丝陌生。但当我们眼光相接时，他琥珀色的眼睛里流露出的点点温情，嘴角扬起的一丝笑意，让我知道他还是我的兄长，原来的兄长。

我虽然还是和兄长待在一起，但是我本能地不去接触他掌管的事务。我虽然也参加族长们议事的会议，却拒绝担任任何职位。在王都，我的身份只有一个，那就是兄长的弟弟。

因此虽然兄长很忙，我的空闲时间却很多。除了修炼神力以外，我还有空品酒、弹琴、欣赏歌舞。

我会长久地观察一朵花开的样子，一棵草荣枯的过程，一只鸟飞来飞去的姿态和天边的云聚散分离的情景。这些别人看起来觉得很无聊的事情，我却觉得自有滋味。然后在难得的与兄长共处的时候，我会把这些讲给他听。

看得出来他对我讲的这些也不以为然，他更关注天地间的大事，就是在谈论这些大事时，他也永远从容淡然。但是在听我说这些小事的时候，他却会耐下心来，努力地理解我所说的有趣之处。

其实我知道他并不真正觉得有趣，只是因为是我说的，他便也随着我的样子表现出合适的表情。不过没什么，只要他愿意听，我就愿意讲。

就在我以为日子会这样过下去的时候，意外却令人猝不及防。

忽然有一天，兄长倒在了大殿上。

消息传来时我只觉手脚冰凉，不敢相信自己的耳朵，兄长是这天地间的第一人，就算天塌了地陷了，他也不可能倒下。

可是当见到兄长时，我又不得不信。他面色苍白地躺在那儿，闭着双眼，只是听到有人通报说我来了，才又勉强睁开。怎么会这样？我从未见过如此虚弱的兄长，这一切看起来都太不真实。

"太一，你来了。不要担心，哥哥没事。"眼见得我的手不自觉地发抖，兄长出声安慰我道。

"哥哥，你……你怎会如此？你是不是有事瞒着我？"我听得出自己的声音充满惶恐，还有气恼。他这样强健的身体，怎么可能毫无预兆地倒下，他就这样滴水不漏地瞒着我，而我竟然一点儿都不知道，一时之间我简直不知道是气他还是气自己。

等到其他人都出去，兄长挣扎着要起身，我只得去扶他。

他拍拍我的手，对我说："别这样，太一，我说了没事就没事，你不相信哥哥吗？"

"你这样让我怎么相信你。"我红着眼睛，我才不相信他。

"这只是暂时的，这一阵子忙了一些，休息一段时间就好了。你别这样。"他安慰我。

"我不管，这段时间你什么都不许做了，我看着你。"我还是瞪着他。

"好，都听你的行了吧。"兄长无奈地回道，又习惯性地抬手抚了抚我的头。

"那好，那你先告诉我，这到底是怎么回事，大巫怎么说的？别跟我说什么忙了就会晕倒，我没那么好糊弄。"我拉下他的手。

"你呀，"兄长一愣，"真没有骗你，不信可以传大巫来见。"

我当然不相信他的话，立刻把大巫叫了来，可是不管我怎么仔细地询问，大巫都回答兄长确实只是一时虚弱，但是却不知道到底是什么原因，只能推测是近期事务繁忙导致的身体亏损。

"你看吧，我并没有骗你。"大巫退出去之后，兄长又对我说。

我却没有回他，没有原因的身体虚弱？我不太相信因为事务繁忙就导致兄长的身体衰弱，因为他并不是一般的人，他是上苍冥冥中选定的天地主宰，亿万生灵的主人，怎么可能因为一时的忙碌就晕倒了。这其中是不是隐藏了什么，又预示着什么？要知道兄长的一言一行莫不合乎天意，他本身的安好在某种程度上代表了上天对我们的眷顾。难道是天意有变？

想到这里，我感觉心猛地一震，仿佛突然从高处掉落，想必此时我的脸色比兄长的脸色更难看。

"太一？"兄长唤我，"太一，你怎么了？"

我猛地抬起头来，惶惶然盯着兄长的脸，想从他的表情中看出一丝端倪。可是，令我失望的是，从他脸上什么也看不出来。

也是，除非他愿意，否则又有什么人能从他的表情里读出他的想法，就算你是他的弟弟又怎么样？我不禁低头自嘲，一时间嗓子也堵得慌。

"哥哥，"我顿了一下，"你曾经说过，我是你唯一的亲人，是你最重要的人，还记得吗？"

"当然。"

"那你也要记得，你也是太一唯一的亲人，最重要的人。"

"太一，你……"兄长似乎没想到我会突然这样说。

"哥哥，你……你现在还说没事吗？你说，我就信。"我紧紧地盯着他的眼睛，半晌，终于从中看到了波澜。

"罢了。"兄长终于缓缓开口，"是我错了，是我不该瞒你。"

我一听心中最担心的事终于还是发生了，不禁唤出声："兄长！"

"太一，你别激动，听我跟你说。你还记得我以前跟你说过，有一天你会成为这天地的主人吗？这一天终于要来了。"

一看我马上又要蹦起来，兄长拍拍我的手，示意我听他说完。

"别担心，还不是现在。太一，你才是上苍选中的人选，我只是你的替身。

"虽然我们一出生都是金翅鸟，你却没有神力，于是大家推举我来做这个天地共主，我一开始也是这么以为的。但是没过多久，我就发现了异常，因为我的神力只能被消耗，却极难从天地中重新获取。

"开始我也不解，直到我发现了你的神力解封后可以从天地源源不断获得补充的事实，于是我明白了我不是天意认定的人选，你才是。太一，你出生时没有神力，是因为天地需要先消耗我来为你做铺垫，等我死了，你就能回到你应该在的位置。"

我早就呆了，什么消耗、解封从我耳边匆匆而过，只有一个死字像是一道惊雷劈开我的脑子，兄长他会死？还是为我而死？我不知道自己该有什么反应，也许要疯了也不一定。

见我愣愣地没有反应，兄长握紧了我的手："太一，别这样，这是我应该背负的使命，天意如此，你不要想不开。"

见鬼的天意！我一时觉得浑身的气血要找个地方喷出，化作一把刀，把这天劈了！

"哥哥，我不管什么天意，我不会让你死的，我也不要这个破位置。我现在就把神力给你，我不要了。"说着我就开始动手，可是我费了半天劲，却不见有丝毫效果，我的力量竟然一丝一毫都不能传给兄长！

"为什么会这样？怎么会这样？！为什么你的神力可以给我，我却不能还给你？"我绝望地喊道，眼泪终于忍不住掉下来，"哥哥！"

"太一，别白费力气了。"兄长拦住了我，"没有用的。"

"我不相信，哥哥，你等着，我一定想办法救你，我一定有办法救你！"

我再也不敢看他一眼，只觉得再多待一刻都是愧疚。我为什么要执意得到一个答案，我根本就承受不起！

我跌跌撞撞地又去找到大巫，问他神力耗损该怎么办，他告诉我如果外力不入，那就找些珍奇灵物直接吞服，也许能够有所补益。

于是我决定去寻找这样的天地异宝，不管有没有用，我都要试试。

临走之前，我又悄悄去看了兄长。他还是躺在床上，但是看起来脸色好了许多。也许就像他安慰我的那样，兄长神力浑厚，还可以支撑很长时间，这次只是一时的劳累引起的暂时反应，休养一阵就好了。

可是我却不能眼睁睁地看着他就这样耗损下去，我简直不敢想象他知道这一切时的心情。

那是从什么时候开始的呢，从他开始帮我解封的时候？那是多久前的事情了？他就这样一直瞒着我，一个人走在最前面，开疆拓土，扫除障碍；他一次次毫不吝啬地耗费神力击杀强敌，只为给自己的弟弟清出一片干净的天地。最后他再倒下，把自己变成一块垫脚石，好让他的弟弟踩在上面，登上至尊之位？

我不能再想下去了，在这里再待片刻都让我觉得窒息。我最重要的人，我的兄长就这样在背后默默燃烧自己，不眠不休，就像一根烛，不知道什么时候就化为灰烬。我想起自己幼时总是要兄长用神力照亮天地，直到自己困极睡着，而他照做不误，现在想想简直令人发指。

我不得不走了，再过片刻兄长就要醒了，我不舍地又看了看他，心里默念着：哥哥，你等着我，等我回来救你。

## 二

我已经走过许多地方，这个世界处处留下了我的足迹。

我们的世界是一整片陆地，四周环绕着大海，在大海之外还有无数的岛屿与不知名的地方。

传说从东极到西极要走五亿十万九千八百步，从南极到北极也要走五亿十万九千八百步，一个人穷极一生也不可能走遍四极，但是我却想去试试。

在陆地之上有数不清的高山、大河、草泽、湖泊，它们滋养了无数生灵，传说是由开天的祖神的身体、发肤所化，如今它们也各有神灵掌管。而这些神灵中的一部分已经奉兄长为尊，所以即使我已离开东海很远了，仍能感受到兄长的神威。

在不断的行走中，我见识了这个世界的广博、奇妙，也见识了这个世界的残忍与血腥，更见证了众多微小的生命爆发出的巨大力量。

兄长以一己之力支撑的世界虽然不尽完美，但已足够精彩，每一处都值得我细细品味。

但于我而言最重要的，还是为兄长找药。

从我第一次从巴地找到幽微草开始，我已经陆陆续续托鸿雁带回了不少灵药。我尽量不去想兄长对我说的话，描绘的那以后的情形，那是我做梦都不想梦到的事。可是梦魇却不肯放过我，每晚我都冷汗淋漓地惊醒，难以入眠。

为什么天意会如此安排，这真是天意的安排吗？在梦中，兄长脸色惨白、神力尽失地倒在我面前，每每回想起来我都不敢相信，更不能接受。

兄长为了天下生灵，没有一刻放松过，虽然他冷漠淡然的脸上没有什么表情，但是他无疑是一位好的领袖，无愧于天地共主的位置。

在他的庇佑下，弱小的生灵也有了生存的机会，大荒从未像现在这般繁盛过。这样的人理应受到众人的尊崇与敬服。所以就算天意真是如此，我也要亲手改写它！只要有我在，我的兄长，必不会有如此悲惨的结局。

我用尽办法去寻找各种传说中的灵药，哪怕再虚无缥缈我也愿意去尝试，哪怕途中遇到再大的困难与危险我也不曾放弃。只要有一线希望我都会去牢牢抓住绝不放手，因为只要我有一丝犹豫、退缩，就仿佛看到兄长的命数少了一寸，就仿佛我松开了悬崖边拉住他的那只手。兄长的命就攥在我的手里，既然他是因为我命数不永，那我就要亲手为他续上！

每次千辛万苦找到药寄回去，在忐忑不安中等到大巫说有效的消息传来时，我的心才重新落到实处，我也才能安睡。真的有用，太好了！总算，我也能为兄长做一点事，让他安稳地活在这个世间，才是我唯一在乎的。

眼前这灵雁族的少女和少年一起去取那冰莲，我知道是为了我，虽然有些抱歉，但是为了兄长实在是顾不得了，我会尽我所能保他们平安。何况我觉得那少年其实很不错，是个值得托付的人。冰莲是天地灵物，有多少效用还不好说，但是只要有一丝可能，我都要去采来送给兄长。

小雁与小黑来到了山脚下，看着高耸入云的山峰目瞪口呆。

"乖乖，这么高呀，根本看不到顶好吧。小黑，还好你准备充分，要不还不等我们爬上去，半道就饿死了。话说你怎么知道这地方不能用灵力的？要不我们变出原身，飞过去不就得了，哪里会这么麻烦，我还不相信有我飞不过去的山头！"

小黑叹了口气，挠挠头，心里暗暗叫苦：不知道该说她直爽还是缺心眼，自己怎么会喜欢上这么个不着调的。他把背后的一大包东西又往上托了托，说道："快走吧，等会儿暴风雪来了就不好走了。"

"哦。"小雁连忙跟上，心道：怎么平时没见小黑这么靠谱。

两人并肩一起往皑皑雪岭而去。

等开始往上爬时，小雁又开始在前面开心地叨叨："小黑，你知道冰莲什么样吗？为什么传了这么多年，却从来没有人真正带一朵回来？小黑，你说要是我们这次带回去一朵，那不是威风死了！娇娇还不得气死，看她什么都跟我比，哼！"

"她比不过你的。"

"嗯，你说什么？"

"我没说什么，你小心看路。要不你还是走我后面吧，免得摔跤。"

"不会，我在雪地上走路从来就没有摔过，你放心。你跟着我，我带着你，哎呀——"

正说着，前面的人一个跟头摔在雪里，半天爬不起来。

后面的少年愣了一下，并没有笑话前面的少女，而是伸出手去把她拉起来，然后再自己稳稳地走在前面。

少女闹了个大花脸，乖乖地跟在后面。

不多时，风雪还是来了，但他们已到了半山腰，少年很妥帖地找了个避风的位置让少女休息。只是他们不知道，有人暗中撑起了屏障为他们遮挡风雪。

"没事，小黑，这点风雪算不了什么。"少女坐在石头上，边喝水边说，"我们一起飞过的雪山，虽然没有这座这么高，但是也数不清有多少了呀。哪一回不是顶风冒雪，风雪兼程。可是每次我都可以与你并肩紧紧跟在阿爹后面，带着整个部落飞，你可别小看我。"

"是是是，你最厉害，谁都不敢小瞧你。"少年为她拍下身上的落雪，眼前浮现她奋力展翅的样子，那是他心中最美的画面。也许他就是喜欢她这性子吧，什么都不怕，真不像个女孩子呀，但是那又有什么关系呢。

略停了下，两人又开始往山上去了。

越往上路越是难行，小黑在前面探路，走过每一道陡坡，跨过每一个深坎，雪里留下深深的足印。他先把脚下踩实了，再回头招呼小雁跟上。一开始还只是在关键的地方拉一把，后来两人的手就紧紧地牵在了一起。

为什么以前没有觉得小黑的手这么有劲，没有觉得小黑的肩膀这么宽，就连那张平时看起来黑黑的脸庞，也瞅着那么有精神，原来他也不难看呀。

"小黑，我……我有件事想跟你说，其实我这次来，啊！"

小雁心不在焉地走着路，总想把心里的话向小黑坦白，一个不留神竟然没有注意走到坡边踩了空，整个人往山岩下落去！

一只有力的手猛地抓住了她的臂膀："别怕，小雁，我拉你上来。"少年在坡边紧紧地拉住她，用力往上抬。

突然"咔嚓"一声，小黑身前的雪块也开始崩塌！

"你不要管我了，小黑，放手！"少女的眼泪流了下来，开始用力挣扎。

"小雁，你记住，我永远不会放开你。"

少年墨黑的瞳孔一眨不眨地看着少女，然后纵身一跃。

小雁闭上了眼睛。

突然，她感觉身体腾空，冉冉而起，身下是一只大雁！它宽广的双翅稳稳地托住自己，正从山谷往上飞去，是小黑！

终于他们平安地落到山路上，小黑恢复了人形，只是喘得厉害。

"小黑，你没事吧？"小雁连忙扑过去，上下打量他。

"我没事，你别担心，但是我们要休息一下了。"

"好的好的，你好好休息啊。小黑，为什么你可以化形，我却不行，刚才真是吓死我了。"

"这座灵山上确实是不可以施展灵力的，除非是有极高深的修为，现在我的灵力也只剩这么一点，再折腾可就没了。"小黑边喘边说。

"哦，难怪。我……我知道了，谢谢你。"

"不客气。你刚才想跟我说什么？"

"我……"小雁突然觉得自己真是蠢极了，为了朵传说中的花，拉上了自己最重要的朋友，还差点搭上两人的性命。

但是自己不能不向他坦白。

"其实，我拉你来找冰莲不是为了阿爹，是为了，为了……"

"为了那个异乡客。"

"啊，你……你怎么知道？"小雁的脸一下红了。

"你表现得那么明显，一猜就猜到了。"

"哦，那你怎么也跟着来了？"

"别人来我不放心。"

"哦，那你不生气吗？"

"生气也要来。"

"哦，那是什么意思？"

"意思就是我喜欢你。"

"哦，那你……"

"你怎么这么多话呀，我喜欢你，我喜欢你，还不明白？"

"……明白了。"

少女看着少年微红的脸庞,激动的神情,突然明白了他是个多么可靠的人。他从来没有取笑过自己那些不切实际的幻想,想干什么都陪着她一起,就像他说的从来没有不管过自己。

自己为什么要去找什么外乡人?阿爹说得对,他和自己不是一个世界的人,而最了解自己的、最在乎自己的一直是眼前的少年。

"小黑,我们回去吧,我不要冰莲了,这里太危险了。"

"没事,我们都已经到这里了,再坚持一下就到了,再说长老年纪大了,给他采一朵冰莲备着也好。还有,你不是想把冰莲带回去给娇娇她们看吗?"

"那不重要,我以后都不跟她们比了。小黑,以后阿爹年纪大了,你就带着我们飞吧,我,我跟着你。"

"好。"

两人于是携手又往前走去,小黑却迟疑了一下,回头看了一眼刚才掉下去的地方。其实他变身为雁时就感觉到了一股强风猛然吹来,托着他和小雁往上,所以刚才并不会真的发生什么,是凑巧吗?

两人来到了传说中的山路前,那条路时隐时现,但当两人一起迈步时,那条通天小路却实实在在地出现在脚下,于是他们顺利地走了过去。

两人终于来到山巅,一起采下了冰莲,一朵带给阿爹,再采一朵送给异乡人,想必他是真的需要吧。

等到小雁和小黑一起把冰莲送给太一时,发现外乡人露出了真心的微笑,并送上了他温暖的祝福,还告诉了他们他的名字——太一。

第二天一早,人们发现那个外乡人已经不见了踪影,就如同他忽然出现一样。

冰莲托鸿雁送了回去,希望这冰莲也能像之前的那些灵物一般对兄长的身体有些帮助。鸿雁啊鸿雁,我出来已经许久了,也该回去看看了。

说起来我这次出来还结识了一个有趣的年轻人,他叫羿。他很有意思，我们一起经历了很多事，我回去以后可以当故事讲给兄长听。

于是我开始往东转，准备归家了。此时天边突然飞过来一只鸿雁，是兄长回信了吗？

每次我寄东西回去，兄长也会写封信寄回我，话都不长，写些近来的琐事，再然后就是叮嘱我在外面要自己小心，最后结尾总是"盼归"二字。

我不知道该怎么回他，说这些都是我应该做的，说让他安心养病别记挂着我，这些言语听起来都这么苍白，只有我跋山涉水找到的灵药才能略微表达我的心意。

这次鸿雁来得这么急，难道是兄长发生了什么事吗？

我把信展开一看，却不由得愣住了。兄长竟然娶妻了。

从兄长称帝起，就有数不清的部落前来联姻，部落的长老们也一再地劝说兄长娶一位品貌相当的女子做妻子，这才与帝位相配。可是品貌相当着实太难，品就不用说了，天地间又有谁家女子配得上兄长；就是貌，兄长虽是男子，容貌之盛也是世间少有，至少我从没有见过有女子及得上，所以联姻一事就被搁置了下来。不过这对我来说却是好事，我与兄长相依为命，很难想象我与兄长一起饮酒、聊天、吃饭时旁边多出一个人来，但如果那人是兄长真心喜欢的，我也可以让步。

如今这消息就这么突兀地传来，实在是出人意料，我有心早点回去见这位新嫂子，又有些莫名地不想这么快就承认她。兄长在信中并没有多说，只说了新嫂子名叫常仪。

不管怎样，我都是要回去的。

### 三

南地开始落雪的时候，我站在了凤凰族的领地外，却不能进去，因为凤凰一族出了瘟疫。

凤凰族是临近我金翅鸟族的另一大部族，甚至与我们有些亲缘关系，部族的首领称为大族长，名叫羲和，是名女子。如果说兄长真要和哪一部联姻的话，最有可能的就是同为羽族的凤凰族。

传说羲和不仅美貌天下无双，且极有胆略，登位后做的第一件事就是主动归附我金翅鸟族，所以全族没有半点损伤，兄长也因此给了凤凰族相当的礼遇。

凤凰一族是大族，分为凤、鹓鶵、鸑鷟、青鸾、鸿鹄五支，各领一方，以凤为首，羲和正是一只丹凤。凤凰族在羲和的带领下蒸蒸日上，是有实力与我金翅鸟族一较高下的少数部族之一。

我从王都走时也曾路过凤凰族的领地，当时到处熙来攘往，一派繁荣景象。这次还没有走到近前，却见高高的屏障拔地而起，将整片领地封住，与外面隔绝。

凤凰族的领地在我回去的必经之路上，没有办法绕行。我对凤凰族封族一事也有疑惑，毕竟封闭这么大的领地不到万不得已绝不会施行，且就在我金翅鸟族旁边，不知对我族会不会有什么影响。这种屏障还拦不住我，于是我索性决定入内一探。

到了里面一看，族内倒还秩序井然，但人人步履匆匆。乍一看到生面孔，有人张口就要喊，我连忙躲到僻静处，扯了块布蒙在脸上。这到底是怎么一回事？

我随手拉住一个人询问，原来是在领地发现了蜚。传说蜚独目，外形如牛，白头，蛇尾，所到之处瘟疫横行，是公认的灾难的化身，人人唯恐避之不及。但是蜚一般极少出现，只在近水的深山密林出没，从未听说出现在人群密集处，这倒是奇了。

我到处探查了一番，没有发现有用的线索，决定晚些时候到族长处一探。

到了夜里，我趴在暗处的屋檐上向羲和的屋里张望时，想起了以前兄长跟我说过的凤凰一族的往事。

传说凤凰一族浴火而生，凤族更是可以在火中涅槃，只要精魄留存就可永生不死，倒是很神奇。而且据说凤凰一族极其骄傲，当年羲和是怎样劝说其他四族归附我金翅鸟族的，也让人颇为好奇，有机会还真想结识一下此人。

正在胡思乱想之际，冷不丁肩头被人一拍，没等我转身，那手又极快地收了回去。

我转身一看，身后半蹲着一个青年，朦朦胧胧间看不太清楚样貌。他压低声音对我说："兄弟，你也是来偷看大族长的？"

"嗯？"我有点没听懂他的意思。

"别不好意思嘛，我也是来干这个的。我们美丽的羲和族长好长时间都没有露面了，我甚是想念，于是只有天天蹲在这里，看能不能一睹芳容，聊慰我心。"

"……"我看着他的样子一时不知道说什么好。

"好了，你不用多说，我都懂。"他又拍拍我的肩膀，一副很懂我的模样，'可是据我这几日的观察，羲和族长应该不在这里。"

"不在这里？为什么，那她在哪里？"我不解地问他。

"那就不知道了。"他摇摇头，"我在这里都蹲了好几日了，从未见过羲和族长进出，连这屋里来往进出的人言谈之间都没有提到她，可见她不在此处。"

这可真是奇怪，族中出了这么大的事，族长竟然不在吗？

见我沉思不语，那人一把拉住我，说："兄弟，别这么伤神了。来，跟我去喝一杯，有什么想问的尽可以问我，我可是什么都知道哦。"说完他还冲我眨眨眼睛。

好吧，正好我也有许多疑惑不解，于是就随他离开。

等到了街上，他像是随便找了家酒家坐下，马上就有店家上来招呼："小光，你又来了，你这是有钱了吗？"

原来他叫小光，我暗想。

"有有，你别瞎说坏我名声。"他一边打哈哈，一边对我挤眉弄眼，"兄弟，你一定有钱，对吧？"我只好掏出钱袋摆在桌上，对店家点点头。店家一看有人买单，马上去后面搬酒了。而小光则对着我的钱袋眉开眼笑，恨不得伸手去够。

我把钱袋收回，眼见得他的眉眼耷拉下来，不觉有些好笑。看到他这个样子，我不由得想起了兄长，在兄长眼中我也是这个样子吧。有时做出些让他又好气又好笑又无可奈何的事情，可他总是纵着我，从来没有说个不字。现在，也不知道他的病好一点没。

想着想着不禁出神，等我回过神来发现酒已经上来了，小光竟然没有喝酒，只是饶有兴致地看着我。我一时有些不好意思，忙端起酒杯向他一递，他这才端起自己的酒杯与我一碰。

"刚才见你出神，就没好意思打扰。"

"是吗？"

"就好像你在想念某个对你很重要的人。"我没有回他，只是把眼前的酒饮尽。

"跟我说说呗。"他头一歪，用手托腮看着我。

我看了他一眼，他的眼神既真诚又清澈，我突然有种想倾吐的欲望。因为我近乡情怯，不知道到时候能否自在从容地站在兄长面前，但是对着小光询问的目光，我还是摇摇头，只是仰头又喝了一杯。

"好吧，等你想说的时候再说。"他仰头也喝了杯中酒。

我这才注意到他长得颇为好看，眼睛尤其大，灵动异常。

"那我来说说现在的情况。族地内本来一切如常，突然有一天有人发现了蛊的踪迹，接着不断有人染上瘟疫死亡。

"照理说羲和本该立即出面处理此事，可是她并没有露面。因此人们议论纷纷，虽然还没有引起骚动，但对于族长在此紧要关头不在，大家已颇有意见。也有人猜测羲和是不是遇到了什么事脱不开身，甚至有人猜测她已经遇害。

"最后出面的是鹓鶵的族长黄衫，据他说是羲和暂时有恙不能出面理事，他奉了羲和的命令出来主持大局。虽说如此，但是大家都猜测羲和已不在族中，要不然这么严重的事情，就算抱恙，露一面总是可以的吧，可是没有人见过她。于是我日日等在羲和的屋外，想查个明白，如今看来羲和真不在族中。屏障是黄杉让人撑起的，以防蛊到处作乱，祸害他人。"

原来是这样，我低头思索，这件事处处透着蹊跷，也不知道这凤凰族中到底发生了何事，但不管怎么样，先抓住蛊才是最要紧的。

想到这里，我便打算离开了，这件事当然是我一个人做最妥当。

于是我对他说，自己还有事就先告辞了。他倒是没有留我，拍拍我的肩说，要找他的时候随便找个酒家留个信就行，这里没有酒家不认识他的。难怪他消息灵通，我心里想。

于是我们彼此告别，他挥挥手说有预感我们一定会再见。

从酒馆出来，我思考了一下蜚的出没痕迹：就算是出现在人群聚集处，也不代表它生活在那里。它的活动区域一定还是在荒林深谷之中，而且蜚喜欢水泽之地，凤凰领地里大的水泽只有那几处，挨个去找必定有所收获。

最南边王有一条大河名佐水，是凤凰族领地内最大的河流，河流两岸山林密布，人迹罕至，是个藏匿行踪的好地方。

我一路翻山越岭来到水边，决定先在这里探查。

这么长时间以来我都是一人孤身在外，早已不是当初金翅族中骄矜的王弟了，风餐露宿也是常有的。

我背靠一棵大树坐下，那棵树看着似乎是棵梧桐，宽大的叶子形成阴影，正好可以遮阴。我坐在阴影里，拿出之前准备的干粮，一口水就着一口干粮就这么吃起来。

随后我取了自己的一根羽毛，让它顺着河逆流而上，在整个河谷飘荡，只要有任何异象，它都能察觉。

从王都出来后，我发现身上的神力又有了增长，在外遇到危险，神力也是遇强更强，特别是生死一瞬之际，往往能激发出更大的力量。

许久过后，羽毛重新回到我手里，却什么异动都没有，难道蜚不在这里？

我没有停留，又马不停蹄地赶到其他几处河湖，同样放出羽毛，但奇怪的是，都没有异常反应传来。我的金羽对异兽的气息十分敏感，如果有异兽藏匿，绝逃不开它的追踪。

我站在原地仔细回忆金羽的反应，其他几处金羽很快就确定了情况，只在第一处佐水，金羽似乎犹豫了很久。想到这点后，我决定赶回佐水，再仔细查看一番。

佐水是鹓鶵族的领地，鹓鶵是除凤族外的第二大族，族长黄衫神力高深，是整个凤凰族的长老。听说当年也是他支持羲和统领五族。

我来到佐水上游，把自己的掌心割破，血滴落在河水里顺流而下。我的血凝而不散，会散发出特殊的甜味，随水流充满整个河谷。这种甜味对所有异兽而言都是极大的诱惑，是没有开启灵智的它们抗拒不了的美味。

对于自己身体的这种特质我开始并不清楚，直到后来几次遇险，被凶狠的异兽追赶，我才逐渐明白原因。所以平时我尽量不让自己受伤，不让自己流血。但此时没有别的办法可想，只有冒险一试。

等了一会儿，竟然还没有动静，我正打算把伤口再扩大一些，一只手按住了我。我抬头一看，是小光。

"你在干什么？别再割了！"他一脸焦急的样子，将我拿刀的手打掉。

"你怎么来了？"我问道。

"我早就来了，我也怀疑蜚就藏在佐水，但是还没有找到，就看到你在这里放血。"

"无妨，我的血有效用。"

"那也不能这样放呀，你……"

我示意他噤声，左岸树丛中传来了阵阵响声，隐隐约约有兽吼声传来，会是蜚吗？

我们对视一眼，一起慢慢朝树丛靠近。

那吼声越来越大，且渐渐焦躁，似乎有兽被什么困住了不能脱身。

我们小心地靠上去，终于在半山腰处找到了声音来源，可是从外面完全看不出异样。经过几次反复查看，我们终于确定异兽就在其中，看来是被人用高深的障眼法挡住了。

就在我准备伸手一试时，小光手一挥，不知道用了什么法子让原本平常的山壁上慢慢现出了一个洞，看来就是这里了。我看了他一眼，这一手倒让我刮目相看。

他也没有多话，带头进入了洞中，穿过幽深的洞道，在极深处我们终于看到了蜚。原来它被人圈禁在这里。

只见这只蜚身大如牛，独目森森，却被锁链锁住了四肢。我刚才忘记包扎伤口，此时这只蛊见到我，更是嘶吼连连，恨不得能马上扑过来。

照理说蛊喜欢水泽之地，虽然知道的人不多，但也不是完全没有人知道，因此顺着这条线索找到这里也不是没有可能，就像小光。

金羽刚才没能发现这处洞穴，原来是有人设布疑阵，可是他怎么没有封住蛊的声音呢？除非这只蛊平时在这洞里是不发声的，如此听话的异兽只有一个解释：这只蛊不光是被圈禁，还被豢养，它已经认主了。

但凡异兽认主之初，饲主必须以自身鲜血供养它，在牢记了饲主的血的味道后，异兽才会听命于他。此后就算饲主不在，也不用担心蛊会突然挣脱，发狂吼叫。因此饲主只在洞外设了障眼法，以躲避常人的探查。

这次要不是我的血液特殊，也无法这么容易找到这瘟疫的源头，任谁也想不到这样的祸害也有人豢养。

那么豢养这只蛊的目的是什么呢？它的主人又是谁？我看了小光一眼，他的脸色很不好看，果然如我所想吗，羲和大族长？

我猜测小光就是羲和，一开始她隐藏在自己住所附近，就是为了看看有哪些人来探她的虚实。估计她也对蛊的突然出现十分怀疑，所以编造了那个可笑的理由。因为她在屋顶既能观察里面的情形，也能监视外部的情况。

后来在酒馆虽然她极力掩饰，但是有些动作还是透露了她不是"他"，而且在其言语间对羲和少有尊重，而是直呼其名。

最后她找到这里，明显也是为除蛊而来，且破除障眼法的那一手极其熟练，估计是认出这种法术乃是本族所有。

从以上种种，我推测她不是羲和也是凤凰族中的重要人物，更多可能她就是羲和本人。

而她这么巧正好搭上了我，还把族中隐秘直接相告，估计也是对我的身份有了怀疑。这可就有些奇怪了，我自认为并没有露出过破绽。一直以来我只与兄长在一起，极少在外露面，她是怎么知道我身份的呢；或者只是猜测我是王都来的人，来查探凤凰族的情况？

不管怎样,她既然没有说破,我也就只当不知。只是现在很明显是族中有人谋乱,所以她的脸色不好看。

这只蛮要是无主作乱,逮住杀了即可;可现在是有人豢养在此,倒有些难办了。羲和是一定要抓出幕后之人的,那只蛮就暂时还不能动。

羲和显然也想到了这层,看她紧锁眉头,显然也在思索对策。片刻之后,她对我说:"我有办法找到幕后之人,我们先离开这里。"我自然答应。

我把自己的伤口包扎好,这蛮闻不到味道果然不再躁动,等我们离开后,估计它就会彻底安静下来。

出了洞口之后,羲和又施了同样的障眼术让外面看起来一切如常。

之后,我随她来到了另一家酒馆,这次却直接进入了一间密室。酒家等我们进入后,主动上了一壶酒就下去了。

等酒上了桌,她拿起来就是一口,然后放下酒杯,坐正了身子对着我,开口道:"想必你也猜到了我的身份,我就不绕弯子了,不错,我正是羲和。"

我也放下酒杯,对她拱手见礼。一族之长当得一礼。

而她马上回了我一礼:"不敢当,太一殿下。"

"你怎么知道我是太一?"这下我可真是惊讶了。

"之前有幸见过帝俊陛下一面,你与陛下长得十分相似。"

"是吗,我倒是没太注意。"

幼时我与兄长就天差地别,及至兄长称帝更是只能仰望,我从没有觉得与兄长有相似之处。她是第一个对我这样说的人。

"那么这次是陛下差你来的吗?"

"不是,是我自己偶然进来的,没有打扰到族长吧?"

"没有,这次反而帮了我很大的忙,要谢谢你。不要族长族长的叫我了,在外还是叫我小光吧,方便。"

"好的,你现在打算怎么办?"

"你也看到了,这次是我族内乱,却造成了这么多的无辜死伤,这件事我绝不能就这样算了。幕后之人这样做的目的：一是在族民中诋毁我，关键时候不在族中，没有把他们的死活放在心上；二是看我有没有能力处理这次事件，如果处理得不好，更有了理由质疑我的能力，甚至是我的族长之位。我怕他们还有后手，不会这么简单。

"至于凶手是谁，我心里也大致有数，但是没有证据。现在要做的事有两件：第一，"她突然停下来问我，"你会帮我吧？"

"自然。"我回答。

"好的。第一，要有人去佐水的山洞守着，要是再有人去放出蛊危害族人，立即抓住，我们马上就能揪出幕后黑手。这件事我可以派人去做。第二，万一他们这段时日都不去山洞，我们就主动出击，把这个人找出来。这件事需要你配合我。我这次出来之前交代了黄伯，就是鹓鶵族的族长黄衫代管族中之事，对外只说我抱恙。我则隐在暗处，一方面是亲自找到蛊并除去它，另一方面也正好趁这个机会看看哪些人居心叵测。"

紧接着，我和她便细细商讨了接下来的步骤。她做事条理清晰，安排得当，又面面俱到。

第二天，我以王都来使的身份去拜会了黄衫。那是一个看起来很睿智的老人。他听说了我的来意后并没有马上表态，而是反复质疑我的身份，直到羲和亲自出面说明情况，我也拿出了令人信服的证明，他这才相信。当然我并没有向他透露真实身份，只说自己是羲和找来的真正的王都使者，这也是去之前我和羲和商量好的。

我还带去了一件"宝物"，其实只是一面古朴的镜子，但现在它是一面能回溯时间的宝镜，只要将足够多的神力深厚的同族之人的鲜血滴在上面，就能够回溯时光，看到当事人经历的事情。要说神力深厚之人非各族族长莫属，他们又同属凤凰族，正是适合的人选。

现在我们需要一起去拜访其他三位族长，说服他们分别将血滴在镜子上。这样做表面上是为了查看羲和失踪的当晚到底发生了什么，是的，羲和现在是"失踪"状态；而实际上则是为了拿到他们的鲜血与蛊比对，看到底谁才是它真正的主人。

## 四

我们首先把目标定在鸑鷟族长紫封身上。那是一位雍容华贵的公子，容貌昳丽，行止娴雅，真是不负凤凰之名。

听说他平时总是自负美貌，全族上下只承认羲和一人的美丽在自己之上。

我们一行人到了他的住处，他一开始就盯着我的脸看，然后又上下打量乔装改扮后的羲和，不知何意。

"黄长老怎么有空到我这里来了，您不是应该主持大局，忙得不可开交吗？"半晌，紫封才收回目光，不紧不慢地说道。

"正是有要紧的事来打扰紫族长。"黄衫也不急不缓地回答。

"哦，是什么事情？这两位又是谁？"

"这两位一位是王都派来的使者，一位是他的随从。此来正是为了调查羲和大族长失踪一事。"

"失踪？之前不是说大族长抱恙吗？现在又说是失踪？"紫封呵呵一笑。

"那只是为了给族人一个说法，其实谁也不知道羲和大族长到底在哪儿。再说我不相信紫族长就真的相信大族长只是抱恙吧。"黄衫回道。

"好说。那这位王都的使者和他的随从又从何而来呢？帝俊陛下的消息可真灵通呀。"紫封又一笑。

"是我差人把这里的情况报与了王都，像封族这么大的事，紫族长以为能瞒得过王都吗？"黄衫又从容回道。

"也是。"紫封点头，"那么你们找我到底所为何事？"

"这位上使带来了一面宝镜，可以回溯羲和大族长失踪当晚的情形并追踪她的行踪，但是需要一个条件，需要神力深厚的亲族把血滴在上面才可显现。您是第一位，接下来我们还要去拜访碧白两位族长。"黄衫说的碧白两位族长指的是青鸾族的族长碧妆和鸿鹄族的族长白冠。

"哦，是这么回事。没问题，为了羲和族长我什么都愿意做，几滴血又算得了什么。"说着还瞟了羲和一眼，"但是我也有个条件，我要这位小等从来取血，因为自伤体肤的事我做不出来。怎么样，上使大人？'说完，他笑眯眯地瞅着羲和。

我们倒是没想到他能提出这样的要求，但是却并不过分。我看了羲和一眼，她早已易了容，此时没有犹豫，一步跨出，说道："我来。"

说着她就托着镜子来到了紫封面前，一本正经地说："请阁下把手伸出来。"

"且慢，我还有几句话想说，现在不说，也不知道以后还有没有机会说了。"紫封突然肃容道。

羲和看着他，问："你想说什么？"

"凤凰一族自降生之日起从未降服过他族，虽然羲和大族长的决定我表示遵从，但不代表我认为这是对的。这话，就是当着羲和的面我也是这样说，我紫封无惧人言。

"还有一点，我觉得羲和真是想不开。一个女孩子，非要当什么大族长，把自己弄这么辛苦。她那么爱玩的性格，坐在那个位置上迟早把自己憋死。赏花弄草，喝酒吟诗，把自己打扮得漂漂亮亮的，找个人嫁了不好吗？"他说完，眼睛盯着羲和，好像在确认什么，又好像什么都没有。

"这些话你等着跟羲和族长去说，我只管取血。"羲和避开他的目光，把镜子靠近，并指如刀，就要动手。

"罢了，只不过是几句牢骚话而已，我自己来。"说着，不等羲和动手，紫封唰地一下割破手腕，鲜血淋漓而下，浇在镜面上，流进旁边的凹槽中。羲和没有喊停，紫封也没有住手，浑不像刚才他自己说的那样顾惜自己。

等到其中一个凹槽注满了血，羲和终于抬手帮他把血止住。刹那间两人眼神交汇，似有千言万语，但最终谁都没有再开口。

从紫封处出来，羲和若有所思，我开口问她："你怀疑他吗？"羲和点点头，说："我开始是怀疑他的，但是他刚才的一番话说得甚是坦荡，难道是我错了？"我答道："不要紧，到时候一验便知。"

接着我们决定去找青鸾族的族长碧妆，听羲和说这也是位女族长，而且与她相交莫逆，应该不会是幕后之人。但我劝她去看看碧妆的反应再说，黄衫表示听羲和的意见。最终我们还是决定一起前往。

青鸾族碧妆人如其名，穿绿衣，着绿裙，娉婷而来。一见黄衫亲至，她先是见了一礼，后来又听黄衫介绍了我和羲和的身份，也跟我们见了一礼。

大家分别落座后，黄衫说明了来意。但碧妆坐在主位上没有马上开口。

"照理说有这等宝物能找到姐姐，碧妆义不容辞。可不巧的是，之前蛊祸弥散，碧妆不幸也被波及，现在还在病中，不知这已经受污了的血还能不能帮上忙。"说着，碧妆还咳了两声。

"怎么？碧族长也染病了吗？"黄衫问道。

"是的，怪我自己不小心，当时到族地去看顾族人，自己没有留意。开始还不觉得，后来这几天越来越感到不适。之前还约了紫君一起去赏乐，估计也去不了了。"

"这么说紫族长也是知道的？"黄衫又问。

"不错，他没有跟你们提起吗？想是忘了吧。"碧妆轻声道。

黄衫看向我，问询我的意思。我上前一步说道："王都对于凤凰族羲和族长失踪一事十分重视，特令我携宝镜前来，协助各位族长破解难题。碧族长放心，只要是亲族鲜血就可，染不染病并没有关系。"

黄衫接着我的话说道："既然上使都这样说了，那碧族长就勉为其难吧。"

碧妆看了黄衫一眼，答道："既如此，那好吧。"

羲和托着盘子低着头半天没言语，直到我提醒她后，她才走到碧妆身旁。碧妆看也没看她一眼，自己略挽起袖子，从指间逼出血来，落在镜面的凹槽里。

取完了血，碧妆对我们说道："如今碧妆染病之身，就不留各位了。想来各位还要前往白冠处，就不耽误了。诸位顺行。"

我们便顺势告辞出来。我看羲和的脸色有异，便对她说："还有一处了，总要有个结果。"羲和点头。

最终我们来到了白冠的住处，白冠是鸿鹄族的族长，同时也是黄衫的弟子，所以对我们的话没有任何怀疑，言谈之中对黄衫也颇为敬重，所以我们很顺利地取到了血。

出来之后，羲和与我辞别黄衫，准备回酒馆。黄衫提出把镜子交给他秘密保管，因为我和羲和现在居无定所，多有不便，等明日大家再一起去现场验血。羲和觉得有理，拿出镜子，我顺手接过，擦拭了一下交给黄衫，嘱咐他千万小心。他慎重点头后离去。

我们回到酒馆，马上有人来报。果然有人赶往了蛮的藏身处并打开了山洞，现在那人已经被拿住，正是紫封的心腹。所以，幕后之人果然是紫封，难怪之前他那样说，估计是当时就认出了羲和，自然知道这个所谓宝镜只是幌子，我们的目的就是为了取血。羲和亲至，意味着她已经对他产生了怀疑，他的阴谋即将败露，现在唯一的办法就是赶紧除掉蛮，来个死无对证，还可立下一大功。

我和羲和马上动身前往佐水。我们一路疾行，快到时羲和拍着头懊恼地说："坏了坏了，忘记到黄衫处取镜了。"我看她那样子，忍不住一笑说"无妨，我分了一部分血在手里。"羲和吃惊地问我是什么时候的事，我告诉她就在她把镜子给黄衫我接过来的时候，顺手备了一份。

羲和瞪大眼睛说："你怀疑黄伯？"

我对她说："我怀疑所有人。"羲和一时无语。

转眼我们已经到了山洞，进得洞中，一眼看到伏在地上的蛮还在沉睡，还好来得及时。洞中角落里押了一人，羲和一看那人果然是紫封的心腹。

那人见到羲和也是惊讶万分："大族长？！"

"不错，正是我。"羲和来到近前，"这蛮是你们豢养的？如此枉顾性命，如今还有何话说？"

"无话可说，我毕生只追随紫封族长，只可惜功亏一篑。要不是你，他本可以当这凤凰族长，真是可惜！"那人叹了几声，然后声音戛然而止，再看时，他已经倒在了地上，嘴角溢出一道血线，竟然死了。

"这？"羲和看了我一眼。我说道："无妨，这边没有消息，紫封应该马上就会亲自来看出了何事。我们稍等片刻就是。你还要验血吗？""要！"

我不再多言，从指间逼出了紫封的血。我之前拿镜子时，把那三人的血分别封了一线在各指中，此时逼出几滴，让血的气味飘散在空中。原本平静的蛊慢慢睁开眼睛，往空中嗅了嗅，最终确定了是自己的血食，大吼一声站了起来，眼睛直直地看向我。

"罪证确凿。"羲和说道，"看他来了还有何辩解。"

"估计他没有什么可说的，他想说的之前都已经跟你说过了。"我说道。

"可是我不明白，如果他反对我当大族长，当时就可以提出来。我当这个大族长虽然开始是黄伯推举的，可是当时他也没有反对，为何现在又改了主意？"

我沉默了一会儿，回答："他片刻后就到了，你可以当面问他。"

"难道你知道？"她不可思议地看着我。

"大概，但是我不想说。"我看着她。

"为什么？"羲和提高了声音问我。

"因为有些话，只有我来说合适。"洞外，紫封迈步走了进来。

"你？如今你竟然还能这样理直气壮地说话！"羲和终于生气地正色道，一族之长的气势立现。

紫封眯了眯眼："我真是喜欢看你这样，羲和大族长。"

"你——"

"先别生气，我既然来了，就没打算跑。只是现在还有机会再跟你多说两句话，我很珍惜。王都来的小侍从？"

"你有什么话就快说！"

"好。不错，是我养了蛊，是我打算拉你下位。因为我喜欢你。这个答案意不意外？"紫封说完又上前了一步。

"这话要从什么时候说起呢。当你还是只小毛凤的时候一点儿也不显眼,整天跟一班男孩混在一起,就像只山鸡,我常嗤笑你哪有一点凤凰的样子。

"可是后来你长大了,有了火红的翅膀与尾翼,振翅而上时就如一朵火云,比其他人都耀眼;处理起事情来也干脆果断,大气从容,真是天生的王者。所以黄衫提出让你来当大族长时,我也是赞成的。因为我就喜欢看你耀武扬威、不可一世的样子。"

"你……我不知道你是这样想的,那你后来为什么又变了?"羲和一愣,又问道。

"因为后来我发现你并不快乐,坐在那个位置久了,你渐渐没有了笑容,总是一本正经地发号施令。别以为我不知道你在族内的所有酒馆都安了眼线,我更知道这起因只是你常常偷跑出去喝酒而已。别这样看着我,你的一切我都知道,因为没有人像我这样在意你。

"但让我下定决心要拉你下位的原因是你归降了金翅鸟族。就像我之前说过的,我反凤一族从来不曾降服过任何人,我知道你的初衷是避免两族的战争,这是因为你是女子,你的心太软。只要我族独尊,死伤又有何妨。更何况,你这一归降,帝俊为了巩固两族的关系,很有可能会与你联姻,你觉得我能接受吗?"

"所以你就养蛊来诋毁我的名声,我要是抓不住它,你们利用完蛊后,就会杀了它,然后还可以说我无能。你难道不知道这会造成多少无辜的族人丢了性命?"

"不错。但我不在乎。"

"你!真是罪不可恕!"

"别这样,我说不定还是有点用的。你们不是手中有血吗?可以都试试。我就在这儿,不着急。"说着他竟然找了个地方一靠,看着我和羲和。

我本来就有此想法,于是也不搭话,分别射出了其他两指中封存的鲜血。那蛊在刚平静之后,又被唤醒了两次。也就是说这三指血的主人都是蛊的饲主。

羲和在蛊的嘶吼声中原地倒退了几步,脸色变得煞白。我立刻退到她身旁，同时一伸指，趁紫封也要上前时制住了他，令他只能待在原地。

他的脸色顿时变得难看起来："你别碰她！"

此时羲和已经稳住了身形，她站直身子对紫封说道："你早就知道对不对？你们本来就是一伙的。"

"不错。"看到羲和一下又恢复如常，紫封的眼神中露出赞许之色，"你别着急，我可以把他们都叫来，让你看一出好戏。因为我看他们也不顺眼。"

"你到底为什么要帮我？"羲和不带感情的声音响起。

"因为我喜欢你呀。你看，你总是不相信我，我不会跑的。再说，还有这位神力如此深厚的上使在，不是吗？你们先解开我吧，要不我不好发挥，嗯？"

我一挥手解开了他的禁制，他果然没有跑，而是到洞口放了一道紫烟就回来了，然后对我们说："一会儿你们先回避一下，躲在暗处看就可以了。"我与羲和便隐了身躲在一旁。

### 五

片刻之后，只见碧妆第一个到来。

她一见紫封就急切地说道："紫君，你没事吧，为何燃紫烟？"

紫封一见是她，曼声道："没事，就是羲和已经怀疑我们的事情了。"

碧妆大惊失色："她怎么会知道的？她不是失踪了吗？难怪我今天觉得不对劲，怎么突然冒出个王都的使者，拿出面镜子就说要采血。有了蜚这件事，无论镜子是真的还是假的，我都不能让他把血拿到手。所以我故意推说自己染病，想设法蒙混过关，可是黄衫那老东西也在场，他一直劝我。我觉得他一定有后手，最终让他们取了血。果然有诈吗？"

暗处羲和的神情又是一变，我只能按了按她的肩，示意她冷静。

外面的紫封像是不经意往我们藏身处瞟了一眼，接着对碧妆说道:"今日那使者身边的侍从就是羲和假扮的,你没有看出来吗?平日你们的关系不是最好吗?"

"我与她关系不好,你能多看我一眼?"碧妆有些幽怨地看了紫封一眼。

紫封却只是笑笑,不置可否。

碧妆又接着说:"你明知道我对你有意,却一心只守着羲和,可叹羲和却从来不明白你的心意,反而与我成了知交,可笑不可笑。我也曾几次试探过她,怕她只是故作矜持,可惜她真是个榆木脑袋,一点风情不解。

"我就不明白了,她到底哪里好,值得你这样对她魂牵梦萦的?这次预谋之事其实于我没有太大干系,我虽然看不过羲和在大族长的位置上颐指气使,但自问也不是当大族长的材料。我是为了你,难道你不明白?"

紫封点点头:"我明白。"

"你明白还这样对我?我知道你看不上我一面与羲和姐妹论交,一面又在背后拉她下台,那又怎么样呢?你现在还不是变成与我一样的人。别以为我不知道你的心思,你与黄老头那边的协议就是事成之后你不与他们争位,但要保下羲和的命,留给自己。"

碧妆轻笑一声,继续说道:"好笑,你以为经历了这样的背叛之后,羲和还会理你?就算你付出再大的心力又如何?就她那样的性子,有过一次背叛就再也不会原谅你了。你好好清醒清醒吧,趁现在蛊还在,他们都还没找到这里,你赶紧把蛊杀了。有了这个功劳,黄老头和他的徒弟就没什么好说的了。把权力抓在自己手里才是道理,要不以后我们仰人鼻息,又有什么意思!"

碧妆说完,狠狠地看着紫封,与她之前温婉的样子判若两人。

紫封听完以后,叹服地拊了拊掌:"原来是我以前小瞧你了,碧妆,你这样的心思就是做个大族长也足够了。可惜呀。"

"可惜什么,还不动手?"碧妆催促道。

"好!"说话间紫封伸出一指,瞬间制住了碧妆。

"你!"碧妆只来得及吭一声就再也说不出话来,惊愕异常。

紫封对她说道："我不会把你怎样的，你暂时安静一会儿，我还有戏要演。"说着他避过我们，把她挪到了另一边。

不到片刻，又有人来了，这次来的人是白冠。

白冠此人长了一副温厚模样，此时就是着急赶来也没有乱了章法。他进来先看了一眼蚩，然后对紫封说道："不知紫族长传信所为何事？"

紫封若有所思地对白冠说："想不到你来得倒快。"

"紫族长这话是何意？当时大家约定，一有紧急情况就要迅速赶来，我此时赶来有何不妥吗？"

"没有不妥，只是我以为你会和你师父黄老一起过来。"

"这里的事情非同小可，当然是救急重要。"白冠一本正经地对紫封说道。

"听起来也有几分道理。你能够只身前来就说明心中已有计较。我还以为你只唯你师父马首是瞻呢，想不到还有几分胆子。"紫封点点头，说道。

"请紫族长有话直说，到底出了何事？"

"好。羲和族长回来了，养蚩的事她知道了。"

"此处如此隐蔽，她怎么会知道的？紫族长这么说有什么根据吗？"

"那天那个取血的侍从就是她。"

"哦，如此就说得通了。我当时也觉有些蹊跷，但见是师父亲自前来，就让她取了血，我想师父必有安排。但如果计划已经被识破了，还是及早动手为好。"

"不错，但是是你动手还是我动手？"

"紫族长此话何意？"

"这有什么不好理解的。谁动手谁就是斩蚩的英雄，是未来的大族长。你跑这么快难道不是这样想的？"

"此事我们之前就议过，莫非紫族长忘记了，要大家一起商讨决定。"白冠说道。

"之前确实是这样说的，但是现在时间紧迫，保不准下一刻羲和就找过来了。等她坐实了我们的罪名，你再去和她商讨？"紫封反问。

"那紫族长意下如何？"白冠加重了语气。

"很简单，我去把蛮杀了。"紫封一笑，说道。

"这么做恐怕不妥吧。至少要等到师父来了之后，也要等到碧族长来了。"

"我就要现在把它杀了，你难道还要跟我动手？"紫封语气未变，眼神却锐利起来。

白冠毫不退让："不错，就算我不自量力，如今也要试试。"

紫封眼睛也眯了起来："今天的意外可真不少呀，我一直以为你只是黄老头的跟班，没想到已有了气象。想来黄老头自知年迈，便将希望寄托在你身上，没想到我的对手竟是你？你可知道，全族中只有羲和能与我一战，你当真要动手？"

白冠也不搭话，浑身气势一变，注目凝神，蓄势待发。

"那就来吧。"紫封也不废话，上前出招。

两人就在这小小山洞里动起手来，因为忌惮外界知晓，便不敢动用神力，只是身形腾挪缠斗在一起，之后白冠还是被紫封一招制住。紫封把他搬到旁边，让他和碧妆待在一处，想必两人相见，内心戏也精彩非常。

片刻之后，紫封回到洞口，说："正主终于来了。"于是我和羲和知道，黄衫到了。

黄衫竟然是托着那面镜子进来的。他一见到紫封，忙上前问道："紫族长在此就好了，你可是也怀疑事情泄漏了？"

紫封一点头："不错，所以急忙赶往此处。黄老既然知道为何来迟？"

"你也知道他们专门为取血做了这面镜子，邪王都来的使者还在镜子上施了法术。我设法拿到镜子，又破开法术换了血这才赶来，为的是在他们面前再周旋一二。"黄衫说道。

"黄老不愧是黄老，做事滴水不漏，我等都是看黄老在场才任他们取的血，就是相信黄老手段高明。"紫封赞许道。

躲在暗处的羲和心中再不存侥幸，果然黄衫也背叛了她。在黄衫出现的那一刻，她全身突然僵住，但现在我也没有办法安慰她，只有暂时等待。我确实在镜子上施了法术，但那法术并不难破，黄衫破除了法术之后就不会想到我还取了血。

"好说。"黄衫说道，"本就说好了一起起事，我自然不会袖手旁观。"

"哦，那黄老能否把这镜中血再一一试验，好让我放心，万一有谁的血没有处理干净，等羲和来了当面对质，出了纰漏那可就不好了。"

"紫族长这是不放心我，好，我就当着你的面验给你看。"

说罢，黄衫手托镜子，从镜子边沿的凹槽中分别取了血，一一弹射在空中，远处的蛊却没有一点动静。"如何？"黄衫对紫封说道，"老朽没有一点私心，紫族长大可放心。"

紫封点点头，说道："我一直不解，羲和对黄老一直敬重有加，时常托以大事，当时也是你一手扶她上位，为何这才没过多久就要反她？此时只有我们二人，黄老何不给我交个底，好让我知道后面该怎么作为。"

黄衫看了紫封一眼，答道："紫族长今日怎么有些奇怪，这些话我当时找你的时候就说过了，这时候再说一次也无妨。我黄衫一心为的都是凤凰族，你们几族几支别看着都有模有样，但要说统领全族，振兴凤凰，你们都没有羲和合适。你当时不也是因为认同我的想法才同意羲和当这个大族长的吗？"

"可是羲和再好也不应该在当上族长之后就投诚了金翅鸟族。那帝俊就凭那可笑的预言成了天地共主，简直荒谬！我凤凰五大部族，千万族众，岂可一朝俯首称臣？羲和到底少了些血性，没有经历过战阵，就算要我凤凰举族与那帝俊一战又有何惧？！"

紫封对黄衫正色道："我虽对黄老有诸多不满，但黄老此语深得我心，正是此理。"说完，他走到碧白两人处，解除了两人的禁锢，至此四人齐聚。

黄衫吃了一惊，对紫封说道："紫族长这是何意？"

"紫封要彻底弄清每个人的想法，得罪了。"

四人一阵沉默，还是黄衫开口道："既然大家都到了这里，其他的就先不论，说说下一步怎样打算。"

碧妆对着紫封瞪了一眼，但还是走到了他旁边。白冠则自然地站到了黄衫身侧。

见一时没有人说话，碧妆开口道："如今羲和既然已经知道了，那就没什么好犹豫的了，反了她就是了，但是推举这个旗就要商量商量了。我反正推举紫族长，也只有他能与羲和一战。"

紫封自己倒是没表示，黄衫说道："论战力当然首推紫族长，但是你可以问问他，有没有心思去管族务，要知道当大族长可不是只有自己一族那点事情，也不是单凭武力就能解决的。"

碧妆说道："他不想管，还有我呀，给我个副族长，我帮他管。"

"哦，那我们到底是听你的还是听他的？"黄衫斜睨她一眼，没再理她，"老朽说句公道话，我们四人之中只有白冠才是大族长的不二人选。虽然他现在才刚长成，但是处理鸿鹄族的事务已得心应手、圆融老到。假以时日，他必能带领凤凰族成为这天下第一大族。"

碧妆一听，笑道："真是自己人夸起来不害臊。白冠，哼，他凭什么与紫君比，笑话。"

白冠也开口道："碧族长，有话好说，说我可以，不可辱及师父。"

碧妆说道："我就是这么说了，你能怎样？紫君，你还磨蹭什么，早听我的哪有这些事？还不快去杀了蚩，拿着蚩首下山，自可一呼百应。这里我先帮你挡着。"说着她身周飘带暴涨，环绕不止，就要动手。

白冠见状 唰的一声宝剑在手，横卧身前。两帮人剑拔弩张，眼看就要战在一处。

"住手！"羲和终于从隐身处走了出去。我见状也只得跟在后面。

白冠和碧妆一见羲和，显然吃了一惊，不知道她为何在此。黄衫虽然脸色一变但马上恢复如常，迅速看向紫封。只有紫封轻叹一声，站在原地。

羲和缓缓走到他们面前，一个一个看过去："你们现在还有什么可说的,想要我这个位置尽可以直说,用得着这么大费周章吗?"

黄衫上前一步说道:"羲和,并非我们要背叛你,只因你一心要归附那金翅鸟族。我原以为你有我凤凰族的傲骨,没想到你却是不战而降之辈。你说我们背叛了你,你自己又何尝没有背叛凤凰一族。"

羲和对着黄衫说道:"说我背叛了凤凰一族就需要用蜚兽降灾的方式来证明吗?你们又何尝把凤凰族民的性命放在眼里?让我想想,你们弄出这么大的阵仗还是因为忌惮旁边的金翅鸟族吧。想着把族地一封,神不知鬼不觉地把我拉下位,说不定还可以说我是在瘟疫中病死了,这样王都来人也没有办法探查,你们就有时间与之周旋再伺机而动。说我不配做凤凰族的王,你们采用这样下作的手段难道就配坐到那个位置上?就凭这一点,我也不能让你们得逞!

"你们看不起帝俊,是因为你们从未见过他,没有见识过他的力量,但是我见过。我告诉你们,就是你们全部加起来也不会是他的对手。而且我凤凰一族归附之后,与之前并无不同,还得到了王都的全力支持。我们已不畏惧任何敌手,因为任何人与我们敌对,都要考虑背后的帝俊。你们就为了一个虚名,为了征服天下的野心,不惜用全族的性命做赌注,去挑战一个未知的敌人,难道天意就会站在你们这边吗?"

羲和说完,手中红光一闪,只见两把薄刃出现在她手中,那是两柄极细长的刀。她把双刀交错在身前:"来吧,不管之前你们是我的师长、故交、姐妹、同僚,从此刻起,你们都是我的敌人。"说着就要挺身而上。

我在后面轻拍她的肩:"羲和大族长,他们不是怀疑王都的实力吗?那就交给我吧。"

说着也不等她回答,我闪身挡在了她面前,对对面四人一伸手:"我确确实实是从王都来的,你们不是要见识一下吗?不用客气,一起上吧。"

那四人相互看了看,再没有二话,一起动手,却没有用什么取巧的招式,纯粹的神力从不同方向压下,看来他们想用绝对的力量把我压成齑粉。

只听"轰"的一声,整个山体瞬间爆裂,蜚在一瞬间被埋在山石下。

我伸出双手,立起屏障,浑厚的神力喷薄而出,似乎是愤怒竟有人敢挑战这样的神威。全部的神力就像有自我意识一样,反向向对方碾压而去,于是屏障越来越大,力量越来越强,这有如开天辟地的力量无视任何阻挡直往前去,没有人能在这种力量面前站立。

这是我这几天才有的感受,似乎天地间山川、河流都在源源不断地倾注力量于我;仿佛万物对我俯首,只要我想要,就能够取之不尽,用之不竭。

难道兄长说的是真的?一想到兄长,我突然迫切地想见到他,我现在就要回去见他,所以任何人都不能挡在我面前。

想到这里,我神力再提,如海潮积蓄,再猛地一催,那力量如怒海狂澜席卷而至,眼前四人立时承受不住,连连后退,接连倒地。

半晌,他们从地上支撑而起,惊疑不定地看着我。"你到底是谁?"紫封大声问道,"我不相信一个普通王都使者能有如此神力!"

"你们怀疑帝俊的力量,那我告诉你们,他是我的兄长,我是他的弟弟。在这世间,没有人能怀疑我的兄长,质疑他的力量,挑战他的权威。因为他是这天地的共主,你们所有人的主人!"

我俯视他们,俯视山川大地,说给他们听,也说给我自己听。

天边的鸿雁又传来阵阵鸣叫,似乎在催促旅人归家,是的,我就要回去了。

## 大寒
# 鸷鸟·厉疾

帝俊纪

— 一 —

  我们在最冷的时节赶回了王都，大雪覆盖了高低起伏的屋檐，一眼望过去白茫茫一片，而片雪不粘的道路和从远处传来的钟声昭示着这里并不是真的空寂的世界，相反人们的行动迅速而有规律，似乎无意中暗合了王都主人的心意。

  现在王都的大部分人还在沉睡，道路上传来的脚步声是戍卫的兵卒，他们会巡视王都的每一条街道，以便第一时间发现异常情况，并及时做出反应。

  我和羲和乔装走在路上，但兵卒们并不会上前盘问，因为我把王族的佩玉挂在腰上，他们看到了只会远远行礼继而走开。

  凤凰族的事情已经告一段落，羲和处理了四族的族长，虽然没有将他们处死，但也令他们不得再回凤凰族地。

  四族族长之位另选了人暂代，这次凤凰族出了这么大的事情，她作为大族长有责任来王城向兄长详述始末。同时我也看得出来，对于手下四族同时叛乱，她也有些灰心失望，看兄长到时再怎样处理。

  对于她而言，也许不在那个位置上会更快活些。

这时天慢慢亮起来，却不是我之前熟悉的煌煌天光，而是有光像雾一般从远处慢慢飘过来，随着这光漫过来，逐渐点亮了整个王都。

光芒所到之处，人们也像从睡梦中醒了过来，越来越多的人从屋子里走出来，涌到大街上，翘首企盼，似乎是在等待着什么。

我和羲和被挤到了路边，正不明所以的时候，人群中有人喊了起来："常仪，常仪！"

"常仪"？这个名字似乎在哪里听过，我暗自回忆，原来是兄长娶的妻，我的新嫂。

当时还只是信上的一个名字，现在马上就要见到真人，我有些好奇，不知道什么样的人才能让兄长亲自求娶。

远处似有银光漫洒，欢呼声也越来越大，从一片银光中走出来一位女子。那女子眉目清淡，初看并不瞩目，再看时却觉得别有韵致，愈品愈浓，以至难忘。

那女子越走越近，似有水汽弥漫，使她的眉眼更显柔和，就像山间水汽润泽过的一株兰花。

她面垂白纱，款款而行，道路两旁的人们纷纷自觉见礼，口称"夫人"，常仪夫人。

"似乎是个温柔如水的人哦。"一旁的羲和开玩笑般地说道。

"哦？你看一眼就能知道了？"我问道。

"那是，美人惜美人。"她得意地一笑。

我看着她一身男儿装扮，听她说的话，不禁一笑。

她微微愣神地看着我，然后低头打量自己，也笑了起来。

"走，我请你喝酒，你之前请了我那么多次，我回请你。"我转身往身后的巷子而去。

"好哇！"

说起来这还是我第一次请她喝酒，她的酒量是不错，不过和我相比还差点。

我的酒量都是和兄长一起喝出来的，兄长并不嗜酒，但是发现我喜欢就陪着我喝。

我一个人自斟自饮的时候，喝的并不多，但是和兄长在一起，就想比个高低。可惜兄长似乎无所不能，喝酒也不例外。

我们喝酒自然是在大屋里，有人专门酿好了送上来，但是坐在这种地方喝酒总少了点气氛。于是有几次，我和兄长也乔装出去，在外面的小酒馆里喝了几回。

坐在昏暗的破落酒馆里，就着一点光，听着南来北往的人说着各种奇闻轶事，一不小心就喝得忘了回去。

兄长一本正经地坐着，即使改了装也一眼就能看出不是寻常之人。

我总是笑他，说他往那儿一坐，就像在大殿议事，看他一眼，酒也变成了白水。

于是他便收敛气势，随着我的样子，喝一口这就着世间风情的酒。我喝一口劝他喝一杯，他也不说破，只是照办。就这样，最后醉倒的竟然还是我，真是不公平。

如今，我把羲和带到了我喜欢的酒铺子前，要了我平时最喜欢喝的酒。

羲和却是个好酒的，要不也不能到处逛酒馆、着红衣、喝烈酒，当着神气的大族长。

她喝起酒来不用人劝，只往嘴里灌，先喝个七八分饱，再看人家开始喝了没，就这样竟然也能在凤凰族内罕逢敌手，可惜她遇上了我。

酒过三巡，羲和趴在桌子上，酒杯早不知道去了哪里，她手里拿着酒壶就往嘴里倒。

"嗯，你们王都的酒不如我凤凰的酒，我喝了这么多你怎么还是一个，没有变成两个或者更多呢？"

我好笑地听着她的醉语，心里却想着从凤凰族出来，虽然她表面上不太显露，但我知道她其实需要一个发泄的机会。毕竟作为凤凰族的族长，之前羲和走在街上，估计也和刚才看到常仪的场面差不多。

"变成两个又怎么样了？"我故意逗她。

"变成两个我就抢一个藏起来，只有一个我有些下不了手呀。"她嘟囔着说。

"你喝醉了，走吧，我送你去休息。"我摇着头准备去扶她。

"谁喝醉了？我清醒着呢，对了，我还有一句很重要的话要对你说。"羲和一手推我，另一只手扣着桌子不肯动。

我扶她半天未果，只好重新坐在她对面，无奈问道："什么话？你说。"

"我……我"她鼓了半天腮帮子，最后来了句，"我谢谢你。"

"不用客气，而且你之前已经说过了。"我对她说。

"嗯？我之前说过了吗？我怎么不记得了？那我再谢你一次。"

"你真是喝醉了，我找个地方送你休息。"

"我没醉！你听我跟你说，你想知道我第一次见你兄长时的情形吗？"

这我倒是没听她提起过，好吧，估计还有一两分脑子是能用的，且听一听。

见我没打算再劝，羲和又笑眯眯地灌了一口酒："就知道你喜欢听这个。"

"那还是我刚刚成为大族长的时候……

"那时候你兄长刚刚称帝，虽然他天地共主的名头由来已久，但是称帝却迟。就是这样也仍然有一些部族不曾归附，比如我凤凰族；或者是表面上归附，其实心里却并不真正服气的也大有人在。但他还是举行了称帝大典。说起来，在称帝大典上我似乎没有看到你呀，照理说你们兄弟俩长这么像，你要是在场的话，我没有理由记不住的。当时你不在？"

听她一说称帝大典我就回忆起来了，那是我的一大遗憾。

当时我因征战负伤，那段时日正在病中，兄长也将大典日期一再推迟，但是我的病总是不见好，最终称帝大典还是举行了。

其实我是看过的，只是躲在重重帷幔后面。我看着兄长端坐在最高的位置上，接受万千族众顶礼膜拜，华丽颂章为他而奏，敬神之仪为他而舞,那一幕我永远也不能忘。"

"是的,当时我不在。"

"哦,说起来好笑,在我启程的前夜,黄衫他们一个接一个地非要来见我,跟我说万不能归附帝俊。本来我那次只是先去看看,并没有决定什么。没想到他们那么啰唆,弄得我老半天不能睡觉,实在烦不过我只好答应他们,谁知后来会变成这样。"她的语气又低沉下来。

我正想换个话题,她却摇摇头又喝了一口。

"那时我顶着崭新的凤凰族大族长的帽子,摆出煊赫的架势,兴冲冲地跑到这里,准备好好给其他部族,也给你的兄长看看我凤凰族的威风。可是一到地方我却傻了眼。"

"哦,为什么?"我明知故问。

"因为你的兄长在浮空大殿外架设了无数空中通道,全凭他一人神力支撑,所有人都必须从神力铺就的通道进场。

"那天来的部族何止千百,所有人从通道进去,无一遗漏。那场面你不亲眼见到就无法想象,就像一株绿萝伸展无数枝蔓从空中垂下再蔓延八方。我自认神力超群,也绝做不到他那样。从那一刻起,我就知道,他真的是上天选定之人,不是我们能比的。"

我听得入神,眼前仿佛又出现了那令人惊叹的一幕,我自然知道兄长的能力,那还是他称帝之初,他的神力还没有像后来那样耗损。

想到这里,我的心又不由一紧。

羲和还在自顾自地说:"后来大家都进了场,才看见帝俊的模样,果然一副天地共主的模样。我这样说是不是有些奇怪,但的确是我当时的感觉。

"你的兄长长得是挺好看的,但是坐在那儿,冷冰冰的,一举一动都极合适,开口即是发号施令,没有别的话。我说句不好听的,他就像个假人。可是要说天地共主,估计就是得他那样的人来当,说一句话,下面都噤若寒蝉,莫敢不从。只有这样的人,在这样的世界才能高瞻远瞩、领导群英。所以我也想明白了,我这性子估计是不行的。"

我没想到她会说出这样一番话来,我素来知道兄长不苟言笑,但是没想到外人眼中的兄长是这样的。

我想反驳羲和的话,因为我不自禁地回想起他与我相处的时光。兄长似乎是把所有的情绪都投在了我身上,我一个人尽享他所有的关爱,因为我们是彼此唯一的依靠,我这样想着心中又一暖。

"我这么说你别生气啊。"羲和瞅瞅我的脸色,看着还好,又接着说下去,"但是,我第一眼看见你的时候就不一样了,那时你趴在我家的房顶上偷偷往里瞧。你说你能想象你哥哥也趴在一个女孩的房顶上往里偷看吗?"

我一愣,确实想象不出兄长这样做的样子。

"是吧,你也想象不出来吧,因为你兄长就不可能这样做,但是你就做了。接着我又拉你去喝酒,你也喝了。说实话,我当时就觉得你兄长顶着那样一张脸,结果像个玉石雕的人,真是可惜了。我又想要是那玉石活泛起来该是什么样的呢,后来我遇到了你,我一下子明白了,就是你这样的。"

说着,她又仰头喝了一口,然后笑眯眯地看着我。

我不自觉地可避了她的眼光:"好了,酒也喝得差不多了,我送你去休息。"我又起身想去扶她。

她摇摇头:"我还有最后一个问题要问你。那天我们一起喝酒,你是不是在想你哥哥?"

我沉吟片刻:"是。"

"那你为什么要跑出来?你们吵架了?"羲和大着舌头问,眼睛都有些睁不开。

"因为,因为他因我生了病,我觉得对不起他。"我小声说道,对面的羲和没听到,她已经睡着了。

## 二

我把羲和带到客栈，把她安顿好，又给她留了字条，然后只身返回了宫城。

这里是我和兄长一起生活的地方，我离开的时候它还只是个大屋的样子，现在已经可以称之为城了，有了高高的城门、厚重的城墙，内城、外城、城外河一应俱全。

我站在城墙上向远处眺望，能够看到王城的每一处角落。

这巍峨耸立的高墙，它给人的感觉就像兄长，虽然坚硬冰冷，却无言地捍卫着族人的平安。

兄长的住处并不难找，就在原来的地方。

此时我站在殿门外踌躇，思绪纷杂，不知道等会儿见到兄长怎么开口，就在我终于决定推门的时候，听到里面传出了说话声。

"陛下，外面天已经亮了，我今日看着王城内也一切安好，陛下可安心。"是个女子的温柔声音，难道是常仪？

今天是她在外面布的光，想来不会错。看来我来得不是时候。

看到她在城中的模样很是受族民的爱戴，就像羲和说的，应该是个很好的人吧。

我听说她是龙族，龙族虽然不像我金翅鸟族这般强盛，甚至比不上凤凰一族，但也不容小觑。

他们天生能够行云布雨，润泽山川大地，神力不低。但是龙族大多性情温顺、为人低调，因此在众族中并不十分显眼。

"我知道了。"是兄长的声音。就在我转身欲走之时，兄长的声音挽留了我。

我已经好久没有听到他的声音了，实在是还想再听一下。单听声音，兄长好像和以前没有太大差别。

"陛下，您如今身体欠佳，为何不召太一殿下回来？"常仪的声音又起。兄长的身体还是没有好吗？为什么，大巫不是在信上说我送的灵药有效吗？我不由得心一紧，又凑近了些。

"不必叫他，他喜欢在外面玩，就随他的性子。我不要紧。"兄长的声音还是淡淡的，我听不出来他话里的意思，是怪我没有早点回来吗，还是真是他说的就随我的性子。

我实在很不喜欢这种感觉，什么时候我也要去猜兄长的真正想法了。

"陛下，您总说不要紧，可是那些药没有用呀。那何必让太一殿下在外面辛苦，让他回来帮您不是更好吗？"常仪的声音显出急切。

药，什么药，是我带回来的那些药吗？为什么没有用？！竟然没有用！

我一时只觉得眼前一黑，他又骗我！

就在我准备不管不顾推门而入的时候，兄长的声音又响了起来。

"此事已经说过很多次了，回不回来看太一自己的意思，他如果觉得外面更好，不回来也不要紧。我的身体我心里有数，你不要多言。"

我再也忍不住，一推门走了进去。常仪果然坐在床前，看我进来，本来神情一变，就要呵斥我。

但是等她看清我的容貌，再看了兄长的神情后，便试探着问了一声："太一殿下？"我向她点头行礼。她看看我，再看看兄长，终于轻叹一声，退了出去。

我站在原地，不远不近，无声地看着兄长。

他似乎还是原来的模样，但又有些不同了，显得更加尊贵。

他的脸似乎比以前白了一些，但整体来看还好，并没有病弱的样子。

他也静静地看着我，眼中的神情复杂难辨，在一瞬过后又恢复了原状。

"兄长。"我终是忍不住开了口。

"你回来了，太一。"他开口道。

我紧紧地盯着他，他还是像原来一样，脸上的神情毫无破绽，就像他从来不曾生病，就像刚才的话只是我听错了。

我想等他开口向我解释，或者随便说点什么，可是我这样看着他，他却一言不发。

"你就没有什么要对我说的吗，兄长？"我再问他，"如今我回来了，你不高兴吗？你不是每次写信都写着盼归吗？为什么我回来了，你却似乎一点都不高兴？因为我一回来，你说过的话就会被拆穿了吗，兄长？"

"太一……"他终于开了口。

我却等不及听他往下说。

"为什么，为什么你又骗我？"我忍不住向他喊道，"你明知道，明知道我有多担心！不，你不知道。你也不知道我每次听说自己找的药有效时有多高兴，你什么都不知道！"我气得语无伦次，不知道到底要说什么。

"太一，"他从床榻上起来，来到我身边，又轻轻抚了抚我的头，"你别这样。"

而我像个闹别扭的小孩，挥开他的手，转身到一边，装作不经意地擦拭眼角。

"太一，"兄长又移步来到我的面前，就像小时候那样对我说话，"不要这样，这是我们都没有办法强求的事，你走的时候不就知道了。我只是想，你在外面肯定会比陪在我身边高兴一些，那又何必着急叫你回来。反正你想家了迟早会回来的，而我肯定能撑到那一天。你看，你这不就回来了，而我也还在。这样就很好，我很高兴。"

"可是，你为什么要让大巫骗我说药有效？"

"不过是为了让你安心，我也没想着能永远瞒着你。"

"你——"

"太一，你还要跟我吵架吗？我们见面总是吵架。你还记得你走的时候吗，也是与我大吵一架，一句话不说就跑了。现在好不容易回来了，还要再接着吵吗？如果你非要吵，那好吧，我听着。"

我看着他，不知道还要说什么，为什么经过这么长时间，我在任何事任何人面前都可以冷静自持、从容自若，只有在他面前，总是像个无理取闹的孩子，可明明不占理的人是他！

"你可知道我在外面有多危险，有多辛苦，你是给了我金羽护身，可万一抵挡不及了，万一遇到强敌我死在外面了呢？你就永远见不到我了。"我还是不想认输，赌气说道。

"怎么会？你是我的弟弟，未来天地的主人，总要去看看自己的疆土。让哥哥好好看看，我的弟弟这不是长得既高大又威风，神力浑厚，丰神俊朗。"

我不想听他说这些，于是问他："哥哥，你跟我说实话，已经过了这么久了，还是一点办法都没有吗？"我实在是不能死心，看到他这个样子又忘了他骗我的事，只是为他的身体担心。

"太一，你不要太过执着了，你去外面走了一圈，没有发现外面的精彩吗？不要太执着在一件事情上，尤其是一件无法挽回的事情。我可以告诉你，这段时间我确实发现了一个可能有用的办法，但是一切还要看天意。"

"是什么办法？"我喜出望外，不管是什么办法，我都要去试一试，说什么不要我太执着，我就是执着于这一件事，又怎样？

"要找到一个合适的女子，与我结为夫妻，用她的神力补助于我，可能有些效用。"

我万没有想到会是这样的方法，难道这就是兄长去娶常仪的原因？

兄长看着我目瞪口呆的样子，然后点点头："不错，就是你所想的那样。可惜，常仪并不是那个人。"

"那……那常仪怎么办，她知道吗？兄长你不喜欢她吗？"我结结巴巴地问。

"常仪性情温柔，她人很好。"

我不知道该说什么，就算他这样说也不能掩盖他并不喜欢她的事实。

怎么会这样？这是什么古怪的办法，但是兄长既然说出来，必然是有依据的。

可是常仪何其无辜，我看她看兄长的眼神，分明是喜欢他的，而他也许永远都不会喜欢她。我一时心绪纷乱，理不出头绪。

"太一，你是不是觉得兄长做错了。其实我之前早就放弃了，但是你一次又一次地寄药给我，我知道那些都是很难得的天地灵物，费了你极大的心思。于是我觉得应该再尝试一下，也许还有转机也说不定。"

我看着眼前的兄长，突然觉得他和以前不一样了。就像羲和说的，他突然活泛过来了，有了更多的情绪，这些话要是以前他绝对不会说，这样的事以前他也绝对不会做。但现在为了我，是为了我吗？他就这样说了，这样做了。难道我又错了？我不该去强求他？应该就让他那样走向既定的终点？

可是，可是他是我唯一的亲人，我的兄长！但凡有一点希望我都不能放弃。可是面对这样的他，我又觉得陌生。

我不知道还要说什么，却不由自主地开口问道："那你知道合适的人是谁吗？"

兄长摇摇头说："只有见到了才知道，现在我还没有找到。太一，你说我还要继续找下去吗？如果你说不要再找了，那就算了。"

我抬头看着兄长，他仍然淡淡地看着我，却不知道他此时说出来的话是何其残忍。

我一时恨不得对着他大喊大叫，跟他说这样做是不对的；一时又觉得筋疲力尽，再也说不出哪怕一个字。

为什么要让我做这样的选择，早知道，早知道就不回来了。我面对不了这样的局面，我面对不了这样的兄长，我只想逃。

原来我并没有长大，还是原来那个小孩子，我自嘲地想，眼泪恨不得又要流出来。

兄长见我迟迟没有回答，点了点头说："好了，我知道你的想法了……"

"你知道什么！不要每次都自作主张，我还什么都没有说呢！"

我突然暴躁起来，我终究不是原来的小孩了，我冲他大喊道："你要去找到那个女孩，然后尽一切可能地对她好，去爱她，保护她，心中只有她一个人，所有人都比不上，知不知道？！"

兄长似乎没有料到我会突然这么说，他一时睁大了双眼看着我，口里却还是说好。

"我会尽力去试的，尽力只对那个人好。太一，你要知道，这有些难，你明知道我只会对你一个人好。"

"那是不一样的，兄长，等你遇到了那个人，你就会知道那是不一样的。就像……就像你曾经跟我说的那样。"

## 三

从兄长的殿中出来，我的脑海里还是乱哄哄的，我已经不知道怎样再把对话继续下去，看着兄长最后还是有些迟疑的表情，我不知道还能说些什么。

在这一刻，我从来没有这么讨厌过所谓的天地共主这个称号，为什么我和兄长的命运就要这样被这个称号桎梏，这辈子都不能解脱。所谓的天意到底是什么？是否就是捉弄世人？我们真的要遵从它的意志而活吗？我不想再想下去，这无解的题只会让我的心绪更烦闷。

我就这样茫然地踱出来，一个人站在路中央，一时不知道要到哪里去。

对了，我还要去找羲和。我把她一个人丢在了客栈，不知道怎么样了，我还要带她去见兄长，看兄长对凤凰族的安排。

我来到客栈的房门外，试着敲了敲门，里面马上传出了声音："是太一吗？你稍等一下哦，我马上就好了。"

于是我靠在外面的栏杆上等她。这时候天已经很亮了，王城里熙熙攘攘，各种小铺子都把各色货物摆了出来，顽皮的孩子们在沿街打闹，各种声音喧腾起来，使冰冷的王城有了生气。

我看着这热闹的情景，想着兄长一个人孤零零地坐在高高的位置上，本来还有我可以陪着他，和他说说话。可是回想之前的情景，我又忍不住灰心，这一次我们好像把话都说尽了，也许再也回不到从前了。

如果真是那样的话，我又该怎么办？正惶惶间，后面有人拍我的肩，"你不高兴吗？"

我转身一看，是羲和。她刚打开门，有光从外面照进来，照进了屋里，照亮了她。

她穿着一身正装，正红的衣裳；大袖，凤凰的纹样缠绕全身，翎羽、长尾、金翅、锐目均纤毫毕现。她的头上戴着凤冠，五凤俱全，有长长的流苏垂下，与胸前佩戴的族徽玉玦交相辉映。

但这些都比不上那张明霞般的脸，比外面的天光更亮，张扬热烈，深刻如印痕，刻进人的心里。

我愣愣地看着她说不出话来，她却如初见般又用手拍了一下我的肩，笑道："看傻啦，好看吧！"

我回过神来："头一次见你这么穿，有些不习惯。"

"要去见你哥哥嘛，当然要穿得正式一点啦。你还没有回答我好不好看呢，比那个常仪如何？"她凑近了对我说。

"好看。那什么，我们该走了。"我慌忙转身欲下楼。

"等着我呀，跑什么？"

我们穿街过巷地走在王城的大街上，她红色的裙子飘扬起来，如烈烈野火般刺眼。

最终我们来到大殿外，有人通传，从正门而入。我犹豫了一会儿，刚和兄长吵了一架，转眼就又要见面，不免尴尬。我其实不太想进去，但是羲和的事是正事，我不能置之不理。

我定了一下神，正准备迈步，羲和拽着我的袖子问我："你还没有告诉我，你刚才为什么不高兴，你不是去见你哥哥了吗？"

"没什么，就对一些事的看法不一样。"

"哦，那你们吵架了？你和你哥哥那样一个人也能吵起来，可真是稀奇。"她打趣我。

"我没有，只是分辩了几句。"我不欲多说，就准备进去。

"哦，我觉得吧，如果是你们吵架的话，八成还是你错了，你哥哥那个人感觉永远不会出错一样。"她在后面小声嘀咕道。

"是吗？"

说话间，我与羲和来到正殿，兄长高高地坐在帝座之上，还是面无表情的样子。

我简单见礼之后站在一旁，羲和则以大礼参见。

"凤凰族族长羲和参见陛下。"

"起来吧。"兄长淡然的声音传来。

然后羲和把族中发生的事情说了一遍，同时把我做的事情也说了一遍，并表示了对我的感谢。

她说这些的时候，兄长微微侧头对我示意了一下，这是表示对我的赞许。要是平时我会很高兴，可惜现在却没有心情。

羲和最后表示族中发生这样的事情，她作为大族长有不可推卸的责任，希望兄长可以让她将功补过，重振凤凰族。

兄长听了事情的始末之后，罕见地没有立刻给出指令，而是沉吟片刻，对羲和说先在王都多待几天，之后有令再召她，并吩咐我好好款待她。

我和羲和对视一眼，她再次行礼之后，与我一起退了出来。

"好奇怪，太一，你兄长好像有些变了，还让你好好招待我，石头人活了？"

我却没有心思回她，兄长的反常引起了我的警觉，特别是他初见羲和时目光明显停顿了一下，虽然转瞬即逝，却没能躲过我的眼睛。

千万不要是我想的那样，我心中暗暗祷告。

"你先回去吧，我想起有事要去问兄长，还是那家客栈，我办完事就去找你。"我与她匆匆而别，急着要去找兄长。

"你怎么也奇奇怪怪的，那你早去早回啊，记得我在等你呀。"

我匆匆又赶回大殿，不愿回想不久前我才匆匆逃离，可是这件事我一定要弄清楚。

我来到殿外，直接推门而入，兄长正站在窗边，他见是我，便对我说："你来了。"

我却在门口愣住，他竟是在看外面的风景吗？在我的印象中，兄长从来不做这些无谓之事。他的目光永远集中在天地间的大事上，永远坚定锐利，而不会像现在，看着窗外的皑皑白雪发呆，露出这样迷惘的神情。

"太一，你是来问我的吧？是的，你猜对了，羲和就是那个人。"

一时间，我只觉得心凉透了，比外面那些雪还要凉。

不幸的事情一件接着一件，我也不知道该做何反应。为什么我的预感这么灵，一路祈祷千万不要是她，可是偏偏就是她！

"你怎么肯定是她？你之前就看错了不是吗？如果这次再错了怎么办？还有，你之前就见过她了，那时候怎么没有看出来？就算你是对的，你是打算娶她吗，那常仪怎么办？羲和又怎么办？这些你都想过没有？"

我步步紧逼，他节节后退，直到背靠到墙上。我赤着双眼，咬牙切齿地质问他。为什么事情会变成这样，为什么命运会如此安排！我只觉胸中怒火中烧，却不知道该向谁发泄。

他还是静静地看着我。

"太一，我只能回答你这次不会错了，其他的我回答不了。我也在犹豫，如果你不高兴，那就当你没有见过我。你知道的，我的神力深厚，还可以撑很久，你不用担心。"

"如果是那样，为什么你会让常仪去布光，而不是亲自去？"我丝毫不为所动，问他。

他避开我的眼神，没有回答。

我就知道，我就知道他又骗我，如果不是已经力不能支，他也想不出这样的法子，为什么这个人要活着就这么难，为什么这个人偏偏是我兄长？

"哥哥，"我上前抱住他，就像小时候他抱住我一样，"你要对羲和好，你一定要对她好，她是很好的姑娘，你一定会喜欢上她的。你也要好好活着。"

"好。"

我一天内来回奔波数趟，实在是疲惫不堪。

我回到了客栈，却站在外面，我还不想立刻去见羲和。于是我跃到外面的一棵树上，隐住身形，去看她的房间，就像我第一次在她的房间外偷看一样。

她在房间里一会儿站，一会儿坐，有时还跑到房间外，倚在走廊的栏杆上，嘴里嘟嘟囔囔，估计是在念叨我怎么还没有来。

终于她等累了，或是意识到今天我不会来了，便慢慢踱回去，上床休息了。

我就坐在她门外的那棵大树上，隐住身形，看着天光慢慢暗下去，终于整个王城都安睡了。我以前在她的房子外守过一整夜，可惜当时她并不在房间里。这次我守在她的房间外，而房里有她。

终于我能这样守着她一晚了。

可惜好似不过片刻，天又亮了。

我终要去见她。

等天再亮些，我听到她的房中有了动静，她已经起来了。

我来到她的房门外，像昨天一样去敲她的门。

她高兴地来开门，笑着跟我打招呼："太一，你来了。"

她又变成了平日我熟悉的样子，就像那时在凤凰族请我喝酒的小光。

"你哥哥有说什么吗？"

"没有，他没有说什么。"我看到这样的她，到口的话却说不出口，"不要谈他了，今天我带你出去玩。"

"好呀！"

外面的雪还没有散，风却大了起来，把飘飘扬扬的雪吹向四方，本不是出门玩乐的好时候，但是羲和却兴致很高。

看得出来她虽然表现得对俗事十分熟稔，但其实坐在大族长的位置上，并没有多少空闲可以出来游荡。

我们漫步在城里，羲和对新鲜东西都很有兴致，拉着我要一一尝试，然后再和凤凰族的比一比。我们在城北听曲，在城南品茶，在城西看雪，最后回到城东饮酒。

我带着她一路向东，往前就是东海。

凤凰族在王都以西，是看不到海的。我带她来到海边高高的碣石之上，看着翻卷不息的波涛。雪还在下着，风把她的衣摆卷起，长发飘散开来，她凭海临风，似下一刻就要展翅高飞，翱翔九天之上。

她手里拿着一小坛刚才从酒馆买的酒，站在海风中仰头喝了一口，然后回过身来冲我一笑，说道："太一，我跟你说，酒可是个好东西，解忧消愁，不会骗人。你以后就知道它的好处了。"

我自然知道酒的滋味，确实如她所言，有许多妙用，而且我相信以后的日子我更会少不了它的陪伴。

"羲和，你觉得我兄长是个什么样的人？"我也喝了一口，终于开口问她。

"你的兄长，帝俊？他是天生的天地共主呀，我之前不是跟你说过了。"羲和疑惑地说。

"除开天地共主这个身份，你觉得他是个怎样的人？"我又问她。

"这我还真不知道怎么回答你，我对他的了解并不多，怎么突然问这个？"

"随便问问，果然他给所有人的印象都是这样，并没有人去关注他本身。"

"是有些奇怪，不管怎样，每个人都应该有自己的好恶，但是你的兄长给人的感觉就是威仪无边，无悲无喜。再说了，谁没事去打听你兄长是什么样的人，那怕是活得不耐烦了。

哦，你还没有回答我你跟你哥吵什么呢。"羲和好奇地问我，"你哥这样的人也会吵架？真是难以想象。不会与我有关吧？"

"……"我开不了口。

"吞吞吐吐的干什么，难道真被我说中了？"羲和惊讶地问我。

我又喝下一口酒。

"话说你今天拉着我逛了一整圈，是不是有什么话要跟我说呀，是你哥哥让你告诉我的？什么话这么难开口，说吧，我都受得住。"她说完一拍自己的胸口。

"我兄长想让你当他的帝后。"我突然一冲动，直接开口。

"什么？"羲和大吃一惊，不敢相信，"我？为什么？他才见到我呀！"

为什么，说因为兄长生病了需要她吗？我不能，我开不了口，至少现在还不能，这样对羲和不公平，那么我只好对她撒谎。

我只能对她说因为兄长喜欢她，可是这让我更难受。我看着她，感觉胸口慢慢长出一根刺，开始一点一点往里扎。

"因为兄长喜欢你，从第一次见面就对你印象深刻，之后一直念念不忘，但是后来一直琐事缠身，便没有去向你提亲。正好你这次来了，就让我当面问问你，看你愿不愿意。"我尽量用平淡的语气说出这漏洞百出的话，仰头又喝了一口酒。

"哦，是这样吗？"羲和似乎一瞬间就恢复了清明，仿佛她从来不曾酒醉过，依然是凤凰一族威风赫赫的大族长。

"是的，兄长还说你可以继续当凤凰族的大族长，不用天天在王都陪着他，随你自己的意愿。"

"这才是他的真实意图吧。"羲和轻笑一声，说道，"帝俊需要一位帝后，我本来就是合适的人选，这时候我又有求于他。我们联姻后，凤凰族与金翅鸟族将连成一体，帝俊的统治也更加稳固，我说得对不对？"

我无言地看着她，不知道怎么开口，不管怎样，这也算是个说得过去的理由，至少比我编的强得多。

看我哑口无言的样子，羲和更肯定了自己的猜测。

"我若是不答应，帝俊打算让谁来当我凤凰族的大族长？如今其他四族人才凋敝，一时难以推举出大家信服的人来，难道他要派人来协管我凤凰族，做梦！只要有我羲和在，谁也不能染指我凤凰族！"

我不知道她是怎么一下子想到那么远的地方去的，但仔细想想，其实兄长不用多说什么，羲和从走进王都起就陷了进去。

但是兄长却把选择的权利交给了我，如果我不向羲和提起，他绝不会开这个口。可我，可我即使对不起羲和，也还是要开这个口。可开了口，羲和就没有退路了。

我看着她凤目圆睁，一眨不眨地看着我，胸口又是一阵刺痛，感觉那根刺又进去了几分。

我艰难地开口："你……你不要想太多，兄长没有那个意思。他一直对凤凰族礼遇有加，不会因为你族中生了变故就改变态度。你们都不了解他，但是我了解，我的兄长是很好的人，我可以说是他一手抚养长大的。在我还很小的时候，他就长成大人了，然后一直照顾我，我的一切都是兄长给的。他只是因为坐在那个位置上，所以显得人很冷淡，但相处久了你就会知道不是那样的。"

我一口气努力说了这么多，感觉胸口憋闷，气都要上不来了，于是借着喘息时又喝了一口酒。现如今，我只有不停地喝酒才能把话说完。

羲和还是看着我："我不管你兄长是什么样的人，他再好我也不喜欢。我喜欢的是……是……"

话到此处，她也抬手猛地喝了一口。风声呼啸中，她似乎说了什么，可是我没有听见，或者我以为自己没有听见。

"那常仪呢，想必他娶常仪也是出于同样的理由吧，只是龙族与我凤族相比，分量还不太够罢了。太一，是不是你兄长说什么你都会照办？而但凡你有所求，他就会答应？我如今不想听别的，太一，你告诉我，你想我嫁给你兄长吗？我只要你亲口说。"

羲和突然放下了盛气凌人的姿态，又变回了我熟悉的样子，仿佛我们只是在饮酒谈心，而不是在利益纠葛中讨论她的终身大事。

我仰头喝光了那坛酒，感觉那根刺终于扎进了心里最深处，然后对着那双纤尘不染的眼睛说道："是的，我希望你能嫁给我兄长。"

"好，那我羲和就嫁给他！但是，从此以后，你我再也不是朋友。"羲和掷地有声地说出了这句话，然后转身背对着我，最后问道，"太一，你还有什么话对我说吗？"

"兄长的身体有些不好，希望你以后能好好照顾他，也照顾好你自己。"我对着她的背影，轻声说道。

"我答应你。"说完，她扬手"啪"一声摔碎了酒坛，径直离去，再不回头。

我站在原地，看那一身红裳在漫天风雪中越走越远，直到再也不见。

我再一次逃离了王都，离开的那天正是羲和大婚。

天空几乎被凤凰占据，凤凰族五部尽出，红、黄、紫、青、白五色神鸟在天空盘旋，长鸣之声传遍王都的每一寸土地，共同宣告他们的王娶纡了金翅鸟族族长。

地上，火红的嫁衣逶迤不断，从长街尽头缓缓而来，仿佛整个王都都披上了红装。人们惊叹于羲和令人灼目的美貌和威仪天成的王者之姿，她天生就该站在最高处与帝俊并肩。

我站在最高的城楼上，看着那片朱红慢慢涌入宫墙，和等候在那里的金黄色交融，再一起登上至尊之位。从此，那个叫小光的女孩不见了，剩下的只是叫羲和的帝后。从此高墙耸峙，禁卫森严，再也没有人能在外面的屋顶守着她了。

于是我转身离开，觉得再没有什么事可做了。兄长一定会好好待羲和的，他虽然为人冷淡，但对我言出必行，既然答应了我，就一定会做到。何况羲和正是一个值得他如此对待的女孩。她浑身充满了勃勃生机，一定能给兄长带去生的希望，他们携手能给两族甚至是整个天下带来安稳与繁盛。

而我只该离去。

### 四

于是我又开始到处游历，并没有什么目标，只是单纯地要去更远的地方，用余生去丈量天极。

此时的世界大部分地方还在一片黑暗之中，更多的山精海怪还在蒙昧之期，彼此争斗不休，此消彼长。

我走进他们，给他们带去一日光明，告诉他们在遥远的东方有贤明的帝王与皇后，能给他们带来真正的安定与幸福。

就这样不知过了多久，突然有一天，天上出现了一个巨大的发光的金红相交的圆球，刹那间照亮了整个世界！

所有的生灵都沐浴在它的光芒之下，感受它的温暖！

那光球从东边升起，经行天穹，到西边落下，所有的生灵都在谈论它。终于有天从东边传来了确定的消息，那是帝俊与帝后羲和的儿子们，叫太阳。

据说羲和帝后一共为帝俊生了十个儿子，每天他们中的一个从扶桑树上升到天空，驾着车从最东边跑到最西边，然后再返回扶桑树。

是羲和呀，她和兄长一定很好吧，兄长的身体也应该无恙了吧。我就在这世界的角落仰望天上那无比耀眼的太阳，心中想着。

在那之后，天上又出现了另一个光球，但是每天的样子都不一样，有时是一瓣小芽，有时又是个圆盘。人们说那是帝俊与常仪的女儿，叫太阴，又叫月亮。她每天等哥哥们休息之后借来一束光，时多时少，把它带到天空，照亮黑夜。

这么看来，大家都挺好的，我心里很高兴。

自此，兄长帝俊成了真正的天地共主，凡是太阳照耀之处，皆为其疆土，亿万生灵都要仰仗他施与的光明，山海之间到处都在赞颂他的恩泽。从这一天开始，山海开始了新的传说。

而我就这样在太阳与太阴的交替中继续行走。

可是突然有一天，天上同时出现了十个太阳！

往日带给人们光明的太阳带来了死亡的阴影，他们无情地收割性命，许多袒露在阳光下的生灵瞬间灭亡。

我与很多人一样，望着空中灼灼燃烧的太阳惊讶万分，简直不敢相信自己的眼睛。

但转瞬火海铺展开来，万千生灵同时哀号，大地失去颜色，只剩一片炙烤后的焦黑。森林山川的水泽全部同时消失，连四海都泛不起波涛，这末日般的景象令人绝望。

我呆呆地看着天上的十个太阳，直到它们的光芒灼伤我的皮肤，我这才赶紧撑起屏障，让尽可能多的生灵转移到洞穴中去。

这到底是怎么了？兄长出了什么事？怎么可能让十日同现，还是说是羲和出事了？

我脑子里一瞬间万千念头闪过，哪一种都不吉利，现在只有尽快回去才知道到底发生了什么。可是还有这些生灵，我不能抛下它们不管。

就在我一边尽力施救一边往东方赶的时候，突然见远方有利箭飞至，一箭就射下了一个太阳！

那日轮带着箭镞滚落而下砸进了东海里！

我还来不及吃惊，箭羽不歇，又是八箭射下了八个太阳！剩下的最后一个疾疾而行，转瞬不见。

这巨大的变故令我瞠目结舌，难道就这样射死了？！兄长和羲和的孩子！

我强令自己冷静，看箭来的方向也是东方，我要尽快回去，尽快弄清楚一切！而且我觉得那个射箭的人，就是羿，因为我从未见过箭法比他更高明的人！

我急急赶回了王都，但却是在监牢里见到了羿。

记得我们初次见面时他救了我，后来我们一起经历了很多事，那时他还教我射箭。谁知再见面竟变成了大狱之中。

他看起来还好，但因为定的是死罪，罪无可赦。

他看到我突然出现，大吃一惊。

"太一，你怎么来了？"

我示意他小声："我来看看你，到底是怎么回事？"

"其实这整件事我也觉得很奇怪。和你分开后，我就到了王都，想见一见你的兄长帝俊。他确实是很好的君王，看到我箭术出众，就赠我彤弓素矰。有了这些神器，只要我锁定了目标，这世间之物都无法逃脱。但是我绝没有想到要去射太阳。

"你不知道太阳和月亮出生时，我，还有王都的子民有多么高兴，我想全天下的人都很高兴。他们十兄弟长得漂亮极了，九个都像极了帝俊，只有最小的那个长得像羲和帝后。他们平日也极听话，总是一个一个地去天上值守。

"可就在那一天，我看到……看到帝俊和他们兄弟说话，然后他们就一起跑到了天上！"直到现在，羿还是一脸不敢置信地说道。

"不可能，一定是你看错了！"我激动地拉着他的衣襟。

"一开始我也觉得是自己看错了，所以从他们把我抓进来之后，我就在反复回想这件事。但是太一，我现在可以很肯定地告诉你，我没有看错，因为我的眼睛从未看错过，那确实是你的兄长，帝俊。"羿反握住我的手说道。

接下来他又跟我说他看到天下生灵痛苦不堪，万不得已才去射日，但就算自负射艺高绝也没有几分把握，可是居然成功了！

这些话我都没太在意，只记得他说的那几个字，是帝俊，是帝俊。不，我绝不相信，这里面肯定有什么误会！我一定要弄清楚。

还未等我到达兄长住处，就听一声高亢的凤鸣，一只巨大的火红色凤凰临空展翅，盘旋在宫城之上，接着传来羲和凄厉的喊声。

"帝俊！你还我儿命来！"

我的脑子嗡的一声，脚下不停，往大殿而去。

刚一赶到，巨大的金色屏障倏然而起罩住了整座宫殿，隔绝了内外。

我看到兄长似乎还是原来的样子，他只是抬头冷漠地看着天上的羲和："有什么事，下来再说。"

羲和嘲笑道："事情都做出来了，还怕别人知道吗？"

我看着眼前的两人，不知道要用怎样的表情面对他们，但我知道一定要弄清楚到底发生了何事，我也坚信这其中一定有天大的误会。

于是我踏出一步，出声问道："兄长，羲和，到底出了何事？"

兄长一听是我，脸色一变，但还是用一贯的声音对我说："太一，你回来了。"

"兄长，我看到了九日坠落，到底是怎么回事？羲和，羲和为什么那样说？"

羲和见是我也化为人形落到地上。她和我记忆中的人已经大不一样了。

只见她衣衫散乱，披头散发，双眼通红，颤抖着用手指向兄长，厉声说道："太一，你来了，你问他，看他能否告诉你他做了什么？他杀死了我的孩儿！"说完抱头痛哭。

我不知所措地望着兄长，完全不理解羲和的话。

兄长看了我一眼，突然从我身侧出手，一瞬间制住了羲和。

我看到羲和倒在地上，连忙扶住她："兄长，你！"

"不必惊慌，只是暂时让她安静一下，太一你随我来。"

我抱起羲和把她安置好，然后随他来到前殿。

这是我第二次来到正殿，相比我上次所见，这里更加恢宏壮丽，随处可见金翅鸟的图案，图案中金翅鸟翱翔九天，傲视尘寰。

兄长站在帝座前，说道："你相信羲和的话吗？"

"我相信兄长你说的话，但羲和也不是说谎的人。"

"太一，你出去了这么久，不再相信哥哥了吗？"他转过身来看着我。

"所以哥哥，你告诉我，到底是怎么回事？"我急切地看着他。

"你真的想知道吗？"他看着我，"也许对你而言，很难接受。"

"兄长，我已经长大了，可以承担任何事情，如果你有自己的理由，那请你告诉我。"

"是呀，一转眼你已经长这么大了。而你与我一起降生好像就发生在昨天。太一，你还记得小时候，我跟你说的天地共主的事吗？"他缓缓问道。

我不明白他为什么要提起这么久远的事情，但还是答道："记得，兄长你说你只是暂时替代我，终有一天，会把这个位置让给我。可是兄长，我从来没有这么想过，我一直都跟在你的身后，仰望你的背影，你就是最强的那个，不是谁的替代品。"

"太一，"他抬手又想抚我的发顶，却发现不知什么时候我已经比他更高大了。于是他无奈地放下手，将手背在身后。

"可是，太一，这一切都是真的。我之前说这话时心里也确实是这样想的。因为我终于发现我只是你的影子，是一个空壳，是承放你神力的容器。"

"兄长，你……你说你是什么？"我不禁往后退了一步，他的话让我觉得害怕。

"是不是不敢相信？我自己也花了相当长的时间才接受。"他轻叹一声，自嘲地笑笑，"可这就是真实的我。"

"我们是天意的产物，本来应该只有一个你，可是你的神力太强大了，你那小小的身躯承受不住，所以上天又造了我出来。这就是我们的由来，也是我们的命运。"

我说不出话来，只能愣愣地看着他。

"从我诞生伊始，便只牢记一个使命，那就是照顾你，倾尽所有地对你好。所以在你还没有神力时，我可以毫不犹豫地把自己的神力给你，直到你体内的神力复苏。

可是我对其他人却没有任何感情，因为我就是个空壳，只有神力，没有地方容纳那么复杂的东西。所以太一，你觉得我为人冷漠，其实不仅只是冷漠，是无情才对。自己都没有的东西又怎么给别人呢？"

我越听越觉得浑身发冷，眼前的这个人真的是我叫了这么多年的兄长吗？

"太一，你怕我吗？知道这一切后，我有很长一段时间都睡不着。但是后来我就释然了，因为你是我的弟弟，我把自己的一切都给你也没有什么，既然上天造物如此，我也就坦然接受这样的安排。

"可是奇怪吗，我又是怎么知道这一切的呢？我本来是不应该知道的，难道是上天出了错？不，天意没有错，只是后来，事情发生了变化。你知道为什么吗？太一，这一切都是因为你呀，太一，你就是最大的变数！"

兄长负手而立，侃侃而谈，虽然脸上的表情没有变，但我能看出他眼中的神采，在这一刻他的形象竟是如此的生动，迸发出我从未见过的生气。

"你从小就跟着我，我们兄弟之间从来没有别人，你总是一心一意地跟在我身后，一心一意地叫我哥哥，乖乖地听我的话，从来没有违背过我的意思，总想用自己的力量护我周全。特别是你知道我生病了以后，万水千山地去给我找药，几次差点死在外面，虽然你只字不提，但是我都知道，太一，哥哥都知道。

"也许就是从那个时候起，我开始有了私心，天意难道真是不能改变的吗？从你的身上我看到了一个活生生的人是什么样子的，喜怒哀乐都如此动人，且都是因为我。

"太一，你知道吗？我是因为你而改变的！因为你那一声声哥哥而改变的！它们让我觉得自己仿佛也生了一颗血肉之心，我也能毫不惭愧地唤你一声弟弟。每想到此处我都不禁要嘲笑天意，上天以为这样塑造我、设计我，就万无一失了，可惜啊可惜，正是上天选定的这天地的主人改变了天地的规则！"

我看着他，看着我叫了多年兄长的人，却发现自己从不曾真正地认识他。

"所以我也想变成一个活生生的人，但是我身上神力的衰减却是不可逆转的。于是我想了一个办法，要找到一个人，生下合适的孩子。一开始我找错了，就在我困扰的时候，可巧，这个人就由你送到了我的手上。"不知道什么时候，他坐到了高台之上的帝座中，俯视着我。

我全身开始颤抖，我知道他说的是谁，是羲和。

"你是喜欢她的吧，太一。要是以前我肯定不明白，但是现在我看懂了，你是喜欢那只凤凰的。可惜，我跟你谈话之后，你还是把她献给了我。"

"你……你到底做了什么？"我质问他，声音里终于染上了愤怒。

"太一，你生气了吗？你从来没有对哥哥生过气的。好了，别生气了，我告诉你答案。

"是的，我需要羲和的孩子，其实那不能称之为我们的孩子，就像我之前说的那样，我只是一个影子，一个空壳。影子又怎么可能有自己的孩子呢？所以我只是提供了我的神力给羲和，然后造出了那十个孩子。那十个孩子融合了羲和的骨血，虽然也是影子，但有一半可以说是实质，特别是最小的那个，几乎可以说是完整的血肉了，因此也和羲和长得特别像。

"而我要做的就是等他们长成了以后，再让他们回归于我，他们与我同源，回归之后我就可以拥有近一半的实体了。你是不是也觉得我与以前不一样了？太一，那是因为我第一次拥有了真正的生命。你不是问那九个太阳去哪里了吗？他们就在这里，他们就是我。

"哦，还有羿，他是我找的幌子。在我吸收了那十个孩子的生命力之后,就把他们一起放到了天上,所以十日尽出之后,羿仅凭我赠给他的弓箭就把他们射了下来。当然也出了点小差错,最小的那个可能神力尚存,最后逃脱了。不过那不重要,重要的是,我现在是几乎和你一模一样的生命了,太一,是你真正的哥哥。"

说到这里,他终于坐在位置上大笑起来,像个人似的大笑起来。可是我看着眼前这个"人",疯狂的、扭曲的、狰狞的、可怕的、令我恶心的人,再也找不到半点心中兄长的模样。

"你这个疯子,为我的孩子偿命来!"殿外羲和不知何时来到,也不知在外面听了多久,她状若疯狂地举着双刀冲向帝俊,只想与他同归于尽,我于是赶忙奔到她的身边。

帝俊坐在那儿,看着羲和,连屏障都没有设,只是一抬手就化解了她的攻势,就在他打算伸手变掌时,我挡在了羲和的身前。

他的手抬起只一顿,就在这一瞬间,羲和左手一刀,从我身侧刺进了他的胸口。

刹那间,时间静止,他低头看着那刀,终于脸色一变,翻掌运力往羲和身上猛然拍去。我只来得及往旁边一挪,那一掌就拍在了我的身上,连带着身后的羲和,我们两人倒飞落地,口中喷出鲜血。

再看帝俊,他身上插着那把刀,一步一步走下帝座,来到了我们面前,我胸骨已碎,但还是勉力站起身来,挡在了羲和面前。

"兄长,我最后叫你一次兄长,放过羲和。"我每说一个字都仿佛泣血,浑身的痛楚也及不上心中的疼痛,但是我不想再说什么别的了。话早就说尽了,如今我们之间,只有血能解决问题。

"太一,"他来到我的身前,猛一伸手拔出了那把刀,随手扔到地上。

"太一,第一次,因为你我第一次真切地感觉到了疼痛;可能你不知道,也是你,第一次让我感受到生的希望。让我再告诉你一点别的。你还记得我们很久以前与强良的那次战斗吗?当时我受了伤,你着急得要命。可是就在那一次后,我竟然发现了补救的方法。你知道是什么吗?是你的血!

"那次你也受了伤,给我端药的时候不小心把血滴进了碗里,我喝了药以后，马上感觉到了生气的注入，那是我从未有过的感觉。开始我也不知道是为什么，后来我反复思索，终于明白了，我的药其实只有一个，那就是你！"

他浑然察觉不到胸口的伤口还在淌血，只顾着把这么多年的隐秘倾泻而出。而我僵直不动，已经说不出话来。

"太一，我们一起降生，同本同源，我们都拥有无上的神力，但是你是血肉之躯，我却只有一个空壳，所以我不需要你的神力，我真正需要的是你的血肉。其实作为天意的造物，你的血肉对于所有生灵来说都是珍品，是无上良药。可是我却只能吸收与我同源的你。

"从我知道这个秘密后，我一开始拼命压制这种渴望，让你从我身边逃开。你觉得每次都是自己在逃离我，你错了，其实是我让你离开的。我怕我有朝一日压制不住这种本能，你就再也逃不开了。

"你走了之后，我一面欣喜于你对我浓厚的感情，就如你儿时一样从未改变；另一面我又要克制住对你血肉的渴求。你那时时刻刻都在的温情促使我作为人的一面拼命要觉醒，可笑这觉醒的手段却又是要我对你做出如此残忍的事。这就像一柄双刃剑，碰到哪边都会见血；又像一摊污泥，我在其中不停地挣扎，却又不断地陷落。于是我知道我一定要想出办法，只有这样才能救出你我。"

他说完竟然兴奋地注视着我，仿佛他做的一切真是为了我好。

"终于我想到了办法，太一。如你所见，这个办法是有效的，既保住了你，又成全了我，不是吗？所以太一，不要令哥哥失望，哥哥是在救你，这是哥哥救你的唯一方法！"

听了这么长长的一段话，我看着眼前这个人已经无法再思考，原来这才是真相，原来这才是根源！

这样深沉的心思，这样精巧的设计，这样布局深远，不动声色，令所有人深陷其中而不自知，这还称不上一个"人"吗？在他面前，我们所有人才像空壳木偶，被背后这人提线操纵。

我已想不了许多了，越想越是心惊，越是胆寒，越是怀疑自己。

不管怎样，我要救下羲和，还有她最后的那个孩子，还有大牢里的羿。

想到这里，我站直身体对他说："你放了羲和和她的孩子，还有羿。你不是要血肉吗？我给你，你不是还有一半的虚体，我可以帮你都补齐了，只要你放了他们，我保证他们到死都守着你的秘密。"

帝俊的眼睛一亮，他还没有来得及说话，却听羲和的声音陡然传来。

"不要求他！太一，不要求他！我宁死也不要你求他！"

羲和在我身后站起身来，催促我道："太一，你快走，带着孩子走得远远的，走到他找不到的地方去！"

我猛然转身，却见羲和周身突然燃起熊熊烈火，那火瞬时一路烧开去，把遇到的所有东西都化为灰烬，仿佛可以燃烧一切，毁灭一切，净化一切！在熊熊火光中，一声凤鸣传来，火红的凤凰升腾而起，巨大的羽翼遮蔽天地，这是，这是羲和的涅槃之火！

漫天火光中，羲和的面容开始幻化，她的眼中流出血泪！

"太一，我的孩子就拜托你了。你别伤心，也别自责，不用多说，再说什么都是枉然。但这个人，这个人是害你我至此的罪魁祸首，我绝不能放过！太一，就此别过，你，保重！"

说完，火中丹凤昂首长鸣，如一只利箭一般冲向了帝俊，火光大盛，将一切吞没。

我看着这熊熊烈火，想那烈火般的女子，耗尽了涅槃重生的力量，只为复仇，正如她一贯的爱恨决绝。以后我就再也看不到那个鲜活的羲和了，一时之间只觉胸中的血都要奔涌而出。

但她还有一个孩子，那是她最后的希望，我要去找到他，把他藏起来，教他我所知道的一切，然后让他回来向他的父亲宣战，替他的母亲报仇！

我狠狠转身，升腾半空，先去大牢救出了羿，再由他领路，在皇宫中到处寻找那孩子。

最后我们在常仪的宫中找到了她藏起来的孩子——羲和的第十个儿子，也是唯一的孩子。常仪匆匆忙忙把孩子交给我，什么都没有说，只让我们带着孩子快走。

我虽然觉得奇怪，但是此刻实在也没有时间深究，只好道声多谢之后，匆匆而别。

我带着羿和那个孩子往外奔逃，背后熊熊大火还在燃烧，火越烧越旺，把整片天染红，似乎要让整座王都陪葬。

随着一声长鸣，巨大的金翅鸟也出现在了天空，随着它双翅振动，飓风骤起，原来它想靠一己之力强压下那火，却是徒劳。那火是羲和的火，就像她的人，不死不休，不竭不止。

我最后回望了一眼我从出生起就一直眷恋的地方，我在外奔波时始终以为能回去的地方，我称之为家的地方，它在漫天大火中化为尘土、灰烬，再也不复存在。

我把羿和孩子带到了安全的地方，让孩子好好休养。他虽然拥有羲和大半的骨血，侥幸存活，但生机已折损了大半。我看着这个和羲和长得十分相似的孩子，把手腕割开，把血喂进了他的嘴里。

羲和那燃烧了自己的涅槃之火虽然只是阻挡了他一时，但给了我们逃生的时间。在我和羿照顾这个孩子的同时，帝俊也干了件事情。在那之后帝俊并没有急着寻找我们。他对外宣称因为爱子惨死，羲和受不了打击发疯后自焚而死，一场大火把所有的一切烧了个干干净净，他还是原来的天地共主。而且经过这场变故之后，他的神力更加强大，终于有一天他把整个王都都搬到了天上，各族被他认可之人也随他上了天界，只剩各族大巫留在了下界，负责传达他的旨意。至此，他自己变成了新的天，他说的话成了天意。

同时他又化出分身变成太阳，这样地上的人还是能看到天上的太阳，只是不那么明亮而已。

我到东海去看了羲和的九个孩子坠落的地方，现在那里叫作归墟。在扶桑的更东面，九个太阳砸在水中，直接在海底砸出了巨大的峡谷，以致天下所有的水到了这里都流了进去，永远不盈不满，而羲和的九个孩子也永远长眠于此，再也不见天日。

我看着那奔涌不息的海水，想起羲和，一时忍不住胸中怒火，于是我化出本相，召集鲲鹏，想到天上去冲破那轮红日。可惜如今的我自那一战之后，神力大损，又要每日用血喂养羲和仅存的孩子，实在已不是他的对手。而他也不再顾惜我们之间的情义，把我变成了一只蜉蝣，封印在他设置的幻界之中，一日一日朝生暮死，想让我渐渐忘记过去的一切。等我拼尽最后的力量冲出幻界，只变成了一根翎羽落入水中。无数个日夜过去，湖水层层冰封，我在里面无知无觉，死寂而眠。直到有一天，有一条小蚯蚓找到了我……

小曲一曲一折地再次来到湖边，慢慢探下去，金黄的羽毛仍然躺在冰中。

"小金，我又来了，你今天还能带我去玩吗？"

可是羽毛却没有回答。

"小金，你怎么了，你累了吗，要休息吗？我也不是那么着急要去玩的。如果你累了就好好休息，我明天再来找你。"

羽毛还是没有回答。

第二天小曲又来了，可是任它怎么呼喊，羽毛都不会回答它了。于是小曲知道，小金终是走了。小曲心想，小金是回到天上去了吗，是找太阳去了吗？真希望他的愿望能够实现。最后，小金还是留了这根羽毛给它，这是属于它的宝贝，可以一直陪着它，而以前那些只是一场梦而已。其实小曲知道再美的梦，也有醒的一天，但是只要记住那些梦中的美好，就可以把每天过得像梦一样。

清晨起来，小雪没看见言墨，今天是一年中最冷的一天，家里却很暖和。这么冷的天，言墨到哪里去了呢？

言墨站在山巅，凝望着太阳升起的方向，清晨的雾气还没有散去，他一个人孤零零地站在山巅，身影几乎要化去。远处，天地之间，红日却在酝酿、翻腾，马上就要莅临这个世间。言墨一动不动地看着，感觉胸腔中的那颗心也越跳越快，终于那光轮一跃而出，就如那颗红心。

等了一早晨，小雪终于等到了言墨，他身上带着霜，精神却还好。小雪趴在窝里，抬头询问他去了哪里。

"没什么，昨天晚上做了个梦就出去走了走，梦见了很久以前的事，梦里有只小蚯蚓找到了一根金色的羽毛，你要听吗？"

## 立春

# 东风解冻

### 帝俊纪

深夜，瓢泼大雨中，太一正独自疾行。他全身被雨浇透，彻骨寒凉，伤口却传来阵阵灼烧感。虽然他昏昏沉沉的，但时不时袭来的头痛牵扯着他，让他不至于被黑暗吞没，他脚步虚浮地继续向前走去。

虽然视觉、听觉都已受损，但太一清楚地知道身后的深草中隐藏的敌人正紧盯着自己，只要露出一丝破绽，立时就会被其吞噬。

这里叫巴，在南地，湿热多雨，其地林深草厚，藤蔓勾连，其中异兽深潜，不时啖人。

修蛇就是其中最甚者。

传说修蛇食象，三年而出其骨。太一于日前盗得了修蛇看守的幽微草，此草乃是疗伤圣品，吞服之后更可以益其心。太一盗了一株之后就被这只初通了神识的大蛇穷追不舍，几次险些命丧蛇口。

修蛇有剧毒，被咬之后太一本该立时丧命，亏得他修习已有小成，才可以与之周旋至今。但一路逃遁后，太一眼前已是一片昏花，耳中却隐约听到身后蛇腹滑过草叶的声音，蛇唾的腥臊之气似乎也近在咫尺。想是那蛇已把太一当成了它的口中之食，不再隐匿形迹，只一心守住幽微草，等着好好欣赏一番他挣扎逃命的样子。

幽微草，太一的手抚过胸口处的衣襟，那里有一株发着幽光的小草。无论如何，这株草不能给它，这是给兄长治病的药草，比自己的命更重要。

太一重新振作精神，透过浇泼而下的大雨往前张望，见到前方隐约有明灭光亮，心口一喜，更是伏低了身体，来回改变路线，小心地往那亮光靠近。

修蛇极为厉害，太一只是之前不小心被它咬了一口，毒素便迅速蔓延至他全身，虽然被强行压下，但是现在他连化形的力量都没有了，只有借助此地的茂林深草隐藏形迹。

但这样终究不是办法，太一见前方似乎有一草棚，隐隐传来火光，猜测前面应该有火堆，只要赶到那里借一点火势，就有办法再阻一阻修蛇。

想到这里，太一加快了脚步。眼看着离火光越来越近，他突然又想到，万一有人在此生火躲雨怎么办，岂不是把灾祸引到那人身上？

感觉身后蛇的腥气越来越重，太一终究一折身，往旁边绕了过去。

就在他准备再往杂草深处潜藏而去时，借着那点火光突然看到巨大的黑影投在身前，那是巨大的蛇头加上粗壮的蛇身，蛇口已经张开，正朝他急速而来。

太一连忙一个跃起落到一旁，躲开这一击。

修蛇见一击不中，顿时恼怒，蛇口再度张开，毒牙闪亮，又向太一而来。

太一侧身翻滚，同时有含糊不清的咝咝之声传入耳中："幽微草，幽微草，给我……"

太一护住胸口的灵草，断然道："绝不！"

修蛇被彻底激怒了，蛇头高高昂起又闪电般落下，毒牙咬合的声音令人头皮发麻，太一左躲右闪，险象环生。

就在生死存亡之际，突然一支利箭带着火星破空而来，正中蛇头!接着箭如连珠,带着条条火线钉在大蛇身上。

太一看准时机,纵到大蛇跟前,手掌印在蛇身,就在这瓢泼大雨中把火点了起来,把蛇身整个围住。

箭来之时,修蛇不以为意,仗着一身鳞甲直扑太一,却没想到那看似普通的飞箭却穿鳞透甲,一根一根如骨刺一般卡在血肉之中,令巨大的蛇身颤抖,再加上火势一起,皮肉顿时烧焦。

修蛇的蛇头疯狂地摇摆,想要摆脱这令它恼怒的困境,但飞箭仍然根根直命要害,火也越烧越旺,修蛇在翻腾再三之后,终于暂时退去。

太一见大蛇退去,保住了灵草,本已昏沉的他终于坚持不住,一头扎进了黑暗之中……

睁开眼睛时,太一发现自己置身于一座木屋之中,头还是有些隐隐作痛,但比之前已经好了很多。太一正要起身,一个爽朗的声音传来:"你醒了,先别起来,你的伤还没好。"一个猎装男子走了进来,说是男子,其实也是刚刚长成的样子,介于少年与青年之间,比太一大不了多少,他手里端着碗走到床前。

"你是?"

"我叫羿,是我救了你,但是你的伤还没有完全好,有什么话等先喝了药再说吧。"羿把碗往前递了递。

看着那真诚的目光,太一把眼前碗里不知道用什么东西熬制的黑乎乎的药水喝了下去,然后努力抑制住胃里那翻腾欲呕的恶心感,控制住自己的表情,说了声:"谢谢。"

谁知那人接过碗后,睁大了眼睛看着他,等了半晌,说道:"你可真厉害,喝了我的药竟然像没事人一样,难道不苦吗?"

太一一时愣神地看着他,不知道该说什么。

"苦就说嘛。我跟你说,我这药是有些苦,但是对蛇毒有奇效,虽然比不上幽微草。哦,对了,幽微草给你。"说着,他从怀中掏出了幽微草递给太一。

太一接在手里,又愣了一瞬,再次说了声:"谢谢!"

"不用客气。我看你全身是血就帮你包扎了一下,换了身衣服。

这株幽微草，我看你这么宝贝地放在胸口，想来它对你一定十分重要，就先替你保存着。你就是因为这草被修蛇追杀的吧？"

"是的。"

"你可真厉害！我跟你说，其实我也知道这条修蛇守着幽微草，估计是在等它成熟。修蛇除了吞噬没有灵智的兽类，也袭击已化形的神族，我早就想除了它，取得幽微草。可惜试了几次都没有成功，但是你做到了。"

"嗯，我并没有除掉它。"

"那也很不错！幽微草除了能助神识以外，更是疗伤的圣品。但我看你这么护着这株草，就没有马上给你用，你是要给什么人吗？"

太一把灵草重新放进怀里，说道："是的，谢谢你，这草是给我哥哥的，他比我更需要它。"

"哦，想来这就是你取幽微草的原因了，你哥哥的病很严重吗？"

"我也不知道他现在怎么样了，所以我要尽快把这幽微草给他。咳咳……"太一说着又咳嗽了几声。

羿赶紧过来扶他："你先躺好，慢慢来，身体养好了再说，反正草飞不了的。话说你们兄弟的感情可真好。"

"嗯，多谢你。"太一重新躺下，听到羿这样说，微微一笑，又想起了自己的兄长。

从自己逃走以后，兄长就只能一个人住在大屋里了，但是他再不用为谁昼夜支撑光明，能有少许的时间好好休息。在王都少有这样连天连夜的大雨，等他的病好了，等他回去后，再也不要兄长用神力为自己布光，只需要在夜里点一支蜡烛，自己就能跟他讲讲这巴地的雨了。

羿见太一渐渐出神，便没有再打扰他，他给的药里有安神的成分，不一会儿，太一就会再次入睡。

等到第二天起来，太一的精神果然又好了一些，只是还是不能化形，但行动已经没有大碍。于是他招来鸿雁，把幽微草带回了王都。

羿见他精神好转也很高兴，他来自苍鹰族，他们苍鹰一族少有聚在一处的，皆是成年之后各自闯荡，可能一辈子都不回族地。但是山海之间却处处都有苍鹰的影子，他们每个人都希望书写自己的传奇。

羿虽然年纪不大，却已是苍鹰族最好的射手，在他射遍族中无敌手时便出来闯荡了。太一看到他的射术，确实神乎其技，自问不及。羿却对太一的运火之术十分好奇，太一说自己是火鸦一族，所以对用火有些心得。

羿一听同是羽族更加高兴，于是劝说太一，等他身体好了，就一起去除掉修蛇。看到他一副跃跃欲试的样子，太一便答应下来。

于是两人天天一起研究怎样利用各自的优势，相互配合击杀修蛇，只是太一的伤一直没有好彻底，无法化形，就没有成行。

对于击杀修蛇，太一还是有些担心，但羿却毫不在乎。他让太一只管放宽心，说就算他们两个对付不了大蛇，但保命还是不成问题的，大不了关键时刻他就化出原形驮着太一飞呗，蛇总是个爬虫，上不了天。

太一一想也是，自己当时去偷幽微草，在山洞里施展不开，这才不小心被修蛇咬了一口，但是现在没有了限制，确实更有胜算。

自打与羿相识以来，太一的心情放松了不少，羿总是乐观又自信，虽然一个人，却把自己照顾得很好，而且总是一副什么事都难不倒的样子。看着他，太一觉得自己想办的事说不定也能成功，自己最重要的愿望说不定也能实现。

就比如现在，羿说先要往西北边的濛水去捉一种鱼吃，吃饱吃好了才有力气打怪。

那种鱼叫鱼鱼，长着鱼的身体却有一双翅膀，据说肉质极美，并不常见，羿决定带着他的新朋友去碰碰运气。对了，羿还是个吃货。

于是他们带齐了装备就往西北而去，虽然现在巴地已经是一派雨水丰沛、草木润泽的样子，但往北走，还有许多地方尚在冰封之中。东风吹过，冰层开始解冻，露出星星点点的绿意。

他们运气不错，到达时河水刚刚解封，从上游随着河水顺流而下的鱼鱼正迫不及待地开始在水中翻腾。它们一条条从水中腾身而起，在空中张开双翼优雅地滑翔，再一头扎进水中，那景象真是令人赞叹。

羿显然是捉蠃鱼的好手，他算准了时机，带着太一直奔最佳的捕鱼地点。那是一条狭窄且弯曲的河道，从上游直冲而下的鱼群到了此处被迫挤在一起，于是几乎所有的蠃鱼都选择飞过这段河道，羿就带着太一守在河边，静待鱼来。

远远听见河水奔腾咆哮的声音，不时已可见河中有鱼跃出，那鱼似乎是七彩颜色，翅膀迎风一张便如彩旗招展，煞是好看。

太一头一回看到如此奇异的物种，一时看得出了神。羿在旁边开口："好看吧？我跟你说，等会儿它们一起游来了更好看，还好吃！"太一听了无语，好奇地拭目以待。

等到鱼群随水流到了狭弯处，果然一起破水而出，翅膀带起水珠飞溅到太一脸上，一对对流光溢彩的翅膀肆意展开在他眼前，如道道弧光闪现。太一只觉眼前一切有如梦幻，不禁屏息凝神欣赏。

突然，利箭破空之声传来，一条蠃鱼应声落到对面的河岸上。接着箭如雨下，飞起的蠃鱼带着飞箭落到对岸，箭头插进土里，鱼身穿在箭杆上，那些鱼整整齐齐排成一排，竟然没有漏下一条。

太一盯着那一条条还展着翅膀的蠃鱼，好一会儿才扭头看向羿，羿冲他一抬下巴，眼中得色一闪，说了句："请你吃鱼。"

于是两人就在对岸架起木堆，把鱼穿在树枝上。太一的手指划过木堆，火瞬时便点着了。他控着火，小心翼翼地不让火烤焦了鱼肉，羿在旁边不时地翻弄鱼身，再给鱼涂抹上一些他早就准备好的不知道什么东西做的调料。小火稍稍烤过，鱼肉的香气就溢了出来，再远远飘去，真是令人食指大动，这下不光羿，就是太一也觉得肚子饿了。

正要大快朵颐的时候，忽然一个稚嫩的声音传来："可以给我一条吗？"

两人回身一看，一个半人半兽的孩子怯怯地靠近，他有一张白白胖胖的小圆脸，头上顶着两只小角，背后背着一对小翅膀，身后还拖着条小尾巴。他挺着个小肚子站在火堆旁，鼻子一动一动地嗅着香味，小小的一只，十分可爱。

这孩子显然是饿了，顺着香味找到了这里。见太一和羿回身看着自己，孩子有点害怕地退后了一步，但显然鱼肉的香味让他难以抗拒，于是又壮着胆子，嘟着嘴问了一句："能给我一条吗？就一条，我……我饿了……"

太一正要开口，羿已经抢先答道："可以呀，你过来，哥哥给你鱼吃。"说着拿起一条已经烤好的鳎鱼向他示意。

于是那孩子慢慢挪过来，伸手接过羿手里的鱼，说了句"谢谢"，便迫不及待地啃了一口。太一忙在一旁提醒道："小心烫。"见那孩子果然烫到了，嘴巴直噘，小手乱扇，但就是舍不得吐出嘴里的那块肉。

太一边笑边把水壶就到他嘴边："喝一口水，喝一口再吃，都是你的，没人跟你抢。"

"谢谢哥哥。"那孩子礼貌地道了谢，喝了口水，就又把嘴移到鱼上去了，看样子果然是饿坏了。

几口鱼肉下了肚，他立即惬意地眯起了眼睛，只见那鱼肉莹白似雪，鱼皮又焦黄如金，着实是火候掌握得恰到好处，才能烤出这外焦里嫩的鱼。

"好吃吗？"太一又给他喂了一口水，拍拍他的背，免得孩子噎住。

"好吃！"那孩子嘴里塞着肉，含糊不清地说道。

看着这孩子吃得香，太一也就手吃了一口，真是自己平生从未吃过的美味。照说自己身处王都，又是帝俊的弟弟，什么珍馐没有吃过？但这是友人捉的，自己做的，那些哪能相比？

眼看着这孩子吃完了一条，眼睛又盯着另外一条，但是因为之前说过的话，手指头动动，却没有伸出来，只是小鼻子不住地吸气，嗅着鱼香味。

太一见了不禁好笑，忙又递了一条烤好的给他："给你，接着吃。"

小孩犹豫着看着太一，太一把串着鱼的树枝往他身前又递了递："吃吧，没事的，还有很多呢。"旁边的羿也说道："快吃吧，吃完了哥哥再去捉，让你看看哥哥的神技，管饱！"

立春
东风解冻

于是那孩子眉开眼笑,双手接过喷香的鱼,又开始埋头吃起来。等到第三条鱼下肚,孩子吃鱼的速度才慢了下来,太一和羿也才有空问他话。

"你叫什么名字?"

"我叫小白。"

据小白说,他和父亲是前些日子才搬到濛水边上的一座高山上生活。

一早父亲有事出门,说好去去就回,让小白乖乖在家等着。

可是小白在家左等右等,父亲却始终没有回来。小白一个人在家实在饿坏了,这才跑出来,循着香味找到了正在烤鱼的太一和羿。

"只有你和父亲一起住吗?"太一看了羿一眼,摇了摇头,示意他不要问了,不知道这孩子的母亲还在不在。

羿于是没有问下去,两人看着这孩子更觉可怜,连忙又递了条鱼。小白也不客气,张嘴就是一口,边吃边还可以回个话。

虽然只有父子两人,但是看得出来他的父亲把他照顾得很好,要不这胃口一般人家养不起。

"你和你父亲的原身是什么?"

小白赶忙把鱼塞到嘴里,摇了摇头。

不知道?估计还是太小了。太一和羿一时也没有在意。

"但是父亲很厉害的!"小白抽空回了一句,语气信誓旦旦。

在孩子眼中,父亲当然是最厉害的。太一一笑,羿则去摸摸小白的头。

眼见捕的鱼都要进小白的肚子,羿站起来说道:"哥哥带你去捕鱼好不好?"

小白犹豫了一下说道:"父亲也带我来这里捕过鱼的,也烤过给我吃。"

"哦?"羿好奇地说,"那让你见识一下哥哥是怎么捕鱼的。"

于是羿又开始施展他邪飞箭捕鱼的技巧,这次更快更准,条条鳜鱼如下雨般落到对岸。小白一开始看得发呆,后来高兴了,拍手直叫好,忙着把鱼搬上树杈架着烤。

立春 东风解冻

181

"怎么样，哥哥厉害吧？"羿喝了口水，得意地问道。

"厉害厉害，哥哥真厉害。"小白崇拜地说道。

"那比你父亲如何？"

"那……那还是爹爹更厉害！"小白想了一下，坚定地说道。

"知道你就会这么说！"羿大笑起来，又去摸他头上那两个小尖角。

"就是的嘛。"小白一点没有不好意思。

直到吃得小肚子浑圆，嘴里打着饱嗝，小白才说要回去了，估计他父亲这时也回家了，他要回去找爹爹了。

太一拿了长叶子串上几条鱼，让他带回去也给他父亲尝尝，并邀请他和他父亲明天一起来河边吃鱼。

太一和羿提出晚了送他回去，但是小白拒绝了，说晚上父亲一定会回来的，自己回去就行。见他坚持，太一和羿也就没有上门打扰。于是小白两手抓着鱼，一蹦一跳地走了。

二

晚上太一和羿肩并肩躺在草地上，闻着泥土的芳香，打算就这样过一夜。这样的体验对于羿来说是家常便饭，对于太一而言却新鲜。

虽然从王都出来，一路上也少不了风餐露宿，但那都是一个人。尽管身份特殊，但想着自己一直没有在外行走过，所以没有易容，不过也一直谨慎地没有向外人吐露过自己的真实身份。对于结识羿，虽然在意料之外，但太一很高兴有了自己的第一位朋友。

想到这里，太一对羿说道："谢谢你带我来吃鱼。"

羿满不在乎地说道："这有什么，小事一桩。"

太一笑笑，又想再次开口感谢他救了自己的性命，但是之前已经说过了，反复提好像没有多大意思，反正自己会一直记住就是了。

谁知羿却提了起来："其实那天我看到你改道了。"

这没头没脑的一句话倒让太一有些糊涂。

羿却笑着说："接下来你是不是又要感谢我当时救了你一命？"

太一愣住。

"你这个人呀，有什么就说，朋友之间想那么多干吗。"羿拍拍太一的肩膀。

然后羿又接着说道："那天晚上，我正好在雨棚躲雨，其实早就听到了动静，又远远看到了修蛇的影子。要知道我对巴地的了解远胜于你。我开始是打算一走了之的，因为修蛇吞个人实在是太寻常了，而我一个人打不过它。"

"那你后来又为什么留了下来？"太一好奇地问道。

"因为我看出你的身手不错，虽然受了伤还可以跟它周旋这么久。然后就是，我看到你改道了。在靠近雨棚之前，你应该已经看到里面有人在，却没有呼救，而是打算绕过雨棚，把修蛇引到别的地方去。所以我打算出手试一试，因为这样的人值得我相救。"羿看着太一认真地说道。

"嗯……"这下太一倒不知道说什么好了。

"所以呢，你不用天天想着怎么报答我，是你自己救了自己。"羿笑起来，叼了一根草在嘴里衔着，又跷起一条腿。

"再说了，我们已经是朋友了不是吗，朋友之间不用这么客气的啊。"

"好。"太一也笑着答道。

"对了，你说，小白到底是什么呢？白白胖胖的，有角有尾的，难道他是龙族？"羿猜测道。

太一摇摇头"不太像，小白有翅膀，我听说只有应龙才有翅膀，那要很长时间才能长成，小白还太小。"

"嗯，孰湖？"

"尾巴不太像，孰湖的尾巴是蛇尾，而小白的却不是。"

"蛊雕？"

"也不太像，蛊雕是一只角，可是你看小白的头上有两只。"

"哦，这样。要不是长相不像，我还以为是猪了，忒能吃，他爹不容易。"羿嚼嚼嘴里的草，说道。

立春 东风解冻

太一忍不住笑起来。

"欸，我发现你知道的不少呢。"羿又好奇地说道，"其实我开始看你不太像长久在外面生活的人，倒像是谁家吵架后赌气跑出来的孩子。可是你怎么会知道的比我还多？"他摸摸下巴。

"嗯，我听人说的。我确实是从家里出来的，给我兄长寻药。你是怎么看出来的？"太一好奇起来。

"很多细节都看得出来，你吃东西和说话的样子，讲究，和一般人是不同的。"羿晃着腿回道。

"这我还真没注意。"太一想着自己已经很小心了，极力抹去过去的痕迹，但是没想到鹰眼锐利，还是露了破绽。

"这有什么关系，不管你从什么地方来，就冲你从火堆旁边绕过去这一件事，我就可以交你这个朋友。"随着羿说话，那根草在他的嘴边忽上忽下。

太一的心也跟着动了动——所以，自己真是好运气，不仅捡回一条命，还交到了一个值得结交的朋友，不是吗？

第二天小白果然又来了，但是精神却不太好。

"小白，你父亲回来了吗？"太一关心地问道。

"还没有。"听他提起父亲，小白没有去接羿递到他手里的鱼，眉头皱了起来，"不知道出了什么事，我等了一晚上，爹爹竟然没有回来，爹爹从来没有在外面过过夜的。"小小的孩子脸上写满了担忧，和昨天那个无忧无虑眯着眼吃鱼的样子完全不同，那双大眼睛里似乎也泛着泪光。

太一看着不忍心，上前把他搂住，又把烤得最好的鱼递给他，把水也准备好。小白手里拿着鱼，吸吸鼻子，想是饿了，还是咬了一口。

"爹爹很厉害的，一定没事的。"小白边说边抹了一下眼睛。

"你父亲临走前有没有说去哪里？"羿问小白。

小白摇摇头："没有说。父亲总是匆匆忙忙的，不太讲外面的事情。他总是给我带好吃的，哄我开心。但我知道父亲是在做很重要的事情,毕竟他那么厉害。"

这就有些难办了,不知道去哪里寻找,只能相信他说的父亲是厉害的神族,希望他轻易不会出事。

小白吃鱼也吃得心不在焉,垫了垫肚子之后就要告辞。太一和羿还是想帮小白去找他父亲,但是小白说父亲离开前并没有交代去了哪里,自己和父亲才搬到这里不久,平时也没有经常去的地方,因此实在不知道去哪里寻找父亲。

"你和你父亲是因为什么搬到这里的?"羿问小白。

"听说这里的赢鱼好吃,爹爹就带我来了。"小白又咬了一口。

"你爹爹对你可真好。"太一接着说。

"是呀。爹爹什么都依着我,哪里有好吃的、好玩的,我们就到哪里去住。但无论到哪里都有人找爹爹帮忙,可是就算再忙,他也从来不会晚上不回,因为我晚上怕黑,爹爹总会回来陪我的,可是这次……"小白说着,眼圈又红了。

"好了好了,你不是说你爹爹是很厉害的人吗?那相信他一定不会有事的。这样,哥哥陪你回去等他好不好,免得你一个人晚上害怕。"太一帮他把眼泪擦干,问道。

谁知小白突然一顿,然后连连拒绝道:"不用了,大哥哥,我……我一个人可以的,就不麻烦你们了。我这就回去等爹爹。谢谢你们的鱼。"说着,他连鱼也不吃了,就打算离开。

羿一把把他拉住:"别忙,再带几条鱼回去吃。然后记得明天这个时候再来这里,哥哥们还在这里等着你。不管你爹爹有没有回来,都要来给我们送个信,知道吗?"

太一把鱼串好递到小白手上,又摸摸他的头说:"如果明天你爹爹还没有回来,我们就带你去找他,别怕。"

小白接过鱼,用力点点头,然后回去了。

可是,第二天小白却没有来。就在太一和羿决定上山去找的时候,山脚下远远地走来一个人。

那是一个长相十分端正的男子。他来到近前,对着太一和羿拱手道："请问二位，可见过小儿？"两人一对视，还没等他们开口问，那人继续说道，"小儿名唤小白。"

小白不见了，来人正是他的父亲，名叫白玄，原身是仁兽白泽。白泽是大荒公认的仁兽，但见过其真身者极少，因为其行踪飘忽不定，没想到在这里竟能碰上，估计这也是小白说不出自己真身的原因。

白泽据说能晓黑白、辨善恶，所以极受人崇敬。白玄说小白是他的独子，前两日白玄离家去附近的部落助人，就把小白独自留在家中。因为身份之故，之前这种事情也经常发生，小白在父亲离家期间都会乖乖地待在家里，所以也从来没有出过意外，除了这一次。

眼前的白玄虽然还是一副恭谨有礼的模样，但是眼中神色分明已是十分着急。

羿和太一对视一眼，上前一步拱手道："您不要着急，小白我们确实见过，我们也一定会帮助您找到他。"

白玄一听，忙也回了一礼："如此多谢了！"

太一接着就把小白和他们相遇的经过向白玄述说了一遍，又询问白玄此地的情况。

听白玄说他们住在濛水之上邦山的南面，山中并无猛兽出没，而且白泽为天生神兽，出生即具有非凡神力，并非一般恶兽能欺负的。只听说邦山北坡的山洞中藏着一只穷奇，但是从来也没人见它现身过，不知传闻是真是假。

再说小白就算年幼，也不是完全没有自保之力。当他遇到危险时，他周身的神力会立时反应形成保护罩，这也是白玄现在还没有方寸大乱，可以在这里跟羿和太一详述情况的原因。因为到目前为止，小白的护身神力并没有开启，而只要神力开启，白玄就会知晓。

太一与羿在这里一共见了小白两次，昨天分手之时已向他说明，今天他们会留在这里等他消息。而白玄是今天一早归的家，回家之后就没有见到小白，他四处寻找，一直找到濛水之岸。也就是说小白是昨晚到今早这段时间失踪的。

太一和羿对白泽都十分有好感，因为他明辨是非、惩恶扬善，这次也是应他族之邀去处理棘手之事，所以两晚没有回家。

白玄向太一和羿解释：嬴鱼对他们而言是难得的美味，但是对生活在濛水下游的两个部落触氏和蛮氏来说却是天灾的象征，因为嬴鱼出则必有大水。以往，在濛水下游聚居的这两个部落会齐心协力一起想办法加高堤岸，拦阻洪水。但随着触氏部落首领的逐渐老迈，部落内部纷争不断，触氏终于渐渐走向衰落；而蛮氏却恰好相反，人丁兴旺，蒸蒸日上，矛盾由此产生。

两族开始只是小打小闹，蛮氏仗着自己人多势众，在拦河筑坝之事上出力也多，便要求占有更多的河滩之地。对于这样的无理要求，触氏当然不肯答应。于是在濛水涨水之后，蛮氏便只修筑自己族地外围的堤坝，对于两族应该共同维护的地方置之不理，而触氏维护自己族地的堤坝已经很是勉强，确实没有办法再兼顾更多。结果大水来时，从没有修葺的堤坝冲出豁口，冲入了两族之地，终于酿成祸端。

从两族有争执开始，他们就去请白玄来分辨是非，白玄也因此来往奔波，有时就把小白独自留在家中。之前一直没有出过事，直到这一次。

"那这一次与之前相比有没有什么特别之处？"太一问道。

"特别之处？"白玄想了想，回道，"要说不一样，就是这次两族闹得特别凶。因为大水过后，两族都有死伤，同时又都把怨气撒在对方身上，纷纷指责是因为对方没有及时修筑堤坝从而导致了这场大祸。这次死了这么多人，两族都不肯就这样善罢甘休，最后险些就要两族交兵，斗个你死我活，我也因此多待了几天。要说这也是我的过失，要是我能尽力调解两族的纠纷，劝说他们携手一起筑堤，也不至于造成这么多无辜死伤。"说着他长叹一声。

"因为此事我在两族中住了两晚，在这之前我从来没有在外过过夜，把小白一个人放在家中。怎知这次就出了事，都是我的错。"白玄后悔不已。

果然是仁兽，明明是应他人之邀去解决纠纷，结果不如预期就自责不已，这让太一和羿对他的好感又增加了几分。

太一自从东海出来一路西行，兄长所布之光便一直跟着他，那光分出一天的白天与黑夜，就像他在家里一样，就如兄长还陪在他身边。因为这光，太一就不会感觉太孤单。但是这里已经是大荒的偏西处，天光已经变成了白色，正是眼前这只白泽所布。

虽然离开了兄长布光的范围，但太一发现一路上白昼、黑夜历经的时间相差无几，只是光源大小不同，想来这也是兄长的神威所致，大家已经习惯了这样的时间安排。

"那么您最后是怎么处理这两族之事的呢？"太一接着问道。

"我费了好大的力气才安抚下两族，让他们坐下来商谈。触氏倒还好，他们如今实力有损，已不同往日，因此同意我的调解，愿意让出一部分公共河滩给蛮氏，以后也由蛮氏来修筑堤坝。

"但是蛮氏却不依不饶，他们自恃实力大增，又借这次大水大做文章，除了占有原来的公共河滩，还想染指触氏的地盘，触氏当然不能同意。我也觉得他们这样做不合适。其实这次祸端的根源说到底在蛮氏，要不是他们只顾自己的族地，没有及时修筑共同的堤坝，后来也不会溃堤，造成惨剧。

"本来两族和睦共处，一起在濛水边休养生息已经许久，就因为触氏突遭变故，蛮氏就能弃这么久的相伴情谊于不顾，突然提出这样的要求，未免强人所难。再说就算把触氏所有的地盘都给他们，他们也没有人手修筑所有的堤坝，所以两族互帮互助、共守家园才是长久之计。

"我对他们两边细说了利害关系，特别是对蛮氏，已经近乎警告，最终他们两边都表示同意我的调解，但我看得出来，蛮氏并不太服气。难道就因为这，他们迁怒于小白？把他掳了去？"

白玄说完紧皱眉头，暗自思索。

"那他们可真是忘恩负义，因为对您不满，就能对无辜孩子下手？实在过分了。"太一说道。

"还不能肯定就是他们做的，我觉得不至于此。"白玄又有些犹豫。

"还是去看看吧，现在也没有别的线索。"羿接话道。

"说的也是,两位请随我来。"

## 三

于是三人顺流而下,到了濛水下游。下游河面变得宽广,汪洋一片,在左岸果然有两个部落聚居,近一些的占地较小,应该就是触氏了;而另一个远远看去族众甚多,想必是蛮氏。

三人决定先就近到触氏的族地去探察一番。

等他们到了地方,族中的气氛却有些奇怪。据白玄说,他往来两族多日,而且分别召集了两族族长和族众处理两族的纠纷,又有白泽的身份在,在这些族众心中已有相当的威信。因此每次进出,两族族众对他都十分敬重。特别是触氏,他们本就相对弱小,所以白玄在处理两族之事时对他们多有维护。

可是当他们三人走近,却发现许多人对白玄怒目而视,有些人则掩面哭泣,还有些人激动不已就要上前拦路,嘴中不住地喊道:"就是他害死了族长!"虽然说话的人马上被他的同伴制止,但是这句话还是落到了三人的耳中。

触氏的族长死了?!白泽快步上前,拦住了说话的人:"你的话是什么意思?你们族长死了?什么时候死的?"

"你还好意思问!"痛哭的青年擦了一把泪,气愤地说道,"就是你走了之后,我们的族长就遭遇了不测!枉我们族长那么信任你,你却让我们与那蛮氏讲和。现在我们族长死得不明不白,你还敢来,来了就别想走,必须给我们一个交代!仁兽白泽,我呸!"

随着青年的高声控诉,更多人围拢了过来,虽然年长者畏于白泽的威名还不敢有所表示,但是更多的年轻人却开始应和。

"对,必须要给我们一个交代!"

"白泽又怎么样,我们不能就这样算了!"

"对,我们的族长不能白死!"

人越聚越多,群情激愤。白玄见此情形十分惊讶,显然在他意料之外。

眼见人越来越多，他朝屋顶一跃而上，猛然发出一声兽吼，神兽之威立现，众人这才安静下来。白玄随后开口说道："各位，贵族族长之事我也是才知道。请问各位，我有什么理由加害贵族族长？而且如果真是我所为，我又何必再次来到贵地。白玄给两族调解濛水之事，绝没有任何私心，大家当知白泽从无虚言。大家放心，贵族族长之事，白玄一定会调查清楚，给大家一个交代。"

众人一时面面相觑，因为白泽这话说得十分在理。人群中一位老者越众而出，躬身施了一礼："白泽大人勿怪，是族中小子们失礼了。请大人到大屋说话。"白玄见众人逐渐安静了下来，便下了屋顶，与刚才那位老者一起进了大屋，太一和羿也随之入内。

原来那位老者是族中长老，之前也是他极力主张请白玄来调解两族之事。

白玄于是向其询问族长身死的详情。那老者说道："自白泽大人到我族调解洪水之事，我族上下都十分感激。族长虽说还有些愤慨，但其实也知道这已经是目前最好的处理方式了，所以也打算按照白泽大人所说，去与蛮氏和解。"

白泽听了之后，一顿道："目前？""不错，目前。这是我族族长的意思。我也不知道他后续还有何想法，可惜还未来得及详述，他就身遭不测。"

"还请详述当时的情形。"白泽皱眉问道。

"就在前天夜里，白泽大人走后，我们本来商定就按照大人所说，与蛮氏和解，之后我亦离去。谁知半夜却听到族长屋中传来凄厉的惨叫，我们闻声赶到后，见他已倒在血泊之中，喉管已被咬破！我们的族长就这样不明不白地死了！"那长老说到此处，又忍不住垂泪。

白玄三人听了之后，都感到不可思议，按理说事情已经解决，怎么会突然被害，那凶手又是谁呢？

那长老又接着说："我们一开始怀疑是蛮氏派人刺杀。蛮氏自新王即位，就开始觊觎我族的属地，但一直没找到借口抢掠，这次大水却给了他们机会。他们本来以为只要加固自己的堤坝就能借大水之力损毁我们的族地，所以才没有修筑公共堤坝。但是令他们没有想到的是，濠水之威超出他们的预期，没有公共堤坝，他们自己的堤坝根本拦不住洪水。这才使自己的族民也遭了殃，真是自作自受。

"因此我们开始推测，难道是他们恼羞成怒，干脆派人暗杀了我们的族长，想彻底霸占我们的土地？所以安排好族长的后事，一天之后到了晚间我们派人暗地去打探蛮氏的消息，看看能否找到什么蛛丝马迹，证明他们与我们族长的死有关。可是令人奇怪的是，蛮氏也像在隐藏什么秘密，对外封锁十分严密，我们的探子费了极大的力气才探听清楚，原来蛮氏的族长竟然也被害了。"

"你说什么？！"白玄不由得高声问道，"你是说两族的族长都死了？"

"正是，而且据说也是在单独见了您，与您商讨之后，就被害了。"那老者说着一改之前恭谨的神色，抬起头来，目光锐利直视白玄，咄咄逼人。

"这……"白玄一时哑口无言。

"对于此事，我们也觉得十分蹊跷。您是白泽，照理说我们绝不该怀疑您，但是两起惨剧就在眼前，都与您有关，所以还是想请您解释一下当晚的情况。"那老者沉声说道。

太一和羿都诧异地看着白玄，没想到事情竟然出现了这样的转折，但是两人还是相信他是无辜的，不光是因为他是白泽，还因为他是小白的父亲。

白玄愣了一瞬之后，马上又恢复了常态，对屋中之人拱手施了一礼之后说道："白玄可以立誓，绝没有杀害两位族长。那天白玄白天与各位商议后，决定晚间再单独与贵族族长谈谈，确定后续事宜，一直谈到族长将歇，就告辞而去。实在不知何人又为何会加害贵族族长。大家应该知道，我对贵族是多有维护的，就是因为我觉得在这场纠纷中贵族占了一个理字。白泽惩恶扬善，众人皆知。就算是劝说贵族让出部分河滩之地也是为你们着想，就像长老所说，现在蛮氏势大，你们不宜与之硬拼，暂时退让以图后续也不失为明智之举。

"我自问已是为贵族设想周全，虽然族长是在见了我之后遇害的，但我实在没有加害他的理由，贵族这样无端怀疑我，实在是令人寒心。这样，我还是那句话，族长之死我一定会查清，请各位给我时间。我此次来是为了另外一件事，小儿从昨晚起就不见踪迹，诸位有没有见过他？要是见过就告诉我一声；要是没有也请诸位留心。我对诸位言尽于此，要是让我知道有人与小儿失踪有关，定会再次登门拜访，那时就不会是今天这般情形了，请诸位考虑清楚。"说着他扫视了一遍在场的众人，目光冰冷。

太一此时对白玄有了新的认识，但一想也觉得情有可原。独子失踪一晚上，本来是想来打听线索，却没有想到被人诬为杀人凶手，在这里纠缠不清白白耗费时间，想必此时已经是心急如焚，白玄有这样的言辞已经算是客气的了。

那边触氏族人面面相觑，没有想到白玄竟然是为了独子而来，又被他的气势所慑，这才忆起白泽除了是仁兽之外，本身的神力惊人，绝不是他们能够抗衡的。于是又纷纷表示没有看到过小公子，要是见到了一定告知白玄。

白玄又仔细看过屋里的每个人，像是在确定什么，之后说了声告辞，就带着太一和羿离开。太一本来还想再打探一下，看到羿给他递了个眼色，便没有再说什么。

出来之后，白玄对着太一和羿说道："辛苦两位小兄弟为了小儿的事情奔忙。"

太一连忙说道："您客气了，虽然只见过两次，但我们实在是很喜欢小白，也愿意尽力去寻找。"

说完他又对白玄这么轻易就离开表示不解，问他为何不留下暗中再探查一番，毕竟他们怀疑白玄是杀人凶手，就此掳了他的儿子要挟于他也有可能。

羿示意他不要着急，却对白玄问道："您是否有什么特殊的方法来判断是非？"

白玄赞许地点点头："被你看出来了，不错。我可以看出他们有没有撒谎。"

"难怪,就是您最后仔细查看他们每个人的时候做出的判断吗?"太一接道,他也注意到了白玄最后离开时的刻意行为。

"不错。就是在离开之前,我用神力仔细看过了,他们说的都是实话,确实没有掳走小白。"白玄答道。

"所以最开始您也是这样判断我们没有加害小白的吧?"太一接着问道。

"是的,为了小儿不得已探查一番,还望两位见谅。"白玄又施了一礼。

"无妨。难怪您有判断是非、惩恶扬善的能力,原来是天赋异禀。"太一佩服地说道。

"过奖了,就如你所说,既然是上天给了我这项本领,我就应该善加利用。这是我的秘密,还请两位保密。"白玄又诚恳地说道。

"这是自然,您放心。"太一和羿一起应道。

白玄点点头:"既如此,我们就尽快动身往蛮氏的族地去,他们的族长也被害了,实在是不可思议。不知是否与小白失踪有关,也不知道那孩子现在怎么样了,有没有饿着,害不害怕?"说着,他脸上露出担忧的神情,眉头紧紧皱起。

太一连忙安慰道:"小白是个很勇敢的孩子,不会有事的。"

白玄叹了口气:"希望如你所言。"

三人于是匆匆赶往蛮氏所在地。

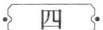

## 四

蛮氏的族地离触族并不远,走过公共滩地不久就到了。三人还没有走近,就见前面黑压压的一片,原来是人人穿着丧服,族中正在举丧。但是与触族不同的是,他们虽然对白玄也都怒目而视,却没有一拥而上上来质问他,族中自有人领他们到了一屋,族中长老在屋中端坐。

"白玄大人今日登门是为了何事?"那长老并没有起身行礼,而是冷冷地问了一句。

"今日是为了小儿前来。请问长老，近日可见过小儿？"白玄也不多话，直接问道。

"并未。"那长老有些惊讶地回道。

"果真没有见过？"白玄边说边用神力查探。

"果真没有。"老者镇定自若地答道。

白玄探查一番后，不动声色，并没有过多的表示。太一和羿也不知道结果如何，只好站在他身后，静观其变。

"好的，那白玄就相信长老一回，告辞。"白玄转身欲走。

"且慢。白玄大人就这样走了吗，莫非没有看到我蛮氏举族皆丧？"那长老说道。

白玄于是转过身来，应道："看到了，又如何？与白玄有什么关系吗？"

"又如何？你今日既然来了就走不了了。"长老慢慢起身说道。

"哦？长老这是要强留白玄吗？"白玄的声音也冷下来。

"白玄大人杀了人就想一走了之吗？"那长老也语调冰冷。

"白玄没有杀人！"白玄终是动怒了。

"你走了之后我们族长就遇害了，说你没有杀人，何以为证？"那老者也毫不示弱。

"你！"白玄眼见得到处被人诬为杀人凶手，再加上爱子失踪，已渐有不耐之色，说不好下一刻就要动手。

太一一见情况不对，忙站出来说道："大家都冷静一下。"虽然他并不惧怕动手，但是有机会解开误会总是好的。

"你们又是何人？"旁边有人说道，"总不过就是帮凶！"

"休要血口喷人！他们与我素昧平生，只是一起来帮忙寻找小儿的。"白玄扬声解释道。

"诸位。"被人诬告果然不舒服，太一把火气往下压了压，再次开口道，"我们确实今日才与白玄相识，只是因为之前与其子相处了两日，见其无故失踪，才一道前来。我们对贵族之事毫不知情，大家切莫误会。"

见众人的神情稍缓，太一又接着说道："请大家体谅白玄的心情，其爱子从昨晚到如今音信全无，没有半分线索，本已万分着急，却被人无故诬告为杀人者，此刻白玄还站在这里与大家相商，已是不易。如果他真是杀人凶手，为何要自投罗网？难道大家非要打过一场，见了血，才能好好说话吗？再让真正的杀人凶手逍遥在外？"

听太一这样说，众人终于冷静了一些。白玄这才再次开口："请诸位仔细回想一下族长遇害时的情形，看看能不能找到什么蛛丝马迹。"

那位老者沉吟了片刻说道："自你昨日来到我族中，与大家商讨堤坝之事，虽然开始大家还是怒火难平，毕竟这一次大水我族也有不少死伤。但是你带来了与触氏协商后的结果，说是愿意把河滩之地让一部分予我族，我们也就没有多说什么。晚间族长还设宴款待于你，宴后又专门再与你商谈，足见我们对你的尊重。可是你却不知为何痛下杀手！等到第二天早上我们再去请族长议事时，却半天没有回音。最终我们破门而入，却看见族长满身是血倒在地上，喉管被咬破，已毙命多时了！"

太一三人吃了一惊，交换了下眼神，竟然又是喉管被咬破。

只听那老者悲愤难抑："族长临死之前最后见到的人只有你，你还有什么话好说？！"

如果开始白玄还有些按捺不住动手的冲动，到此时也有些发愣，竟然真的都与自己有关。而且两族族长的死法一致，这就不是巧合了。

可是自己与他们相谈之后略微休息就离去了，并没有多作停留，那两人怎么会在自己离去之后就恰巧身亡，难道是这一路都有人跟着自己，刻意陷害？可是，要是有人跟踪，自己不可能毫无察觉。那到底是怎么回事？白玄不禁陷入沉思。

但眼前的形势却不允许他再多加思考。蛮氏众人见他无话可说，心中更是认定了他就是杀人凶手。那长老霍然起身，大声说道："无话可说了？白玄，我们之前敬你是仁兽白泽，所以一直以礼相待，但谁知你是不是因为偏帮触氏一族秘密谋害了我们族长，此事我们绝不会善罢甘休！来人呀，拿下！"

呼啦一声,屋外之人一下子涌了进来,看起来是早有准备。

白玄一看,缓缓起身环视周围,然后冷冷一笑。一时之间,太一只觉有些陌生。

"你们是觉得这样就能与我动手?"白玄冷冷地开口道。

"我们知道你是天生神兽,神力超群,我们本不愿走到这一步,但是族长之仇不能不报。如今,你竟毫无悔过之意,所以就算拼上性命,也要报仇雪恨!"那长老大声说道。

"哈哈哈,真是好笑,我已经说过了,人不是我杀的,你们非要栽在我身上,我也不想再说。"白玄冷笑数声,眼色变得更冷,"想起我之前真是好笑,为了你们两族来回奔波,把口水说干,还要忍受白眼,现在想来真是白费力气。像你们这种不辨是非、冥顽不灵的族群,也许只有见血才是最好的说服方式。既然多说无益,那就来吧!"

此时外面天色渐暗,从屋里看出去,外面熊熊火把已经点亮,绵延成片,也不知道到底有多少人。太一神色一凛,难道是想把他们困死在这里?想到这里,太一往身旁的羿看了一眼,羿从刚才就没怎么说话,不知道在思索些什么。太一有些着急,羿看到他,给了他一个少安毋躁的眼神,估计是心里有底。

三人站在一处一致对外,人群密密匝匝围成几圈,各有站位,看样子好像是个阵。难怪敢与他们动手,原来是有所依仗。

白玄还是那个样子,仿佛这些都入不了他的眼。他转身对着太一和羿说道:"真是对不住两位,把两位拉进这无妄之灾里,但是两位不要着急,也不用出手。稍等片刻,等我打醒他们,我们再一起去找小白。"

说完他就凝神发力,两手一分,四周狂风骤起。屋中众人顿觉站立不稳,本来还从不同的位置依次向他们三人攻来,形成合力想制住他们,却没有想到狂风一起,当先冲到近前的几人顿时被风吹得飞起,落地之后又带倒一片,阵势顿乱。白玄睥睨而立,显然还是不想伤人。

但是蛮氏众人却不想就此罢手,于是重整阵势又朝三人冲来。

白玄这次却不想跟他们啰唆，单手上举，狂风回旋成柱，越来越急，只听"砰"一声响，屋顶被掀翻，白玄三人立时从屋顶脱出。

一见白玄动手，太一才觉得自己之前实在是多虑了，所以此时站在屋外密密麻麻的人群之中也没觉得怎样。

那蛮氏长老也来到了屋外，大声说道："白玄，我们自知不是你的对手，但是我们的族长不能就这样不明不白地死了，我们一定要让你付出代价！"

白玄站在当场，只是冷笑，已然不想开口。

那长老见状，暗自咬牙，突然浑身发出点点萤虫之光，那光渐渐连成线，再向空中延伸，结成网。不光是那老者，周围的人身上也都是光点成片，继而成网，层层叠叠往三人罩来。

白玄一见举手成刀，只听"呼"的一声，似有风刃刮过，所到之处顿时网破人伤，但是片刻后就有人补上空位，再把那张网补好。况且不光是最内一层结网，外面似乎还不停有人赶来，再结阵成网，一层又一层，铺天盖地，把他们三人牢牢地困在当中。网上萤光点点，似乎要盖过白玄发出的浑白光芒。

白玄一见，冷哼一声，双手握拳，风声四起。一时之间，再不闻人群的喊喝之声，只听见狂风吹过四野的呼啸声，连远处的濛水也掀起波涛；面前的人群更是被吹得东倒西歪，连带着层层密网也跟着摇摇晃晃。再看白玄双手猛然张开，无数风刃飞旋而出，三人周身的光网立破。那风刃回旋不息，却只是破网并不伤人，转眼之间已把面前数网一一破除。蛮族众人见状面面相觑，个个目瞪口呆。

这时白玄并不急着走脱，只是站在当场，负手而立，冷冷看着对面的老者。那老者脸色大变，一时也有些气短。就在双方僵持之际，突然外面又来了一群人，为首一人到了近前，太一一看，竟然是触氏的长老。

那触氏长老来到近前，对着白玄一拱手，开口说道："白玄大人。"白玄并没有回礼，只是应道："长老也来了。"

那人放下手，说道："本不想来，但又不得不来。白玄大人，我们都尊敬您，也曾把两族人的性命交到您手里。可是到了现在，您还是没有办法给我们族长之死一个交代。这如何能让我们心服？"

白玄身上的光芒愈暗，映出眼中幽光，更显不耐："我已经说过几遍了，人不是我杀的。信不信由你们。"那人却逼问道："两族族长的死法一致，时间一致，最后见到的人都是你，你说和你没有关系，谁能相信？"

白玄周身风声又起，身形缓缓升到半空，他一字一句道："我最后再说一遍，尔等萤虫听真！人不是我杀的，再要纠缠，死生不论！"风声把他的声音远远传去，回荡四野，让每个人都听得清清楚楚，如同神谕。

众人见到此景，猛然醒悟——白泽行走世间，无人敢逆，原是如此。

见众人惊愕，太一开口说道："如今情形，大家都见到了。白玄不愿伤人，足见心中无愧，大家再苦苦相逼，就不要怪他手下不留情了。"

那两族的长老对视一眼，却是同时双手上举，片刻过后，光点再现，芒网再生，两族人马竟然合为一处，那网一瞬间生长蔓延，眼前光点闪耀，彻底把白玄身上的光芒压下。

太一和羿完全没有想到竟然是这样的结果，两人同时飞身而上，与白玄站在一处，护住他左右。

"哈哈哈哈！"白玄猛然大笑出声，"真是好得很！自己找死，就怪不得我了！"

此时那层层织网却又和之前不同，透出荧荧绿光，往来反复，天上地下皆是。太一突然心中一动，觉得那光似曾相识，于是伸手一触，指尖顿时一片乌黑，手指发麻！

"大家小心，那是修蛇之毒！"太一大声说道。难怪觉得那光熟悉，直如修蛇周身鳞甲之光，他们竟然取来了修蛇之毒！

"不错，正是修蛇之毒。"那蛮氏长老应声答道，"我们也不想走到这一步，但是如果轻纵杀人凶手，我们也没有办法对自己交代。所以我们设法去巴地取来了修蛇之毒，只求一个真相！"说完全力催动浑身法力，旁边触氏长老也是同样，两人携手把那网的光芒催到极致，一时之间绿光满眼，仿佛修蛇再现！

太一开口还想说什么，白玄一挥手制止了他。

"小兄弟，别再说了。你看，眼前这一幕多么有趣。我费尽心力让他们两族能够放下仇怨、重修于好都没能成功，此刻他们却是同仇敌忾，携手抗敌了。有意思，真是有意思，哈哈哈哈……"白玄纵声长笑。

面对此情此景，太一和羿一时无言。

"不如这样，我就让你们觉得更有意思一点！"白玄说罢，身形暴涨。不知何时，他身上的白光已经完全消失，取而代之的是腾腾而起的黑雾，再一转瞬，人已经整个淹没在黑雾之中。

就在大家不知所以之时，突然，一声咆哮惊天动地，炸响在每个人耳边！

就见那黑雾之中现出两团火焰，再定睛一看，原来是两只眼睛！等到黑雾散去，一只庞然大物显露在大家眼前，只见其状如牛，浑身漆黑，长着刺猬的毛发，头上两角犀利，背负双翼，身后有单尾扫荡。

"这……这不是白泽呀，这是，这是穷奇！"人群中有人喊道。

此时白玄已完全换了形态，再开口，声音也变了："呵呵呵，他好心好意留了时间给你们逃命，你们非要试试自己的命够不够硬。别喊错了，我叫玄白，可不是那个白玄。你们也不要指望我能手下留情，我早就想出来了，磨磨叽叽、拖拖拉拉，这么点破事拖了这么久。你们给我一个一个睁大眼，这事好办！"

说完，它飞纵向前，大张其口，只一口就把首当其冲的蛮氏长老吞了！然后它转过身来，扫视一周，泰然自若，完全无惧蛇毒！

形势发展至此急转直下，出乎所有人意料，众人一时呆愣。

再看那巨兽仰天一啸，双翅展开，纵身而上，伸出一爪，只一扯，那处网丝应声而断，那守网的人也被它一口咬住，咔嚓一声，喉管破碎，尸体跌落地上，落在所有人眼中。

"是他，是他杀了族长，族长就是这样被咬死的！"看清同伴死状的人大喊。惊恐的声音一层层传出去，引得夏多悲愤的声音传回来，"为族长报仇！让凶手伏诛！"

于是更多的人涌了过来，站在死者的位置上，把网补起来，试图把凶兽困住。再看那穷奇横冲直撞，完全无视层层织网的绿光，扇动双翅在网中飞掠而过。一转眼，它又不知将多少人吞入腹中，织网也变得支离破碎。一时之间，血肉横飞，尸横遍野。

就在众人束手无策之时，突然一支箭横空而过，从身后而来却挡在了巨兽面前。羿指间扣弦，手中三箭同时搭在弓上，直直指向它。

"嗯？"穷奇缓缓转过身来，黑雾过后，它恢复了人身。只见人还是原来的样子，眼神却完全变了，凶恶、残忍，还有一丝狡黠之光，却独独不见了之前的悲悯之色。

他不是白玄。

"小箭手，你要与我动手吗？"玩笑的声音响起，却让人心底发寒。

"不要再杀人了，不然你会后悔的。"羿的声音也冷下来。

"后悔？哦，"玄白微微提高了声音，"你说说我有什么好后悔的。"

"你不是他，等他醒了就会后悔。"羿说道。

"呵，你也说了我不是他，后悔，也许他会，但我不会！"玄白傲然说道，"我才是真实的我，他？笑话而已。"

"你，你真是穷奇？"太一这时才反应过来，颤声问道。

羿沉声说道："他是穷奇。"

"可是，可是，他之前……"太一转向羿，还是不敢相信。

"记得吗，他自己说他是白泽，可是我们从来没有见过原身。还有一点，小白长得并不像白泽。"

听羿一说，太一这才想起：自遇到白玄之后，一直听他说自己是白泽，一直在帮助两族调解纠纷，所以自己就认定了他是白泽，却忘了小白的模样。此时回想，小白那已有雏形的黑色双角，背后的黑翼，身后的牛尾。虽然不知道像不像那只闻其名未见其身的白泽，却明明白白是穷奇的模样！

太一退后一步，想起之前自己还一直为他辩解，羿却没有出声，难道那时他就已经开始怀疑他了？果然是自己太天真了，一厢情愿地先入为主，到如今真相大白，措手不及。

"不错，我是穷奇，一直都是。白天那个，只是我一时无聊想出来的玩意，骗骗人还蛮有意思的。要知道白泽判断是非善恶的本事我也有，这点我已经告诉过你们了。"玄白漫不经心地说道，"但是他们，这些虫子，没完没了，竟然欺负到我头上来了，是不是作死。如今，你们可要想清楚了，站哪边？"

"我还有一个问题问你，你到底为什么要杀害两族的族长？"太一已经反应过来，大声质问。

"为什么？因为他们每个人都有一大堆破道理要讲，听着令人心烦。

"就说那触氏，非要晚上了还拉着我没完没了地说，说自己本已示弱，让出了河滩之地，那蛮氏就不应该纠缠不休，抓着这次洪灾不放，觊觎他们更多的土地。此时只有隐忍，以图将来，但蛮氏势大，真要谋划有诸多这样那样的困难。我一听有理呀，就一口咬破了他的喉咙。怎么，吃惊了？你们难道不知道何为穷奇吗？穷奇惩善扬恶，颠倒黑白，最讨厌喋喋不休讲道理的人，与那传说中的白泽正是相对。这世间本没有那么多道理可讲，想要什么只管伸手，还隐忍，跟我费这么多话。要知道凡是要讲道理的，都是自己实力不济的，啰里啰唆，唠里唠叨，自己烦别人也烦，所以我直接一口帮他解决烦恼，岂不正好？"穷奇说完满不在乎地笑起来。

原来竟是这样！白泽惩恶扬善，穷奇惩善扬恶，因此世人对白泽多有推崇，而穷奇却是恶名远播，人人避之唯恐不及。这只穷奇就因为无聊，想出了白天假扮自己对头的游戏，竟然也骗得这么多人都蒙蔽了双眼，信以为真，终于酿成大祸。

眼看着两族死伤惨重，太一心中难受，但同时手中也开始蓄力，暗暗下定决心，不管怎样，今天也要把这只穷奇留在这里。

"那，那你为什么又要害死我蛮族族长？"蛮族中也有人出声质问。

"你们那族长呀，本来我是打算留他一条性命的，谁知他晚上喝多了，竟然也拉着我唠叨他的计划，说以后要怎么吞并触氏的地盘，可是又不想大动干戈，想怎么样更多地保全两族族民，以后还要一起修坝抗洪。我一听就烦了，开始看你们族长那架势，还以为是个能成事的，谁知心不够硬，手不够黑，婆婆妈妈，到底也是个没出息的，也就一口了结了。"

"你！"那蛮族之人被激得说不出话来，只是手指着这穷凶极恶之人，不住地颤抖。

"行了，话也说完了，要知道我难得有耐心跟你们说这么多，照我之前的脾气，统统咬死拉倒。难道是因为装白泽装久了，染上了这臭毛病，真是要不得。"

那穷奇又转向太一和羿："现在你们是想保全这群虫子吗？其实说实话，我还真不太想跟你们动手，因为你们帮我照顾了小白，要是打死了，小白他说不定会伤心的。对了，说起小白，你们不用担心。其实我昨晚就回去了，把他安顿在另一处安全之所，免得有人找上门去，等我今天白天处理完这里的事情就带他离开。可是一大早的装成白泽，就把这事给忘了。可见凡事都不能太当真，要不这真的假的搅得我头疼。"玄白说着，揉了揉脑袋。

羿一直都在仔细观察他的表情，暗自思索。太一听说小白无恙，松了一口气，可一想他也是一只穷奇，心情又变得复杂起来。

### 五

此时外围的网已经重新结了起来，但是穷奇无惧蛇毒，基本没有什么作用，所以拦截穷奇的关键就是羿和自己。想起今天一整天自己和羿跟着他到处奔波，一直并肩对外，却没想到此时竟然要想尽一切办法把他困在此地，太一心中一时不知是什么滋味。

穷奇是有名的凶兽，绝非一般人能敌，自己和羿能将他困在此处已是勉强，要将其击杀几乎不可能。还有小白，难道让小白从此就没有父亲吗？看小白的言行，分明还没有显露凶性，他还心心念念地等着爹爹回去，这到底要怎么办才好？

正思索着，旁边的羿悄悄靠了过来，轻声说了四个字："等待天明。"等待天明是什么意思？难道天明了穷奇还能变回去，可是穷奇自己不是说白泽只是个游戏的幻影吗？看羿的眼神，分明是有所打算，太一心神稍定。现在他对羿又多了一层敬佩，不光因为他技艺高超，还因为他为人对事观察入微，虽然看看并不比自己大多少，但是处事经验却比自己老到很多。

不远处玄白好整以暇地双手抱胸等着两人，见两人似乎商量好了，开口道："看这样子你们已经决定了，那就没啥说的了，来吧。"

羿却开口道："等等，我们本不愿与你为敌，但是也不能放着这么多人的性命不顾。这样，我们来打个赌，只凭我们两人，在这层层织网中，今晚将你困住，直到天明。如果我们做到了，你就不要再难为这两族族人；如果我们没有做到，今晚之后我们就不管了，怎么样？就当是我们照顾了小白两日的报酬。"

"你这小子倒是打得好主意。好，看在小白的面子上，就陪你们玩玩。"玄白笑着说道。

话音刚落，那穷奇的身形拔地而起，就要突破顶上的织网而去，可是有箭鸣之声后发先至。那箭竟然能在空中打转，转眼间箭身就调转了方向，箭头正对准玄白的两眼，自上而下，竟然硬生生地把他压了下来。

"不差嘛。"玄白落地后赞了一句。

"客气。"羿回了一句。

但转瞬之间，就见玄白身后黑翼生出，展翅而上，就像原地刮起了黑色的旋风，同时黑雾弥漫，根本分不清他到底在哪个方向。就在众人目迷之时，网却一瞬间亮了起来，一点火星冒起，继而蔓延至全网，就靠着一点细丝，那火就烧了起来，顷时一张火网牢牢罩住三人。穷奇可能不怕修蛇之毒，但却不能不顾忌这纯金色的火焰。

"嗯，还不是普通的火焰，有点意思。"玄白伸手一试，旋即收回，又赞了一句，"两位小兄弟都不简单嘛，看来之前还是我小瞧了你们。"

太一并不搭话，只一心一意控着那火。旁边的两族族人也看清了形势，只牢牢守在自己的位置上，把那网织得更密一些，让那火烧得更旺。

玄白见此情形，脸色一正，双手合而又分，旋风旋即又出现在两掌之间，再一翻掌，无数风刃暴出，就要齐齐去切割那火网。就在这一瞬间，无数光箭从羿掌中之弓射出，起初只看到一箭，再化二，再而四，再而无数支，带起道道箭气，竟然冲破了风刃！

"不错不错，苍鹰族能有此能力，已经不简单了。"玄白一口就道破了羿的来历，转眼又去看太一，"至于你嘛，"他上下打量了太一几眼，露出了惊讶的神色，"你是什么来历，我竟然一时看不出来，奇了怪了。"

太一自幼年起，就被帝俊严密地保护着，身上更是早就下了禁制，一般人是不可能看出他的来历的。

玄白看了两眼，失去了探究的兴趣："不管你是什么来历，都不可能阻我。"

说罢，玄白凝神聚气，跃至空中，双掌平推之后，飓风平地骤起，那风如青龙吸水，又如巨鲸翻腾，旁边的濛水也被激起巨浪拍打在岸边，众人一时站立不稳。等到玄白双手上举，那如旋涡的飓风搅动了层层织网，带动所有人跟着移动。只见他法力再催，这是要把所有的网都带到天上去，自然不能算违反约定。紧要关头，羿手中箭发连珠，根根箭矢带着网丝扎进地底，及至没羽，生生把那层层密网留在了地上。

就这样反复再三，玄白尝试了各种办法想冲出网去，都被羿和太一强留在了原地。时间一点一点耗了过去，玄白的态度由开始的玩世不恭转为严肃，再到渐渐不耐。

终于，他束手于背后，冷声道："你们不要仗着之前给小白喂了几条鱼的情分就得寸进尺，再不相让，就不要怪我手下无情了。"

再看太一和羿，虽然到目前为止两人各施巧技，把玄白留了下来，但是实际情况如何，他们心里都各自有数。两人都已经耗力不少，脸色发白，要再强抗穷奇，实在勉强。两人对视一眼，看到彼此都有些站不稳，再看一眼身后的众人，横下一条心，准备死扛到底。

那玄白看两人都没有退避的意思，冷哼一声，也没有其他的动作，直接双手平举，翻掌，沛然巨力直接对着两人而来，刚才那差点席卷众人的力量如山一般压在了羿和太一的肩头。如此直接的力量碾压，令两人都没了取巧的余地，只能运起全身神力相抗。但他们年纪尚轻，刚才又已鏖战半晌，此时只有苦撑。

太一只觉狂风如刀割面，巨力压在全身，他本就有伤未愈，开始还可以勉强相抗，到后来站立不稳，全身骨骼咔咔作响，一双脚颤抖不已，眼看就要跪倒在地。旁边的羿虽然还站着，但是全身打战，也比他好不了多少。

这次竟然是太一从未遇到的危机，后退一步都不能。要是兄长在此……不自觉地，太一想到了帝俊。自家兄长所向披靡，脸上从未有过难色，不知道是否也曾遇到过如此困境。但兄长就是遇到了，估计也不会跟自己说吧。

前方玄白还在施力，神力如巨浪翻涌压顶而至，太一觉得自己实在是支持不住了，说不定下一刻手臂就要断裂。就在这千钧一发之际，太一突然觉得有什么东西从自己身上飞出。

只听一声高亢的鸣叫，一只巨大的金翅鸟突然现身，凌空展翅，然后化为一道金光，直冲向玄白！只听"砰"的一声闷响，两股巨力相击，声浪袭向四方，所有人瞬间倒地，那张火网也瞬间解体，散落四周。玄白捂住胸口后退了两步，不可置信地说道："金翅鸟？"

众人都被这突如其来的变故惊呆了，一起扭头看向了太一。太一自己也吃惊不小，看着自己的手掌，喃喃喊了声："哥哥？"

可是那一道金光转瞬即逝，只冲击了那一下就消失了。玄白回过神来："金翅鸟？难怪我看不出你的来历，帝俊是你什么人？"

"凭你也配提他的名字吗？"太一傲然回道。

"呵呵，金翅鸟又如何，这里可不是东海。别说你是一只还不能化形的金翅鸟，就是帝俊亲至，我又有何惧？"

玄白说着双掌蓄力，又要压下。

就在众人绝望之时，突然一个稚嫩的声音传来："爹爹。"

"小白？"玄白猛然收手，脸上的神情变了一下，一瞬间仿佛又变成了白玄："小白，你怎么来了？"

"爹爹，真的是你吗？"火光明灭处，小小的人儿怯怯地站着，不确定地问道。

"小白，是爹爹。你怎么找到这里来了？一路上没有受伤吧，你不是最怕黑了？"玄白快步走到小白近前，蹲下身，上下左右把他好好查看了一遍，又把他抱到怀里。

"你晚上没有回来，我……我睡不着，就出来找你了。"小白缩在玄白的怀里，双手搂着他的脖子，"爹爹，你晚上不要出去了好不好，上回你出去后，我一晚上都没睡着。后来我就出来找你，好久都没有找到，肚子可饿了。幸好后来遇到了两个哥哥，他们烤了鱼给我吃，好好吃的。咦，这不就是那两个哥哥吗？"小白睁大眼睛，突然发现了太一和羿。

"小白，你好。"太一和羿也看到了小白，和他打招呼。

"哥哥好！你们和爹爹认识了吗？你们在聊天吗？什么时候我们一起去烤鱼呀！"小白很高兴，也挥手和他们打招呼。

"小白，爹爹和哥哥们正在商量烤鱼的事，这不就说完了，准备回去了。"玄白似乎真的变了模样，温声对小白说道。

太一没有想到小白的出现会使局势出现这样的转折，该放玄白就这样离去，还是再拖一下？到天明羿可能会有自己的安排，可是自己和羿都已是强弩之末，不知道还能不能留下他。

还没等他们出声，突然有人高声说道："不能就这样放了杀人凶手！"原来是外围的两族族人，看到太一和羿竟然能和玄白拼个平手，不甘心就这样放了他，连忙出声。

玄白一听脸色一变，却没有想好怎么解释，一时无语。小白听到之后，不敢置信地问道："杀人凶手？爹爹，他们在说谁？谁是杀人凶手？"他慢慢挣出玄白的怀抱，环顾四周。突然，他看到四周到处都是鲜红的血、断裂的四肢，还有堆积的尸首，也看到了和父亲形似对峙的太一和羿。

玄白一时眼神闪烁，竟然示意太一和羿说点什么。两人踌躇半响,太一不忍心,正准备开口:"小白,其实……"

"爹爹,这是怎么回事?难道,这些都是你干的?"小白却打断了太一的话,转而看着玄白,睁大眼睛问道。

"小白,这个,你听我跟你解释……"玄白慌忙说道。

"爹爹,你不用说了。我,我就知道会是这样。"小白说着说着突然声音哽咽,流下泪来。

"小白,你别哭!"玄白慌忙又把他抱回自己怀中,用手去擦那小脸上的泪珠,可惜小白却越哭越伤心,似乎要把那小小身体里的泪水都哭出来。一时之间,刚才还在生死对敌的众人皆沉默不语,只听得到这个小小孩童发出的令人痛心的哭声。

"小白,别哭了,爹爹带你去捉鱼好吗?你不是最喜欢吃这里的鱼了,我们因此才搬来这里的,还记得吗?"玄白着急起来,急忙对小白说道。

"可是我们搬来之前发生了什么,你还记得吗?"小白突然对玄白说道。

在众人都没有注意的时候,玄白身上似有白光闪烁。

"搬来之前发生了什么,小白你在说什么?"玄白一脸疑惑地问道。

"爹爹,好多事情你都不记得了,有时候是白天的事情,有时候是之前的事情,但是我都记得,我都记得!"小白激动地喊道。

"我……我忘记了很多事吗?"玄白的神情越发紧张,"小白,那你说我到底忘记了什么?"

"爹爹,你之前就杀了人啊!"小白终于颤抖着说出这句话,眼泪流得更凶了。

"杀人?我之前就杀了人?为什么我一点都记不起来了?"玄白终于变了脸色,又不自觉地用手去揉脑袋。

"是真的,爹爹你不记得了,可是我,我都记得!你……你一到晚上就性情大变,一言不合可能就与人动手,所以我们只好不停地搬家。可是你总是事后什么都不记得,于是我跟你说,我喜欢吃不同地方的不同食物,缠着你搬去住,你就由着我搬到不同的地方。

立春 东风解冻

207

可其实，其实是因为你害了人之后，我们就再也住不下去了呀，爹爹！"小白哭着喊出来。

原来是这样，被遗忘的过往是如此不堪，做出这些事的人选择了忘却，可是那个小小的孩子却记得，所有的一切都记得。

"所以我总是说自己晚上怕黑，不要爹爹你晚上出去，因为我知道，你一出去就会害人。我不要你这样呀！"小白还在哭喊。

玄白却慢慢站起身："真是这样吗？为什么我什么都不记得？我的头，我的头好疼！"突然，玄白两手抱头，浑身颤抖。

小白连忙站起来，去够他的手："爹爹，爹爹，别想了，别想了，你每回想都会疼的！"

突然玄白的双手耷拉了下来："我，我想起来了。"他看着小白，脸色惨白，终于想起那一次。

那一次，自己晚上杀人时无意间被小白撞见，那孩子惊恐地大喊大叫，用那样恐惧的眼神看着自己，就像看一个陌生人，怎么哄都哄不好。从那以后，自己就下意识地想要改变，想着也许变成另一个样子，甚至变成另一个人，小白是不是会高兴些？

于是慢慢地，自己在白天化身成白泽的样子，反正大荒之中见过白泽的人少之又少，自己又有分辨人心的能力，扮起白泽来毫不费力，眼看着小白也很欢喜。可时间一长，自己竟然忘记了自己的本相，只知道白日在人前时是惩恶扬善、人人夸赞的仁兽白泽，却忘记了只要黑暗降临，真正的自己就将无所遁形。而小白却一直都知道，他用自己的方式拦着、瞒着，却终于到了再也隐瞒不了的今天。

看着眼前慌乱又伤心的小白，玄白艰难地开口："可是小白，爹爹是穷奇呀，变不了白泽。你……你是不是很失望？"玄白颤抖着手，想把小白重新抱回怀里，却又犹豫着不敢上前。

"爹爹！"小白一下子冲进父亲怀里，"你是什么都没有关系，你都是小白的爹爹呀！"

银亮的白光又出现在了玄白身上，黑夜终于过去，白昼来临。眼前的人又变成了众人熟悉的仁兽白泽，但这次又有些不同了。

"不错，我是穷奇，你们看到的白泽都是我假扮的。穷奇本为凶兽，我本来是不会道歉的，但是为了小白，我愿意……"穷奇说着，身形一顿，运起神力，突然，他头上有血流下，手里出现了两只角。他将其抛出，就见那两只角迎风而长，转眼就架在两族族地的外围，变成了两座横亘的堤坝，浑厚漆黑，牢不可破。

做完这些，他微喘了一口气，示意小白自己没事，又转向了太一和羿。

"小兄弟，说起来还是要谢谢你们。"玄白说道，"我答应你们，从此再不为恶，但也不会再装作白泽，我只是穷奇。"

"爹爹，小白也是穷奇。"那小小的孩童仿佛一夜之间长大。

"至于这两族之事我也不再管了，他们各有各的算计，都不算是纯善之人，以后就好自为之吧。"玄白说着环视众人，就算有人心有不服，但此时也不敢多言。

羿上前说道："那你说话可要算数，再不为恶，否则，就算我们现在打不过你，以后总有打得过的一天。"

玄白一笑："我等着。"

太一拉着小白的手："小白，你是个好孩子，哥哥相信你长大后也是好孩子。要记得看着你爹爹，以后有机会我们还会见面的，希望到时候你一如今日。"

"哥哥，我知道你的意思，我会一直记住哥哥的话，我也会看好爹爹的，哥哥放心！"小白郑重地点头，眼神坚定。

"好了，我们走。"玄白腾空而起，双翅展开，化为穷奇原形，呼啸而去，只见他身后，同样形态的小白紧紧跟随。

濛水依旧，嬴鱼却不见了踪影，太一和羿也已走在回去的路上。

太一犹豫几次，想要告诉羿自己的真实身份，却有些开不了口。

"原来你是金翅鸟族呀。"还是羿突然开口道，"难怪控火之术了得。"

太一说道："我其实是帝俊的弟弟。"

"难怪。"羿点点头，"你的兄长威名远播，已经有很多部族去投奔他了。那你之前说为你哥哥寻药，难道是……"

"是的,他生病了,我是出来为他找药的。所以……"

"所以你没有吐露你的真实身份。"羿打断了他的话,"这是对的。太一,你不用对此愧疚。"

"对不起,我还是觉得不应该瞒着你,你我是生死之交。但是,我的哥哥,他的性命比我的更重要,我不能冒一分险。所以,对不起,羿。"太一对羿说道。

"这没有什么,每个人都有自己的秘密,而且你哥哥身份特殊,身体有恙的事情的确不能随意透露。我之前就说过了,无论你是什么身份,我都交你这个朋友!"羿说着过去搂住太一的肩膀,又用力拍了拍。

"我也是。"太一说着也拍了拍羿。

"好了,让我想想,今天我们吃什么?"羿又恢复了一贯的样子,"我给你烤兔子吃吧。我跟你说,除了烤鱼,我烤兔子也是一绝。当然,现在你来了,这任务就交给你了,我相信你会做得更好,是吧?"

"好,我来。"太一笑起来。

## 六

几日之后,两人回到了巴地,巴地和离开时相比没有多大变化,依然是豪雨连天的天气,于是两人就在羿的小屋里休养身体。太一这才有空细想自己身上的金羽。

所以这金羽是兄长留给自己防身的,这是什么时候的事,自己为什么一点都不知道?之前自己是偷偷走的,难道其实兄长知道,所以暗暗放了这金羽在自己身上,就像兄长的羽翼仍旧庇护着自己一样。

现在自己还探查不出到底有几根金羽,等到自己的神力再增长一些,应该就能知晓了。但是希望以后都不要用到,就让它们留在自己身上,好让自己时时都感受到兄长的陪伴。

羿一早就出去探查那修蛇的动静,现在还没有回来,不知道有没有遇到危险。太一之前去过修蛇的洞穴,那洞穴的入口在山巅,洞穴很深，一直往下，将山腹掏空，成为巨大的蛇穴，修蛇就盘踞其中。半山之中有水流往下，旁边长着几株幽微草，四周随处可见巨大的尸骸，比如象、鹿等。

又等了一会儿，羿回来了。他放下打来的野味，对太一说道："你说奇怪不奇怪，这几天我都去看那条修蛇，它竟然不在洞穴中，之前你说的那几株幽微草也不见了。不知道是被它吃了，还是被它叼到别处去了。"

"是吗，确实奇怪。"太一思索着，回忆起之前的情景，"我觉得不是被它吃了，因为之前我去盗草的时候，明明还有几株，它似乎是守护着那几株草。此时不在洞中，难道是带给谁了？"

"修蛇还能有这种灵智？我还以为它就是普通的长蛇呢。"羿说道。

"记得当时它追赶我的时候，我隐隐约约听到了含糊不清的说话声，好像是让我把草还给它。但是当时我中了蛇毒，整个人迷迷糊糊的，也不太能确定。"太一想了想又说道。

羿接口道："不管怎么样，这条修蛇四处作恶，我们还是要除掉它。"

"是因为你没有除掉穷奇吗？"太一突然问道。

"是的，因为小白，我们放走了穷奇。要依我的性子，怎么样都要想办法除掉他。就算现在做不到，以后也必须想办法做到。"羿直接答道。

"好，无论你想做什么，我陪你去。"太一说道。

"一言为定。"羿伸出一只拳头。

"一言为定。"太一也伸手握拳，对上他的拳头。

"那么现在我们就等那条修蛇的消息，再做些准备。"羿说道，"首先，我可以准备一些草药，尽量地抵抗蛇毒。"

"我可以帮你一起找。"

"然后我要试试我的箭，看能不能一举击杀它。"羿说着，拿出了自己的弓。

那是一张木弓，几乎有一人高，牛角为胎，牛筋为弦。太一一时好奇，伸手去试，费了很大的力气才把弓拉满，于是松了手，摇了摇头，对羿说道："还是你来。"谁知羿却睁大眼睛看着他："太一，你可知道，这张弓在我族中，除了我以外没有人能拉开，你可真是练箭的奇才。这样，反正这两天修蛇也不见踪影，我来教你射箭吧？"

"这，是不是不太好？"太一迟疑道。

"有什么不好的，你呀，就是想太多。再说就算我教会了你，你也不可能比我厉害的。"羿笑着说道。

"那，好吧。可惜我没有什么可以教你的。控火之术是天生的，我不知道怎样才能教给你。"太一低声说道。

"那没什么，太一，我想教你射箭出自我的真心，并不需要你用什么来交换，朋友之间不必如此。"羿认真地对太一说道。

"我知道了，谢谢你，羿。"

羿于是将弓立在一旁，从身后的箭囊里抽出了几支羽箭，递给太一。

"这是我的箭，我叫它风羽箭。因为只要我射出去，它就能像风一样随我的心意到达任何地方。"羿自信地说道。

羿说着随手射出一箭，那箭果然如风般飞远。令人惊奇的是，过了一会儿，那箭竟然绕了一大圈又飞了回来，羿把它收起来，放到太一手里。

"真厉害。"太一接箭在手，满心佩服。

"厉害吧，我教你。"接着羿就开始细细讲解其中技巧，他把羽箭搭在弓上，手把手地教太一。可是令他没有想到的是，太一拉弓看着架势十足，但是箭射出去却差了点意思，射了几次，始终达不到羿的要求。

"这是为什么？"羿有点想不通，"不要紧，我们多试几次就好了。"

"可能是我比较笨吧。"太一摸着手里的箭说道。

"怎么会？你怎么会有这种想法？"羿觉得有些不可思议，"我虽然知道的不多，但是当年金翅鸟降世的预言传遍大荒。虽然开始大家都不相信，但是因为你的兄长，现在已有不少人希望他能一统大荒，建立全新的世界。"

"他是我的兄长，以后当然会是大荒的主人。你是没有见过他，羿，你以后见到他就知道了，他是真正的天选之人。可惜我和他完全不同。"太一低声说着，只低头看着手中的箭。

"是吗？能给我讲讲吗？"羿看看太一，轻声问道。

"好，我从来没有跟别人谈过这些，其实我有时也想找个人说说。"太一停了一下，"让我想想从哪里说起，要不就从那个预言说起吧。"

太一于是和羿说起自己的兄长，说起自己和他在东海的日子，说起兄长生了病，一直说到眼眶发红。

羿这才知道这个看起来并不强壮的少年，原来心里藏着这么多事，难怪总是难见他笑颜。明明不是自己的错，可是他却选择背负起这些，无怨无悔，哪怕这代价可能是自己的性命。

羿拍拍他的肩膀："我呢，虽然比不上你的哥哥，但是你在外面的这段时间里，我会罩着你的，保管你能找到需要的灵药，别担心了啊。"

"嗯，我知道了，谢谢你。"太一抽了抽鼻子，答道。

"这才像话嘛，打起精神来，我再想想到底是哪里出了问题。帝俊的弟弟给我当徒弟，说出去多少人得羡慕死。我一定教会你，等到你一出手就箭技惊人，那时候我得多得意！"羿夸张地说道。

太一听着羿的话，笑了起来。

太一想了下又说道："之前看你和穷奇对敌的时候，用的似乎不是风羽箭。"

"你说那时，是的，为了对付他的风刃，我用的神光化箭。你想学？你现在神力恢复了，这种也许更适合。来，我教你。

"神光化箭，其实就是把自己的神力催动再锐化，能够化出多少，就看你本身的神力深浅了。当然此法耗损也大，一次可以发射光箭无数，但是短时间内只能用一次，所以一定慎用，否则损身。"羿慎重地说道。

太一点点头，表示自己知道了。

接着羿就告诉他怎样把自己的神力化为光箭，再一瞬间发出去。这次尝试却很成功，就见太一催动神力，浑身金光闪耀，恍惚间似乎见到金翅鸟原身，紧接着无数光箭如雨落下，光明大涨，周遭草木尽摧。

羿连忙张开双翅升到半空，好一会儿才落下。

"真不愧是金翅鸟族，这一招本是我羽族才能施展，金翅鸟得天独厚，果然施展出来不同凡响。我跟你说，太一，就是我也不能达到如此程度，你以后可千万别说自己笨了。"说着，他还假意擦了一下脸上的汗。

"真的吗？那太好了，我能给你帮忙了。"太一也很高兴。

"你当然能帮忙了，不只是帮忙，你是我很重要的伙伴，我们要一起才能成事的，别小看自己，太一。"

"我知道。"

"对了，之前你身上放出的金翅鸟幻象是怎么回事，是你神力所化的吗？可真是厉害。"羿忽然想起之前对敌时的情景，问道。

"不是，那是我的兄长在我身上放了神羽，我自己之前也不知道。要不是这次遇险，它也不会显现。"太一答道。

"一羽之威竟至于斯，你兄长的神力真是无法想象。我以后一定要去见识一下。"羿惊叹，继而又神往地说道。

"当然，我一定会带你回去见我的兄长，因为你是我最重要的朋友。"

"我等着。"

又过了一日，羿回来说发现了修蛇的踪影，于是决定和太一连夜启程，到修蛇洞穴外去守着。

两人过去之后，果然发现了修蛇出没的痕迹，方圆数里之内枝断草折，腥臭之味经久不散，可是这次好像和前几次又有些不同。

两人慢慢靠近穴口，往里张望，却见一人身蛇尾之物盘在穴底似在沉睡。短短数日，这修蛇竟然化形了！但为什么是这个样子，不知道是化形没有完全成功，还是他们一族就是如此。不管怎样，如此形态，果然是已启了灵智。

要是就这样倒是好办了，只要羿一箭射去就解决了。可是还没等羿弯弓搭箭，那蛇人突然眼一睁，醒了，随后他就发现了洞穴口的两人。他紧盯着太一看了一瞬，忽然变成巨大的修蛇，直扑太一而来，显然是想起了之前太一盗幽微草之事。

太一和羿没想到这条蛇竟然还记得之前的事情，一时有些慌乱。但羿很快镇定下来，之前他们两人都吃过了药草，可抗一时的蛇毒，此时只要把蛇堵在洞中，就算成功了一半。

此时就见修蛇那巨大的蛇身蜿蜒而来，虽然这山体中的洞穴足够它盘踞其中，但是随处游走还是受限。就见羿箭发连环，这箭与之前所见的风羽箭又不同，更粗更长，并没有羽尾，而是开了几道凹槽。箭发射之后，旋转着飞了出去，直接钉入修蛇蛇身，几乎可以完全没入。那蛇中了这样的长箭之后，立时开始扭曲，发出似蛇似人的嘶吼，显然痛得不轻。

接着风羽箭又至，这回却是箭端燃着火，箭如火雨光瀑从洞口倾泻而下，都射在了巨大的蛇身上，那火呼呼燃了起来。太一和羿牢牢守住洞口，那蛇被困在洞中，无法逃脱。

一时只见巨大的蛇躯腾起又跌落在洞底，翻转撞击，砰砰直响，整个山体都被震动。其中又有火光浓烟滚滚而来，间或夹杂着骇人嘶吼："我要杀了你们，杀了你们！"

那蛇翻腾半晌之后，渐渐平息下来，洞中仍然浓烟弥漫，一时看不清它的死活。就在两人打算进去一探究竟之时，突然，石破天惊一声巨响，在山的另一个方向，巨大的蛇头撞开了山岩，随后蛇身显露出来。只见那蛇身上伤痕累累，皮开肉绽，灼迹斑斑，巨大的蛇瞳竖起，瘆人的黄绿光芒直射而来。

它对手中拿箭的羿似乎有些忌惮，却是直向太一而来，太一见状转身就跑，修蛇在后紧追不舍，誓要一口把他吞下。

就在那巨大的身躯似要把太一整个罩住之时，陡然太一浑身神光大作，就像雷震电击在一瞬间爆发，万千强极光箭形成光柱整个贯穿了蛇身，修蛇顿受重创，特别是当先的蛇头，顿时鲜血如雨泼洒，头骨都露了出来。身后羿那透骨的长箭又追了过来,修蛇似乎就要被那生生埋在体内的长箭钉在地上。

终于,它一摆蛇尾,往西边逃去。太一和羿在后紧紧追赶。

那蛇负伤之后,速度反而更快,而且对准一个方向,似乎要到什么地方去。终于他们来到了一片平坦之地,周围苍茫一片,却远远地看到有什么东西顶天立地竖立着,在茫茫天地之间似乎只剩下那一物支撑,竟然莫名显现出了神圣之感。

等再近些,那物才显出轮廓来,竟然是一棵巨大的树,树根盘踞隆起,就像无数条修蛇,拱卫着中间的树干。那树干是紫色的,粗大得完全无法丈量,估计羿射出一箭去,绕着那树转一圈,也要许久才能回到手里。再往树顶望去,这树不知道往上伸展了多高多远,只能隐隐觉得天上似被乌云笼罩,一望无边,那可能就是它的枝叶了。

就见那修蛇直往那棵树而去,游走速度更快,羿本能地觉得不能让它接触到那棵树,只要它进入了那棵树,他们就再也追不上了。

于是他叫了一声:"太一!"太一自然知道他的意思,忙闪身纵到了修蛇之前,顿时箭雨爆发,再一次重创修蛇,之后羿的风羽箭又至,这回是真的把它钉在了地上。那蛇在地上不停地扭曲,拼了命地想靠近那树,却终于无法动弹。一阵抽搐之后,修蛇从巨大的蛇口中吐出了最后一株幽微草,又含糊不清地说出了一句话:"圣女会杀死你们的,将来……"

"将来的事情我不知道,我只知道你现在要死了。"随着羿最后一箭射出,那始终亮着幽光的蛇瞳终于如烛般熄灭,在离那树咫尺之地。

"幽微草?"太一正想动手去取,突然就见那树的树根动了,那些树根就像活物一样,迅疾蹿至他身前。"小心!"羿连忙展开双翅拉起了太一,让他离这古怪的树更远一些。就见那些树根来到了修蛇的尸体前,稍微碰触,然后就根根缕缕把蛇身连同那草一起裹挟而起,再拉了回去。片刻那修蛇的身躯就被包裹起来,成了树根的一部分。

随后仿佛有一缕红光从树根闪现而上，再过入树心，不见了。

"好奇怪的树，太一，你知道这是什么树吗？"确定那树再无动静之后，羿站起身来。

"我不知道，我从未见过如此巨大的树。在东海，有一棵扶桑树，我本以为那就是世间最大的树了，没想到这里竟然有一棵更大的。"

"莫非这树心里的就是刚才那蛇说的什么圣女？"羿说道，尝试着又靠近了一些，却没有想到，一瞬间所有的树根仿佛都要活过来，成百上千条修蛇就要挣脱树根向他们扑来。

羿连忙扇动翅膀，带着太一远远地离开了这怪异的地方。

太一一路思索，半晌后，终于出声道："我想起来了，羿，我知道它是什么了。传说大荒的正中央有一棵可汲通天地的树，那是整个大荒最大的树，它的名字是——建木。"

## 雨水
# 草木萌动

### 帝俊纪

　　王都开始下雨了，帝俊站在窗前，望着连绵不断的雨丝，难得陷入沉思，于是周围的人知道，陛下又在想念太一殿下了。

　　自从太一殿下走后，陛下有时候会愣怔极短的时间，可能连他自己都没有意识到。在他拿起殿下惯用的酒杯时，在看到殿下之前习练的弓箭时，在不经意走进殿下的房间时，这种愣怔就会更加明显一些，就如此刻。

　　以前太一殿下在的时候，也并不如何喧闹，但是人们总能看到他与帝俊陛下如影随形，陛下也习惯在议事之外的所有时间看到殿下，在目光所及之处总有一个人陪着他。但是现在那个人不在身旁，陛下身边就陡然冷清了起来。

　　陛下本不是个容易动容的人，连表情都很少，每天有那么多的人和事等着他，只有一张没有表情的脸才好应付。但是前些天太一殿下托鸿雁捎回来了一株草，陛下却动容了。听说那草名叫幽微，长在南方巴地，有异常凶猛的长蛇守护着，服之可以益其心，是十分难得的灵草。虽说陛下称帝以来，灵草灵果等珍稀之物源源不断地从各地送来，但都比不得这小小的一株。

本来陛下是不想服用的，还用神力浇灌，让它长在灵圃之中，谁也不能动。可惜那草开始好好的，时间长了却失了鲜活之力，任怎样的神力供养都不行，一天天地渐渐枯萎。陛下没办法，又在大巫的反复劝说之下，最终才服食了灵草。

这幽微草果然不负盛名，陛下的脸色眼见得好了一些，大巫也说有奇效，大家都很高兴。太一殿下不愧是陛下的弟弟，能找到如此灵药。只有陛下不太高兴，说不知道太一在外面吃了多少苦才能取得这株草，也不见他在信中提起，让人担心。

但是陛下毕竟不是常人，对弟弟的想念也只停留在微微一愣神间，不是身边的人根本发现不了，转眼他就一挥衣袖，往大殿而去。

随后的一日深夜，阖宫都被惊动，陛下竟然说要往南地去。原来是陛下留在太一殿下身上的金羽启动了。

这金羽是陛下在太一殿下临走之时悄悄放在他身上的。虽然太一殿下走的时候自以为瞒着陛下，但他不知道的是，在他转身后，陛下是看着他的背影离云的。由于太一殿下执意要离去，陛下也就当作什么都不知道。

这金羽放在太一殿下身上，以备在危机时刻急用，之前一直没有动静，现在却在这个深夜被唤醒。陛下心知一定是太一殿下遇到了生死难关。

可是现在的陛下被太多事情牵扯，并不是想走就能走得了的。等他好不容易安排好所有事，派去紧随着太一殿下的人也传了信回来，说殿下之前是遇到了一只穷奇，但此时事情已经解决了，陛下大可放心，接着又把太一遇险的事情前后详述了一遍。

陛下仔细听着，想象着太一殿下英勇对敌的情景，脸上露出微微的笑意，最后说了句，太一终归是长大了，东海太小，困不住他，让他出去也好，想飞去哪儿就去哪儿，只要他高兴。然后他又下令惩罚了跟着太一殿下的人，因为他们竟然敢让殿下犯险。最后他又加派了人手去跟着太一殿下，并告诉他们对太一殿下要更加尽心，绝不能再让他遇险，但是也不能让他发现，有任何事情都要及时来报，否则定当严惩。

于是大家知道陛下对太一殿下的关爱并不因他不在身边而有一丝一毫的减少。与之相反，正因为不在身边而更显出殿下的珍贵，他始终是陛下心中分量最重的那个人。

太一和羿回到了巴地，太一向他说起建木。大荒四野茫茫，据说是四四方方的一整块陆地，外面广有四海，天穹如一个巨大的罩子把大荒罩住，神族各部就在大荒之上繁衍生息。虽然谁都没有真正走遍大荒、看到天穹的边际，但是传说中在大荒的中央，有一棵能达天穹的大树。那是整个大荒最高最大的树，是天地伟力所蕴生，能沟通天上地下，如果能到树顶，就能一窥天意，可以说是一棵神树。

可是如今这树里竟然孕育出了生命，蛇族的圣女，不知道是怎样的存在。估计现在知道此事的人还不多，不知是蛇族有意隐瞒还是其他原因，否则这个所谓的圣女绝不会如此默默无闻，而应该像帝俊降生之时一样，天谕传遍大荒。

可如今蛇族合力把这个女孩瞒了下来，到底是为了什么？太一不禁沉思。旁边的羿正听得起劲，见太一突然停了下来，开口问道："太一？"太一回过神来，见羿投来询问的目光，就把自己心中所虑跟他说了。

"你想得可真远，不过也难怪，你是帝俊的弟弟。要我说蛇族既然选择隐藏他们的什么圣女，那么至少说明她此时还不成气候，你就不要过于忧心了。"羿说完，又语气轻松地接道，"就算她也是天地孕生的神灵又怎样，你对自己的兄长不是一向很有信心吗？放轻松，小小蛇族，不是敌手。"说完，对着太一挑眉。

兄长当然没问题，太一心想，只是与他有关的事情自己总免不了多想些。但是羿说得也对，现在就设防未免早了些，还不知蛇族的动向，现在就有所行动，就真是应了那句话，打草惊蛇。以后的事以后再说吧。于是太一点点头，打算以后寄药的时候，跟兄长提上一句，提醒他留意，想必就够了。

说起药，他们的下一个目标是大荒西南边的畴华之野，听说在那里发现了名为凿齿的凶兽，据说它的牙齿是整个大荒最坚硬的东西，将其炼化了之后入药，能对强横肉身有奇效。所以太一和羿决定走一趟。

往南走雨小了些，似乎都变成了雾，到处一片水汽弥漫。在这样的氤氲之中，山却多了起来，高低起伏，形态各异，一层一层连绵不断的山峦在雾气中若隐若现，似有似无，温柔多情，却在不经意间把人困住，令人失去方向。

太一和羿就是如此。

他们已经在这山里走了好一阵了，被这奇秀景色所吸引，不知不觉间放缓了脚步。等他们醒悟过来时，却发现身陷其中，早已不辨方向。他们几次试探着走出去，周边景物都似曾相识，看来的确是迷了路。

"这里有些古怪。"太一说道。

"你们迷路了吗？"一个银铃般的声音突然在头顶响起，两人抬头一看，一棵参天大树的枝杈上，出现了一个妙龄少女。

她一头长发飘散，身着简单的兽裙，长着一张桃花般的娇嫩脸庞，一双水汪汪的大眼睛忽闪，见之令人眼前一亮。

看到太一和羿抬头看她，她露齿一笑，转眼就从树上落到了两人面前。

"你们迷路了吗？"等来到近前，那女孩又问了一遍。

"是的，请问姑娘知道怎么去畴华之野吗？"太一礼貌地问道。

那女孩上下打量两人，不知何意，接着竖起一根手指晃了晃，笑着回答道："知道呀。不过你们都要回答我一个问题，答对了，我就告诉你们。"

太一和羿对视一眼，齐声说道："姑娘请问。"

"我是你们见过的最漂亮的姑娘吗？"那女孩脆生生地问道。

"是。"羿回道。

"不是……"太一回道。

眼看那女孩脸色要变，两人又急急改口。

羿："不是。"

太一："是。"

那女孩彻底变了脸色，两人一看就知道要糟，可惜"姑娘"两个字还没有出口，就听那女孩开口道："哼！不理你们了，你们就困死在这里吧！"

说完，那女孩转身上了树，再一晃，不见了。

留下树下的太一和羿面面相觑，这女孩出现与消失都太快了，要不是两人都在，简直如同做梦。

"对于女孩的容貌怎么能说实话？何况她真的长得不错呀。"羿对太一说道。

"可是，我确实见过比她更好看的女孩呀。"太一无奈地说道，"那你后来为何又要改口呢？"

"我这不是想着要和你一致嘛，你不用说，我知道你也一样。"羿也无奈地说道。

两人对视后又不约而同地笑起来，说到底这不过是个小姑娘的玩笑罢了。

于是两人再继续向前而行，可是兜兜转转竟然又回到了原地，这下两人都有些茫然了。

"怎么？你们又回来了？"银铃般的声音再次响起，那个神秘的女孩又出现在眼前。

"还请姑娘指路，这回我们想清楚了，姑娘你确实是我们见过的最好看的女孩，怎么样，这个回答可还满意？"羿抢先说道。

"那是之前的问题，不算数了。现在，问题变了。"那女孩笑眯眯地说道。

"姑娘请问。"太一老老实实地站在原地开口。

"你们平生最佩服什么人？"

"我最佩服这天地间的英雄，处处都有人歌颂他的传奇。"羿抢先答道。

那女孩不置可否，转而问太一："那你呢？"

我平生只佩服大哥一人，太一在心里说道。

"我平生最佩服怀悲悯之心，能护佑他人的人。"太一答道。

只见那女孩听到答语之后，虽然没有说话，但是神情明显与之前不同，盯着太一看了好一会儿。

"还请姑娘指路。"太一对上她的目光，诚恳地对她说道。

"你们为什么要找畴华之野，到底所为何事？"女孩又问道。

"我们听说凿齿出现在畴华之野，听闻凿齿之牙炼化之后可得灵药，能够强横肉身，增强神力。我需要灵药去救一位能庇佑众人的人，所以请求姑娘。"太一说道。

"指路嘛，也不是不可以，你们顺着这个方向一直往前。"说完，女孩一笑，用手一指正前方，"你们要是能找到一位坐在湖边的男子，听他讲一个故事，讲完之后他自然会告诉你们怎么去畴华之野。"那女孩说完，也不管太一和羿，拉过一根藤蔓，纵身而上，片刻就如之前一样没了踪影。

看着眼前的连绵青山，羿看了一眼太一："你说那小丫头是不是在骗我们？这哪里是有路的样子？"

太一也不敢确定，寻三打量后说道："还是试一试吧。"

"好，听你的，姑且试试。"说完羿又拔出了凤羽箭，然后示意太一把箭头点着。太一依言照做，却没有料到这里不知是环境特殊还是因为有什么阻挡，火竟然没有燃起。两人大为奇怪。

太一沉思片刻，只见他手中突然变幻出一根璀璨金羽，羿吃了一惊："这是？""这是我自身的金羽，没关系。"说完，太一再一施力，那金羽陡然变大，下一刻就熊熊燃烧起来，纯粹的明黄色火焰瞬间升腾。

再看太一转手横握，倏地放手，一道金线飞驰而出。只见条条雨丝从中折断，那火带着明黄的刺眼光芒透过层层雨幕，破开前路。

飞羽过后，面前的雨雾果然消散，眼前一座青山竟然慢慢隐去，露出一条路来。

"嘿，有门。太一，我怎么觉得你越来越厉害了？以后我这个师父可教不了你了。"羿说着收起羽箭，和太一一起向前而去。

前行，人如同在迷障之中，那条路若隐若现却始终没有消失。终于路走到了尽头，却是一个大泽，一眼望去无边无际。此时雨终于停了，但天上的乌云低低地压在水面上，翻腾舒卷，似乎酝酿着更大的一场淋漓。

"竟然这么快就找到了这里。"一个略带沙哑的声音响起，"不赖嘛。"随着声音而现的是一个魁梧的背影，那人盘坐在岸边的礁石上，一根鱼竿从身前探入水中。

"打扰了，请问……"太一正要施礼。

那人却打断道："你们是想问路吧。"

"正是，阁下能否给我们指条明路前往畴华之野？"羿开口问道。

"明路？什么是明路？我指给你的就是明路吗？再说我给你指了，你敢走吗？"那人没有回头，答道。

太一和羿对视一眼，一时都没有开口。

从踏入山中开始，一切都不太对劲，他们一路留心，竟没有找到出口。之前那个少女莫名其妙地出现，现在这个人也十分可疑，可是现在一时没有其他办法，只有先应付再说。

两人一时无言，只得绕到其身侧，再开口询问。

却见那男子是一个相当英俊的汉子，穿着简单的兽皮，和之前的少女装扮相似，只是脸色却有些苍白，像是身体有恙。

"怎么样？想好了吗，真的要我指路？"那人又问道。

"不错，还请指教。"太一说道。

"好，路就在眼前。"那人说道，"只要跳下去，就能找到路了。"

"这，阁下莫非在跟我们开玩笑？"太一看了眼前深不见底的大泽一眼，问道。

"怎么是开玩笑？你们说要我指条明路给你们，如今我指了，你们又不相信，还是说不敢？"汉子带着笑意问道，依然没有动。

"不如你先回答我们一个问题，我们再考虑要不要跳下去。"羿也笑着说道。

"好，你问。"

"你和之前的女孩是什么关系？"

"我和她呀，"那魁梧的男子沉吟起来，"我和她……这样，你们听我讲个故事，听完了自然知道畴华之野在哪里，怎么样？"

"看来我们不听是不行了,正好你在钓鱼,钓上来了我们可以烤着吃,我这兄弟烤鱼的本事可是天下一绝,平常人吃不到的。"羿对太一使了个眼色,边说边在旁边拣了块石头坐下,"哟,还有酒呢。不错不错。"

太一于是也在旁边的石头上坐下来,等着那人开口。

## 二

在我见到畴华之野之前,从来不相信大荒竟然还有这么美好的地方。

那是层层群山之间的一块沃野,并不太大,就像是上苍在满世烟尘之外特意留下的一块,那里桃花满地,流水淙淙,三两部落聚集其中。

当我带着满身的疲惫和伤痛闯入其中时,看到的是一双双澄澈的眼眸。这里的人仿佛与我不是生活在同一片天地,对于我的到来,他们似乎只有惊愕却没有丝毫敌意。

他们没有任何顾虑便接受了我,而我也顺理成章地留了下来。

部落里人不多,层层环绕的群山给了他们足够的保护,自给自足的生活给了他们免受外界侵扰的底气,一直以来他们就这样平静地生活着,直到遇到我。

我来自一个很大的部落,是族长的儿子,也是族里最勇猛的勇士,本该由我顺理成章地继承族长之位。可是再勇猛的人也敌不过阴谋诡计,最终是我的叔父,我父亲的兄弟当上了族长,还一路追杀我至此。我误打误撞地闯了进来,而追杀我的人却在外面迷失了方向。

很俗套的故事对不对,但是世事就是如此,相同的故事总是一再重演。但当我闯入这个世外之地后,我觉得以后的故事可能会有所不同。

我也不太想回去报仇,那个位置如果留给我,我自然能干得很好,但是其实换成我的叔父,我知道也不会差。那既然如此,又何必要争个你死我活。

我现在很喜欢这里，虽然人们对我充满好奇，却不会对我的过去刨根问底，也没有人用探究、敌视的眼光看我。我一身潦倒，就随便编了一个失意的外乡人的故事，他们很自然地接受了我，因为我的来到，给他们带来了新鲜的气息。

我自己搭了个小木屋住在里面，平时总有小孩子到我这里来讨些稀奇玩意，别看我长得高大威猛，手里的活儿却细致。我会用长叶编出各种小虫子挂在房门口，活灵活现，有讨人喜欢的就送出去，所以我的屋前总是欢笑声不断。

时间不长，部落所有的小孩子我都认了个遍。我喜欢和小孩子们玩，这比与成年人打交道轻松得多，而且从孩子身上得到的信息并不比成年人少。当时的桃花在人群中并不显眼。

桃花是族长的小女儿，取个这么美的名字并不是因为她长得像桃花，而是这里桃树遍地，于是她爹娘就地取材，她前面的几个哥哥叫桃根、桃干、桃叶、桃枝，轮到她时恰好是个女孩，就取名桃花。估计要是她爹娘再生一个，也没有名字取了。

丑丫头取了个美名字，没少招人笑话，但是她自己却不怎么在意，整天跟在几个哥哥后面屁颠屁颠的。可是她的几个哥哥都大了，实在不愿意带个小不点玩，桃花不免有些沮丧。这时我的出现，正填补了她无人陪伴的空白。我虽然比他的几个哥哥都大，但是却比他们有耐心得多，因为我有个弟弟，我已经习惯了照顾他。所以就算桃花又矮又瘦，连个花骨朵都算不上，我还是注意到了她。

桃花总是跟在一群兴高采烈、吵吵嚷嚷的孩子后面，她的个子太矮难得挤到前面来，于是等到大些的孩子把心仪的小玩意挑走之后，她就只能捡剩下的。那可怜巴巴的样子看着实在是让人不忍，有一次我留了一个好的给她。就这样，她就把我当成了无话不谈的朋友。

说是无话不谈，其实基本上都是她在说话，她的哥哥们玩着男孩子喜欢的游戏，已经开始挥舞着棒子上蹿下跳了；她这个丑丫头也没有漂亮的小姐姐看得上，带她玩些女孩子玩的玩意，于是她只能和我这个外乡来的大叔做伴。

她每天叨叨的内容五花八门，有她的哥哥又和谁打架了，也有谁又穿了漂亮的新裙子，或者谁家又在大泽打了大鱼，间或也有一两件关于她父亲的事情。我虽然没有刻意去打听族长的消息，但是身在他乡，多留个心总是好的。

她的嘴巴总是不停，什么都可以说上老半天。我有时觉得她不应该叫桃花，而应该叫麻雀，就是我一言不发，她也可以自顾自地一直说。不需要人捧场，只要有人肯听她就心满意足了。渐渐地，我竟然也习惯了身边有人不停地聒噪，并且还从中找到了乐趣。

可是有一天这丫头却一反常态，来了我这里后竟然半天一句话也没有。

"大叔，你知道今天是什么日子吗？"小丫头低着头闷声问道。

"嗯，什么日子？"今天是有些奇怪，平时围在这里叽叽喳喳的孩子一个都没见，是有什么特别的事情发生吗？

"嗯，今天是桃子节，大家都去吃桃子了。"原来如此，此地的桃树真是得天独厚，长得格外好，结的桃子也异常鲜美，是我在外面从未品尝过的。

"哦，那你怎么不去呢，你不是最喜欢吃桃了吗？"

"我想去的，但是……"

"真是奇了怪了，你今天怎么吞吞吐吐的？"难得看到她这个样子，我好奇地问道。

"因为桃子节最重要的活动是举行比赛，把最好的桃子给比赛的获胜者。"

"比什么呢？"我接着问道。

她一听我的话，脸就埋了下去，嘀嘀咕咕不知道在说些什么。

"你大点声，听不见，到底是比什么？"

"比好看啦，他们说要把最好的桃子给最好看的人啦。"小丫头终于一赌气说了出来。

"噗，"我忍不住笑出声来，上下打量她一番，"这我实在帮不了你。"

小丫头一屁股坐了下来，手托着下巴，惆怅地说道："我知道呀，我知道自己是没有福气吃到了，这不是就来跟你说说嘛。我都没打算去。"话是这样说，可是看着她偷偷咽口水的样子，我还是觉得好笑。

一家子都跟桃树有关，最小的这个还最馋嘴，可能是天性使然。

看着她没精打采的样子，我只好岔开话题。

"依你看，谁最有可能获胜，要不你去和她商量商量，让她分你一些？"

"我觉得最有希望的是小红姐姐，可是她是不会分给我的，就是得了桃子，估计也会分给桃根哥哥吧。他们两个整天都黏在一起，哪里能记得我？"说完她又叹了口气。

我瞅了瞅她那张皱在一起的小脸，唉，更丑了。

"真的很想吃？"我问她。

"真的呀，我现在好像都能闻到那大桃子的味道了。可惜……"她垮着脸，嘴巴一扁一扁的，感觉下一刻就要哭出来。

唉，真见不得她这个样子，我叹了口气："算了，大叔给你想办法。"

"真的吗？大叔你有办法？太好了！"说着她一下子跳起来，扑到我后背上，"快说快说，你有什么办法？"

"我给你做个最好看的人呗。"我神秘地一笑。

"做个人？这，这能行吗？"她吃惊地看着我。

"怎么，不相信你大叔？"我笑着问她。

"这，我相信大叔。可是要怎么样做个人呢，不会被别人看出来吗？"她有些迟疑地问。

"没事，保管看不出来，放心好了。你们什么时候正式比赛？"

"就是明天一早。"

"那时间还挺紧的。这样，你马上去找棵大桃树，折几根枝干下来，我有用。"

"这容易，包在我身上。"她说着，眼睛亮着光，一溜烟就跑远了。

我相信她去掰几根桃树枝还是不成问题的，这丫头天生就能在树上纵上纵下，在深林间往来简直就像是在飞，没影的那种。

我转身回到屋里，去准备其他的材料。

其实编个把虫子对我来说都只是小把戏，我能够用这些没有生命的材料做出复杂的东西，而且能令它们看上去像活的一样，一般人根本无法分辨。

等了一刻，远远看见那小丫头果然拖着一大截树杈子过来了，一路尘土飞扬，俨然就是砍了半棵树。

她小脸通红，满头大汗地走到跟前，问我道："这些够了吗？"

我给她擦了擦汗，然后打趣她道："够了。就你这身手，直接趁人不备偷了那桃不就行了，也不用我费功夫了。"

她一听着急了："那怎么行？已经定好了规矩就不能随意改，想办法赢是一回事，偷又是另外一回事。"

"嗯，说得也有理。行吧，就放这里吧，我马上就开始做。"

"那我能留下来帮忙吗？"她有些着急地说道。

"不行。"我摇了摇头，"这是我的秘密，再说你不回家，回头你爹娘该着急了。快回去吧，明天一早来，我保证给你个最好看的人。"我摸摸她的小脑袋，向她保证。

"那，好吧。我明天一早就来。谢谢大叔！"她开始有些不舍，但是想着美美的大桃子，最终还是一蹦一跳地走了。

真是个小丫头。等她走了之后，我回到小木屋，开始做我的假人。

把粗壮的桃树枝截断，做成头、身躯以及四肢，再用余料做成各种机栝将它们连接起来，以使假人活动，这对我来说都不是难事。

大体成形之后，我拿出刻刀开始细细描摹五官。做成谁的样子，我早就有了主意。别看丑丫头现在难看，但是我善做假人，对于骨骼结构颇为熟悉，所以小丫头虽然现在不起眼，但等她长大，定会如桃花绽放，惊艳众人。

于是我的刻刀蜿蜒辗转，一张含苞待放的桃花面容便渐渐成形，似她又不似她。

　　我心里想着等明日看那小丫头的表情，应该是件挺有意思的事情，于是手里的动作更轻更快，一夜时间不觉将尽。

　　看着眼前穿着兽皮裙的娇俏少女，我满意地点点头，觉得她是我至今做的假人之中最成功的一个，看来我的这门手艺又有所进步，不错。

　　这时只要有人握住她的右手，那是所有机栝的归总处，她就能如真人一般活动了。至此，只差最后一步就大功告成了。我掏出随身带着的小罐子，里面是一些白色粉末。我把这些粉末撒进这假人凿刻的心窍处，片刻之后，她睁开双眼，顾盼之间，便似有了真人的灵气，再不是个木头假人。

　　大功告成，我上去握住了她的右手，正想试验一下，门被人撞开了。

　　"哎呀，大叔，你房里竟然还藏了个小姐姐！"小丫头一进门就嚷嚷，"哎，你拉着人家手不放干啥呀，羞不羞？"

　　我只笑而不答，和那假人一起在屋子里走了几步。

　　小丫头瞅了一会儿，看出点门道来："这小姐姐怎么不说话？"

　　"她说不了话，但是可以眨眼睛。"随后我在她的手心点了点，那假人的眼睛就眨了眨。

　　"哎呀，我知道了，这就是大叔你做的假人呀，真是太神奇了，跟真人一模一样，我都没有看出来！"小丫头一蹦老高，连忙奔到我跟前，仔细地打量假人。

　　我于是松了手，让她看个够。她围着假人转了几圈，然后惊叹道："她可真漂亮呀，比小红姐姐都漂亮，大叔你可真厉害！这是你喜欢的家乡小姐姐吧，要不怎么能做得这么逼真，你是不是天天都想着她，啊？"

　　"嗯……"我不知道她的思路怎么就一下子转到这个莫名其妙的方向上去了，我本打算告诉她是照着她以后的样子做的，现在也说不出口了，只好含糊其词地问道，"你觉得可以？"

　　"太可以了！这下我的桃子没跑了！"她笑得眼睛都要没了，

一双手在假人身上摸来摸去。

"那行,我来告诉你掌控她的诀窍。"我说着递过假人的手,"你只需握住她的右手,像这样,她手心的不同位置、五根手指操纵着这全身的关节,点不同的地方就能做出相应的动作。"说完,我便上前示范。

我握住假人的手开始操控,那假桃花就微笑、眨眼、举手、抬腿,甚至是跳舞都不在话下,除了不会说话以外,俨然真人。小丫头看得目瞪口呆,对我一顿猛夸,我心里十分受用。

我细细讲解,小丫头用心学着。试验了几次之后,虽然还不太熟练,但是牵着手带着走已不成问题。好在这个比赛只看脸,不用干别的,所以只要小丫头顺利地把她带上台就成了。

眼看比赛的时间快到了,我收拾了一下就和她一起出了门。

丫头一路牵着假人的手,急急往前赶,一路上都没有人看出破绽。

比赛在平野最大的桃树下举行,等我们过去的时候,那里里三圈外三圈已经密密麻麻挤满了人。

我和桃花好不容易挤到里面,一看她的父亲已经坐在了高台上,桃树下精心打扮的女孩们也已经站好。我一眼就看到了女孩中站着的一个穿红衣的姑娘,她和桃花的大哥桃根站在一起,估计就是桃花说的小红了。小红长得还不错,可惜比起我的假桃花来还是差了一截。

此时只见桃花的父亲站了起来,高声问道:"比赛马上就开始了,还有没有人参赛?"

"等下等下,我要参赛!"桃花一听,使劲挤到桃树下,边跑边喊。

"你要参赛?"她父亲不敢相信地问她。

"哈哈哈……"周围的人也都笑了起来,"桃花,你还小呢,玩点别的吧,别捣乱啦!"

"哎,你们别看不起人!"桃花生气地大声说道,"我是替这位小姐姐报名,难道她也不可以吗?"说着她让那假人把头抬了起来,众人一看,齐齐吸了一口气,纷纷说好漂亮的姑娘。

看到众人的反应,丫头把头昂得高高的,趾高气扬地站到了最中间,看着那已经准备好的大桃子,笑得露出了牙花子。

哎呀,这个得意劲儿,我喜欢。

她爹一看假人确实漂亮,也不知道自己的宝贝女儿去哪里弄了这么个人来,于是开口问道:"丫头,这是谁家的姑娘,你从哪儿找来的?"

"嗯……"小丫头光顾着高兴了,忘记了这一茬。我一看要糟,连忙接口道:"这位姑娘是我出门时救下的,估计也是和我一样不经意闯进来的,还没来得及禀告族长,族长莫怪。"

我当时闯进这里时遇到的是部族的一群人,他们十分稀罕我这个异乡人,给我喂了水,又拿了桃给我吃,就这样把我救了。现在也只有照着编。

桃花他爹一听我这话皱了一下眉头,但此时比赛时间快到了,估计想着等比赛完之后再问也来得及,便没有多说什么,只是宣布比赛开始。

规则也很简单,就是每个人上台展示一下容颜、身姿,让大家都看清楚就行。最后结果由在场众人投叶子决定,谁得的叶子多,谁就是获胜者。

几个姑娘都一一上台展示,每个人都得到了一些桃叶。其中,果然是小红得的最多,把个小姑娘脸都羞红了。

终于轮到丫头了,她牵着假人的手就准备上台。谁知她爹又开口了:"慢着,让那姑娘一个人上去就行了,你上去干什么,快下来。"

丫头脸色一变,有些结巴地说道:"嗯,这个,这个小姐姐天生不会说话,很可怜的。爹爹,就让我陪她上去吧,求你啦。"

他爹一看他家丫头没出息的样子,想想也没有什么大碍,就挥挥手放行了。于是一脸激动的真桃花和面无表情的假桃花上了台。

我在下面站着竟然有些紧张,想我多久没这种感觉了,不禁暗自好笑。

等到两个人顺利地站到了台上,我又放下心来,觉得应该出不了大错。

丑丫头估计也是第一次站在这么多人面前，她小脸通红，憋了口气然后开口说道："我来帮这位小姐姐比赛，希望大家投她一票，谢谢。"话一说完，汗都要下来了，她抬手就要往脸上抹，却忘了右手牵着人，一不小心不知道触动了哪里，就见那假人往上翻了个大大的白眼，甚是滑稽。一群人一看，立刻哈哈大笑起来。

我心里咯噔一下，暗暗着急。好在丫头又重新镇定了下来，拉着假人的手给大家鞠了个躬，就混了过去。接着假人只需要将双手展开，原地转几个圈就行了。

我提心吊胆地看着丫头牵着假人的手，让她展开双手，准备转圈。谁知那姑娘的手却没抬起来，反而突然一抬腿，右脚一下子过了头顶，裙子散开！

在场众人顿时呼吸一顿，估计他们平生都没有见过这么豪放的姑娘。众人只觉眼前一花，那姑娘又把腿放了下来，面不改色。

众人一时目瞪口呆，然后集体"啊"了一声，再一起揉眼睛，确定不是自己看花了眼后，现场一片哗然。难道是因为这里实在封闭太久了，现在外面的姑娘都已经变成这个样子了？众人议论纷纷，说什么的都有，人潮顿时涌动，急速向前。

我看到抬腿那一下子，只觉得眼前发黑，连忙一捂眼，实在是没脸看，只觉得汗也要沿着额头淌下来。

桃花他爹立时就坐不住了，大声喊道："桃花，她这是干什么？赶紧把人弄下来！"

桃花站在台上脸更红了。虽然她手足无措，但还想挣扎："那个，爹爹，小姐姐她是在练功呢。她可厉害了，不信你看。"说着又不知按动了哪里，只见那假人单手撑地，双腿却向上横向打开，成一条直线。

这下，众人的眼睛睁得更大了，现场顿时陷入一片寂静，众人全都面面相觑，姑娘们都捂住脸低下了头。片刻之后终于有人发出感慨，嘴里说着："哎呀，这姑娘真是不得了，了不得。这外面来的姑娘就是不一样，看这身姿，这功法，真是令人大开眼界，叹为观止。"

此时我站在台下只觉得脑子"轰"的一声，血气上涌，恨不得头上要开始冒烟。这小姑娘，平时看着毫不起眼，一下子就能玩这么大的，真真是个人才！

再这么下去不知道还会出现什么"奇迹"，连我都想上去，把她揪下来算了。

桃花也知道自己是真搞砸了，站在上面不知道怎么办才好，眼见着泪都要下来了。

看着我在下面朝她招手，桃花带着那假人就要往下蹦。谁知她心里一着急，步子迈太快，那假人一头从台上栽了下来，"咔嚓"一声，头掉了！

众人：……

我：……

大家已经不知道用什么表情来表达自己的心情了，这一场高潮迭起，不知是惊喜还是惊吓不断，此刻他们都呆若木鸡。

一瞬之后终于有人反应了过来："快救人呀！"呼啦一下子奔过来一群人把假人围住，"哎呀，她怎么没有血呀？"他们仔细一看，才明白过来，"原来是个假人！"

此时桃花终于哭了出来。她抽抽搭搭地哭着来到我身边："大叔，呜呜呜……"眼见得众人都把疑问的目光投向我，我有些结巴地开口道："这个，我可以解释，请大家听我解释。"

事到如今，只有如实交代。我于是把事情的经过述说了一遍，又为桃花说尽了好话，表示我们并不是有意欺骗大家，实在是太想赢得比赛了，才想出了这么个法子。见我言辞恳切，表情真挚，再加上桃花在一旁抽抽搭搭个没完，桃花他爹皱着眉头思索再三后，最终决定不予追究，但是宣布丫头的比赛没有成绩，还就此剥夺了她的比赛资格。桃花瘪着嘴，泪流得更凶了，但也无可奈何。

我在一旁叹了口气，再次扬声说道："且慢，我有话说。"

见众人再次把目光投到我身上，族长也疑惑地问道："你还有何事？"

我顿了一下，然后说道："我要参加比赛。"

"你说什么？！"我的话显然出乎族长的意料，其他人听到我这样说也一脸惊讶地看着我，奈何今日令他们吃惊的事情太多，现在也表现不出更多的表情来了。

桃花也立时愣住，不明白这是怎样的神转折，因为这和我们之前的计划完全不同。她拽过我的袖子拉低我，结结巴巴地问道："大叔，你……你要参赛，你要怎么参赛？你又不是女孩呀？"

"所以你大叔这次为你牺牲大了，这笔恩情以后一定要记得还啊。"我夸张地捂着胸口踉跄两步。

"好……"她还是有些愣愣的。

"你不是想要那最大的桃子吗？看大叔给你拿来。"看她这呆样子，我一笑，不再逗她，拍拍她的手说道。

然后我对着上座的桃花他爹说道："族长大人，此次比赛只说是选最好看的人，并没有其他限制，也就是说并没有限制男女。那么我自然可以参赛，对吗？"

"这，"桃花他爹也没有想到自己女儿对一个桃子这么执着，什么招儿都想得出来，却不知道这只是我一个人的计划。他看了她一眼，对我说道，"不错，确实没有其他限制。"

"那好。"我说完低头撕掉了我脸上的伪装，其实想改变一个人的容貌并不难，只要稍微几处变动就能令人看上去大不一样。

等我再抬起头来，看到周围一众人等呆立的模样，也不禁觉得有些好笑。虽说我的容貌不错，但也没有好看到令人吃惊的程度，还是因为这里太过封闭，少见外人，所以有了这样的效果，不过这样我的目的也就达到了。

特别是人群中的一众小姑娘，她们个个脸上红晕浮现，又忍不住偷看我，等我再往前走几步站到队列中，几个胆大的已经开始往我手里递叶子了。不一会儿，我已经满手桃叶，胜负已分。

当桃花她爹最后宣布我是获胜者的时候，丫头已经高兴地跳了起来。

他爹一看自家姑娘这个样儿，也无奈地摇头，最终把最大最好的那个桃子递到了她手里。

此时，满心欢喜的丑丫头捧着手里的桃儿，吃得汁水横流，连连点头。虽然开始她还是很有良心地提出来由我来分，但我估计这一个都不够她吃的，就跟她说随意。

等她吃完了心满意足地咂巴嘴的时候，看着手里的核，突然有些不好意思地说："大叔……"

"嗯？吃完了想起我来了？"

"大叔，你真好，谢谢你！"突然，她郑重其事地对我说道。

我笑着挥挥手，又揉揉她的头发："傻丫头，大叔既然答应了你，就一定会做到。好吃吗？"

"嗯！好吃！"

"那就行。"

自从我显露了真实容貌，来我这里要小玩意的人更多了，不光是小孩子，女孩也多了起来。她们羞羞答答地站在孩子们的后面，半选东西半瞅我，没话找话扯半天，临了还把自己准备的小礼物留给我，弄得人头大。

再后来，小伙子为了心爱的姑娘也来和我换东西，我竟是一天天忙了起来，门口留下的东西也越来越多。

只有丑丫头没什么变化，除了说我变好看了以外，还是如往常一样赖在我这里，说要和我学手艺，以后自己也做个假人玩玩。我只是笑笑。

日子就这样一天天流走，时间一长我竟然起了在此定下来的念头。以前我虽然觉得这里不错，但始终只把自己当成暂时停留的异乡人，可现在这山谷里的小小部落却使我停下了脚步。

只可惜有故人来访，提醒我离开的时候到了。

桃子节过去之后，品酒的节日又要来了。

那日丑丫头兴高采烈地来找我，要我跟她一起去取她酿的果子酒，说这次一定能凭自己的本事得第一。

"那就好，可千万别再找你大叔我，我可真是丢不起那人了。"我在一旁颇有些"痛心疾首"地说道。

"大叔你放心，这酿果子酒的本事是我娘教我的，在我们这里独一份，没人能赢得了我的。"小丫头这回倒是自信，拍着胸脯说道。

桃花他们的娘死得早，是爹把他们拉扯大。她爹平日还要管理族中事务，估计是没多少空闲管她。她的哥哥们也是有一搭没一搭地看着她，弄得好好的小姑娘现在跟个疯丫头一样。

"你们这儿节日倒是多，还有些什么？"我没想到才吃过桃子，又要品酒。

"可多呢，还有爬枝节、采摘节、捕捞节……"小丫头掰着手指算。

所以自己到底是为什么要牺牲这么大给她去弄个桃儿？他们这里明明节日就过不完，不是吃就是喝……我不禁暗自摇头。

"好吧，那大叔就等着喝你的美酒，看你得第一。"

"嗯！"

所谓果子酒就是把桃子和其他山果以及各种鲜花混在一起，层层压实密封在盛器中。和其他酿酒方法不同，器物并不是埋入地下，而是放入树洞中封存起来。因此预先要物色一棵高大粗壮的树，而且这棵树还得有大小适宜的树洞。等来年时机到了，打开树洞，夹杂着果香和草木芳香的美酒就酿好了。

果子酒的制作材料普通，制作起来也不费事，不知小丫头这么自信满满的，是哪里来的底气，我倒想去看看。

我跟着她东拐西弯地走到密林深处，远远看见了一棵高大的雪松。

"大叔，你等着，我这就去取来。"丫头说完，就往大树奔去。

我慢慢踱到雪松前，看着眼前高大的青松，一晃神，像是回到了家乡。

我的家在北边，那里最多的就是雪松，它们斗风战雪，巍巍不摇，浑身一股狠气，苦寒之地的树如此，人也一样。

我回过神来，眼看着丫头转眼就上了树，从树干的树洞中掏出了一个小坛子，骑在枝上对我摇了摇。我对她招招手，示意她下来。

于是她带着那一小坛酒，毫不费力地从树上下来，跑到我身边，双手把那坛酒捧到我面前。

"大叔，你快尝尝，第一口最香。"她眉眼弯弯，迫不及待地对我说。

"你不是要去比赛吗？这酒一旦启封了可就失味了。"我接过酒坛，拍了拍。

"不怕，我就是想让你喝这第一口。"小丫头坚持道。

"好，就让大叔尝尝你这酒够不够味儿。"既然如此，我就不再推辞，一手拍开了酒封。

一缕纯香溢了出来，有果香、花香，还有松柏的凛然之气。最难得的是有一种纯澈的况味，天生天成，不是其他酒水能有的，仿佛来自天地馈赠。

想来是此处得天独厚，再加上丫头身手敏捷，能采摘到最好的鲜花鲜果，又让她找到了这么一棵难得的雪松，所以能够酿成此酒。

我饮了一口，果然如预想的一样，是我此前从未尝过的美味。我叹了声"好酒"，忍不住又喝了一口。

一旁的丫头见我喝得高兴，问道："大叔，我这酒不错吧。"

"不错，真是不错。看在这坛酒的分儿上，上回大叔帮你抢桃子的恩情就算还了。"我手一挥，凑到酒坛子跟前再嗅嗅，但是还是把酒重新封上，对丫头说，"拿去吧，等你得了第一再拿来给大叔喝个痛快。"

"好嘞！大叔你等着我啊！"小丫头带着她的酒蹦蹦跳跳跑远了。

等小丫头跑远了，我才说了一声："不必躲了，出来吧。"

我话音刚落，就见几道人影从周遭隐蔽处现身而出，来到我近前，跪倒在地："少主人。"当先一人更是眼中含泪，说了一声："大哥！"

"小弟？"我有些惊讶地扶起来人。

"大哥，是我！你让我好找啊！"来人身材魁梧，长相也与我有七八分相似，正是我唯一的兄弟，阿炽。

父亲骤然病逝后，只剩下我和阿炽。虽然按理来说应该是由我继承族长之位，但是彼时我们势单力薄，而叔父却已经有了很大的一批支持者，实力雄厚。我要与之抗衡难有胜算。

要说此事完全没有办法，也不一定。只要我先假意顺从，隐忍蛰伏，培植心腹；再苦心孤诣，机巧设计，为了达到最终目的，用尽一切手段，必要时再做些妥协割舍，我觉得这事也能成。

但是不知道经历了这些之后，我还能不能保有原来的样子。如果就此令自己变得面目全非，我实在不知道那个位置有没有足够的分量来补偿这一切。而且我还有自己的顾虑——阿炽，我不能让他也陷入危险之中。

何况叔父谋略过人，为我族的壮大尽心竭力，屡次立功。虽然他曾派人追杀我，但是也没有下狠手，让我得以逃脱，最终来到了这里。而我手中握有他的把柄，他要动我也需要仔细考虑。所以我永远不出现在他面前，对他而言是最好的结果。因为他的秘密，我也暂时放心地把阿炽留在了族中。

虽然我并不执着于那个位置，但是阿炽却十分为我不甘，只是彼时他的力量更有限，所以虽然心中十分愤慨，但并不能有什么大的动作。

我本来想着找到一处隐秘的好地方安顿下来之后，就悄悄去族里把阿炽接过来，这样我们兄弟俩就能安安心心在一起，在我心里，没有什么比这更重要。

这畴华之野就不错，所以我打算再住些时候好好看看，再考虑一下。没想到阿炽这时就找来了。

"阿炽，你怎么来了？"我问他。

"大哥，你怎么不回去？"他没有回答我，而是反问道。

"我，"我一时有些语塞，"我暂时还不想回去。你们怎么找到这里的？"

"不想回云？为什么不想回去？大哥，你难道忘了我们的族人了吗？他们都在等着你回云呀！你怎么能说不想回去？你可知道我有多辛苦才找到这里？"阿炽激动地对我说道。

"阿炽，你冷静一下，先听我说。"我试图让他先冷静下来，一手抚在他肩头。

"我冷静不了！"他一把扒开我的手，"大哥，你不知道他们都说你死了的时候，我有多伤心！可是见不到你的尸体，我怎么能甘心？你又可知我费了多大的力气到处找你，现在终于找到你了，你果然还活着！大哥，我真是太高兴了！可是，可是你竟然说不想回去，你怎么能这样说？"说着，他的泪都要下来了。

"阿炽，"我一见他伤心落泪，顿觉心疼，"你别这样，听哥哥跟你说。"

我还没来得及跟他细说我的顾虑，突然听见远处传来小丫头的声音："大叔，大叔，你在哪儿？我回来了！我得了第一呀！"

我忙对阿炽说："正好，我跟你介绍这里的族人，他们都很好相处。"

"我才不要见什么这里的族人，大哥你就是被这里的人和物迷住了眼，才不肯离开。我会让你清醒的，你等着，我还会来找你的。"说着，阿炽他们忽然转身遁去。

我追之不及，只好眼睁睁看着他们一行人离开，而此时小丫头已经来到了近前。

"咦，大叔，你在和谁说话？我刚刚好像看到了人。"桃花疑惑地问道。

"没有谁，你跑太快看花了眼。怎么？这次凭自己的本事得了第一？"我岔开话题。

小丫头马上转移了注意力，把那坛酒高高举起："是呀是呀，我真的是第一呀！大叔，你高兴不？"

"高兴，真是不错。"我摸摸她的头，"这全是给我的？"我接过了那坛酒晃晃，还剩了不少。

"是的，我特意拿来给你的，你喜欢就好。谢谢你，大叔，之前那样帮我。"她开心地咧嘴笑。

"那，我就不客气了。走，我们回去好好喝。"我说完往远处看了一眼,然后转头往回走,小丫头蹦蹦跳跳地跟在我后面。

几日后,我一早就到雪松下等着,不过片刻,阿炽果然出现了。这次他明显平静了许多。

"阿炽,我不在的这段时间你还好吗?"昨天我和他匆匆见面,也没有仔细打量他。

"不好,大哥你不在我怎么能好?"他赌气道。

"是大哥不好,不该把你一个人扔在族中。"我确实有些愧疚。

"自从你与那个恶人决斗之后,他竟然说你落败身死,这让我怎么能相信?我大哥是族中第一勇士,谁死了大哥都不可能死。

"说来也奇怪,他竟然没有动我,我觉得表面上他是顾忌自己的名声,毕竟还担着叔父的名头;但实际上是觉得我一个人势单力薄,本身也能力有限,所以不足为虑。但这恰恰给了我机会。

"于是我偷偷观察那个恶人的一举一动,发现他果然偷偷派人追杀你。大哥你不知道,当我知道你没有死时有多么高兴,我恨不得马上出来找到你,再与你一起杀回去。只可恨那人行事十分谨慎,我偷偷打探了好久才探出他们的行踪,知道你最后消失的地方就是这里。于是我瞅了个机会出了族地,一路往南过来找你。大哥,终于让我找到你了!"

说完,他又激动起来,一把抱住我。

"可是大哥,你为什么不回去?恶人这么欺负我们,你为什么要躲在这里,难道真是怕了他?"

"阿炽,你听我说。"我伸手扶住他,"现在我们还不是叔父的对手,而我其实也并不太想争夺那个位置。"

"大哥,你在说些什么呀!族长之位本来就是你的,是他无耻抢走了你的位置,本就应该还给你。你无心争夺是什么意思?难道你要拱手让给他!"阿炽不敢置信地望着我。

我看着他的眼睛,一时不知该怎么跟他解释。因为在他心里,大哥一直是无所不能的,是族中最强悍的勇士,根本不可能说出这样懦弱的话来。

我知道他一时接受不了，但是我有我的理由，我觉得此时做出的决定对我们来说是最好的，所以我还是尽力跟他解释。

"阿炽，叔父他在族中的势力早已根深蒂固，以我们现在的力量根本不足以与之抗衡，你现在去跟他硬拼是没有胜算的，难道你希望看到族中血流成河，尸横遍野？"我问道。

"可是不拼一下就这样放弃吗，大哥？我真不敢相信这话出自你口。难道小时候你教我勇者无畏都是假的吗？"他大声地质问我。

我一时不知道该怎么跟他解释，从小到大他就崇拜我，不是因为我是他大哥，而是因为我是族中的第一勇士。自他长大后，只要有上阵拼杀的机会他总是热血上涌，不管不顾。正因为他这样的性子，我只有逼自己不断强大，这样才能保护好他。

"阿炽，为何非要拼个你死我活才能甘心，我们两兄弟在一起好好活着，难道不是最重要的吗？"自从父亲去世后，这就是我活着的唯一目的。

"大哥你是族中的第一勇士，再加上我，怎么会输给他？大哥你跟我回去，我们两兄弟杀回去，一定能打败那个恶人。"这样说着，他又过来握住我的两臂，对我说道。

"阿炽，事情没有你想得那么简单，不是说我们回去打一架就能解决的。现在族中有很多人支持叔父，我们实力尚弱，没法取而代之。而且平心而论，叔父能力不差，他会是一位称职的族长，并且他也并没有对我们赶尽杀绝。你又何必非要回去以命相搏，弄得两败俱伤，白白折损族人。大哥不会让你去用性命冒险的，因为那样根本不值得。"看着阿炽还是一副要回去拼命的样子，我也激动起来，他是我最宝贵的弟弟，怎么就是不明白。

"大哥，如果真像你说的，我们现在还不是那个恶人的对手，"见我这样说，阿炽顿了一下，接着说道，"可是不见得我们就永远不是他的对手。只要我们慢慢暗中培植自己的势力，寻找他的弱点，总有一天能打败他，夺回我们应该有的一切，不，夺回大哥你的族长之位。"

"阿炽，"我突然觉得眼前的阿炽与我记忆中的弟弟不一样了，为何如此热衷于权位，但还是开口说道，"相信哥哥，那个位置没有你想象得那么重要。在哥哥心中，你才是最重要的。只要我们兄弟俩好好在一起活着，就比什么都强。"

可是他明显听不进我的话，把手一挥道："不管你怎么说，我是不会听的。大哥，你才是天生应该坐在那个位置上的人，那个恶人凭什么？我早晚要把他杀了，把族长之位夺回来。你等着，我还会回来，我一定会改变你的想法，让你知道你是错的！"

"阿炽！你……"我大喊一声，还想再说。

可是他却不想听了，转身几个起落就不见了踪影。

我怅然若失地站在原地，不知道我离开之后发生了什么，为什么阿炽会变得这么固执。也许是因为他到底长大了，有了自己的想法，再也不是从前那个什么都听哥哥的孩子了。

过了几日，我还是每天都到雪松树下，想有机会再见阿炽一面，却始终没有如愿。

说来也奇怪，畴华之野并不太大，但我始终不知道阿炽他们躲在哪里。我特意探查了几处隐秘的地方，却一无所获。难道他们是躲在外面，找到了进入这里的路径，所以可以随时进出？但不管怎样，他总会来找我的。

我又苦等了几日，有些放心不下，难道是真的回去找叔父了吗？一想到这里，我有些着急，虽然我手里握有叔父的秘密，叔父一时应该不会为难阿炽，但是想到阿炽那冲动的性子，要是惹恼了叔父，后果难料。

最后我还是决定偷偷潜回族地去看一眼，只要确定他平安就好。

于是我跟丫头说好出去几天，过几天就回来，让她不要声张。丫头答应替我保密，同时告诉我过些日子是桃根哥哥与小红姐姐的婚礼，让我无论如何都要赶回来参加，我说好。

之后我就悄悄上了路。

## 四

  我的故乡在北地，那里总是一片冰雪掩地，山就接天而起，直上直下，不见丝毫妩媚的线条；天地间也没有多少绿意，除了雪松，却针扎似的隔着人。可就算是这样，我也很喜欢它，因为这里是我和阿炽长大的地方。

  父亲生前是族长，也是族中的第一勇士，平生从无败绩。在他生前的最后一战中，他陷入敌人的包围，战况异常惨烈。那时阿炽还小，没有亲历，但我却已长大，目睹了整个过程。

  父亲血洒大地，在最后时刻把阿炽郑重地托付给我，要我护着他长大，并告诉我，我们兄弟在一起平安相守才是最重要的。我只希望这次阿炽不要冲动行事，弄得事情不可收拾。

  等我回到族地，发现族中秩序井然，比之前更为壮大，足见叔父的治理之能。我悄悄潜入，到处搜查一遍却没有发现阿炽的下落。难道是我想错了，他并没有回来，那太好了。

  就在我准备离开之时，却听到有人说监牢里的人又在闹腾了，族长说要加派人手，并让他们赶快去。我一听心陡然一沉，暗自祷告千万不要是我想的那样，随后就尾随那几个人到了监牢。

  阴森之地越走越深，隐约从最里面传来嘶吼咆哮之声。

  我循声而去躲在暗处，看着那几人走到里间，点起火把，照亮了中间用锁链锁住的一物。

  那物长得异常高大，半人半兽模样，浑身皮毛披覆，长尾扫地，正在不耐烦地挣扎吼叫。最为引人注目的是，那半兽的口中生出一对长长的利齿，它们直达膝盖处，雪白锃亮，锋利如刀。

  那是阿炽！

  不错，这就是我族的原身。我们是凿齿一族，大荒闻名的凶兽！我们力大无比，凶猛好斗，特别是一对利齿，可以说是大荒最坚硬、也最锋利的武器，令我们所向披靡。

  在我族中，利齿的长短粗壮就是评判武力的标准，以前的佼佼者是我们的父亲，后来是我。如今我看阿炽现出原身，这对利齿已不在我之下。

可他如今被锁在这里，被迫现出原身，是谁干的？是叔父？不管是谁，我都不能与他善罢甘休！

看着阿炽暂时没有危险，我又悄悄地退了出来，我知道若我一人贸然现身，只怕救不了阿炽，反而会陷在里面。

于是我偷偷潜入了叔父的大屋，这里是我从小生活的地方，我对之熟悉无比。大屋还是原来的大屋，是我和父亲、阿炽原来生活的地方，只不过现在换了主人。

我隐身在大屋内，耐心等待。果然不久之后，有脚步声传了进来，有几个人在商量事情，其中一个声音我很熟悉，正是叔父。

等他们议事完毕，那些人退了出去，只剩下叔父一人时，我从藏身处走了出去。

是的，我就这样走了出去，我并不怕面对他，因为我知道我们之间还有得聊。

果然，叔父在一开始表现出惊异后，很快就恢复了镇定。

"阿守，我知道你会来。"

"叔父，久违了。我知道你知道我会来。"我坦然说道。

"为了阿炽？"

"是的，为了阿炽。"

"阿守，许久未见了，你还好吗？"他沉默片刻，竟然问了这样一句。

"你派人追杀我的时候，怎么不问我好不好？"我反问他，"叔父，我还叫你一声叔父，你就不必在我面前伪装了。我这次回来只为阿炽，并不会做什么别的，你大可放心。"

他脸色微变，但并没有动怒："你知道叔父并没有真的下狠手，叔父只想确定你远离了族地。叔父如今在这个位置上，有些事是一定要做的。你走了之后，阿炽也并没有吃苦头，我还放任他去找你。你们是大哥的孩子，我总会容情。"他说这话时语调平静，态度从容。

我一时也懒得分辨他这话有几分真假，反正已经没有关系了。

"那好，我要带阿炽走。"我也不想啰唆，只想带着阿炽尽快离开。

"不用这么着急，叔父还有几句话要问你。"他慢慢踱着步子，边走边打量我，"你知道我捉住阿炽的时候有多么吃惊吗，原来他才是凿火，要知道我一直以为是你。"

我知道该来的总是避不了，所以一声不吭，站在原地，任他打量。

见我没有反应，他又接着说道："我们这一族中最强者被称为凿火，以前是大哥，所以对大哥我是十分信服的，他确实无愧于族长之位。要不是大哥突然离世，我还会在他手下为我族四处征战，绝无二话。可惜的是，他死了，而且是那样死的。"他特意拖长了语调，然后看着我。

"住口！"我一声叱喝止住了他的话。他没有再说下去，但我明白，其实他说得对，我们都忘不了那场景。

那是父亲的最后一战，在被数倍于我们的敌人包围之后，父亲怒吼一声化出原身，兽人顶天立地，口中的利齿闪着寒光，眼睛却开始变红。他怒吼着冲向周围的所有人，不分敌我地厮杀。雪白的利刃一闪而过，无数人被开膛破肚，倒在地上，血流成河，哀鸿遍野，战场变成了他一个人的屠宰之地，所有人都只能束手待毙。终于在那双眼睛完全变成了血的颜色时，杀戮停止，他倒了下去，而这时已经没有几个人站着了。

这就是凿火的命运，他们可以在绝境中爆发出如火焰般明亮的生命之光，毁灭一切，焚尽敌人的同时也燃烧自己，但这样的燃烧也只有有限的几次，且会大大地折损寿命。在耗尽了全部的生命之力之后就只剩一个既定的结局——死亡。

我永远也忘不了父亲恢复神志之后拉着我的手，用最后一口气叮嘱我，要好好地照顾弟弟，让这个秘密成为永远的秘密，让阿炽一辈子都只是阿炽，不要变成凿火。

其实父亲很早就把阿炽的秘密告诉了我，让我保护好他。而我选择了自认为最好的保护方式。我一天天苦练本领，让自己变得强大，在无数次的战斗中冲锋陷阵，勇猛杀敌。渐渐地，人们把凿火的传说安在了我的身上，没有人注意逐渐长大的阿炽。

包括眼前的叔父。

我平复了一下心绪，对他说道："不管怎么说，现在你知道了，也改变不了什么。你要记得你也有秘密在我手里。"

叔父一听此言，脸色又是一变，冷然道："你现在落在我手里，难道我就不能杀了你吗？"

"是吗？"我轻笑一声，"你以为我什么准备都没有，就这样贸贸然送上门来吗？"

父亲猝然离世后，我反复思索怎么样才能更好地保护阿炽。

继承族长之位？虽然我已经察觉了叔父的野心，但是当时我和阿炽确实还不能与之抗衡，假以时日，虽说不是没有机会，只是在此过程中就要经历我所不愿经历的一切，不仅免不了勾心斗角，更少不了暗地厮杀。现在只剩我们兄弟两人，万一我一个疏漏没有顾好阿炽，让他陷入危险境地，激起了他的凿火之血，折损了寿命，那我将追悔莫及。

所以我决定带着阿炽离开，找一处平静的地方安静地生活，远离战争与纷扰，远离能激起他血气的一切危险，只有这样，阿炽才能永远平安。

于是在又一次叔父对我设伏时，我当着众人的面提出来与他单独一战，看得出来叔父本来犹豫，但当时的情境却容不得他退缩。于是他提出来战斗只在我们两人之间进行，至死方休，旁人不得观战，最后活着离开的那人自然就是获胜者。而这样的安排也正合我意。

这场看似公平的决斗当然没有那么简单，叔父还是派人埋伏在周围，试图将我一举成擒，他一直以为我是凿火，妄图为他所用。可是等我把埋伏的人都除掉以后，他不得不亲自上阵。叔父是经验丰富的猛将，可惜与我相比还是差一筹，最后的冲锋中我们都变出原身，近身厮杀，然后我断了他一颗利齿。

叔父气喘吁吁地倒在地上，我把那颗利齿毛在手中，并没有进一步的动作。叔父看着我手里的利齿，答应了我平安离去的要求。

作为凿齿一族的族长，失了一齿，就等于失去了在位的资格，这会成为他此生到死都要保守的秘密。而只要我平安，只要暂时还在族地的阿炽平安，我就会一直保守这个秘密。叔父权衡之后最终答应。

于是我把那颗齿磨成了粉，随身带着，远走他乡。凿齿的利齿不光是杀敌的利器，磨成粉后炼化使用还可以强横肉体，增长神力，是绝顶的灵药。之前我为桃花做的假人，也是因为心窍处撒了些这粉末，便有了一丝活气，能骗过众人。

此时，这个秘密又横亘在我们面前，我接着说道："如果此次我和阿炽不能平安离开，我保证过不了多久，整个大荒都会知道叔父你的秘密，你要不要赌一赌？"

此时他的脸色已然数变，最终恢复了常态："阿守，说实话，我当时夺位之时也想到过会遭到你的反抗，我本已做了万全的准备来对付你。可是令我没想到的是，你却选择了放弃。当时我还疑惑，现在终于明白，你是为了阿炽。

"你做得对，其实就算阿炽是凿火也没有什么大用，除了让我吃惊以外，还是一样会落在我手里，他这样的性格，身为凿火只会引火烧身。但是，阿守你就不一样了，你才是能让我忌惮几分的人。

"阿守，你是个好孩子，阿炽何其有幸有你这个兄长。你，很像你的父亲，总是为别人考虑。你为阿炽放弃了自己的地位，为他远走异乡，只希望以后他能理解你的这份苦心。"

我没有料到他会说出这样一番话来："叔父……"

"但是，现在你也有秘密在我手里了，这样我们就算扯平了。你放心，我会让所有看到他化形的人闭嘴，而你也要记得答应我的事。"没等我把话说完，他又一摆手，"你带着阿炽走吧，此生我们都不必相见了。"说完，便头也不回地大步离开。

我来到牢中，阿炽已经被放了下来。我看着那微红的眼、狰狞的面容，只觉得心痛，终究是我没有照顾好他，让他变成了这副模样。

我慢慢靠近，轻轻地呼唤他，他迷茫地看着我，疑惑地眨眼，我抓住这一瞬，趁其不备，猛然袭向他的后颈，他便倒在我怀里，片刻之后恢复了原貌。

我背上阿炽,走出了族地,再看一眼随处可见的雪松,心知可能再也不会回来了。

但是没有关系,我背上的是我的兄弟,远处,在遥远的南方,有一处开满桃花的地方,那儿会成为我们的新家。

[惊蛰]

# 桃始华

帝俊纪

## 一

　　桃花如云似缎铺展眼前,微有风过,便飘落成雨,一对新人站在树下脉脉含情,周围无论老少都喜笑颜开。

　　当我背着阿炽回到畴华之野时,看到的正是这样的景象。从腥风血雨处回到这里,让人不由得疑是梦中。

　　我站在稍远处,打量那对新人,在人群中辨认丫头。

　　人群中有个女孩也在到处张望,似乎在寻人。

　　等她转过身来一看,真是桃花。她今天穿了一身粉色的衣裙,也许是因为要参加哥哥的婚礼,难得穿得像模像样。

　　她也看到了我,连忙在人群中招手,见我没有上前的意思,就从人群中跑了出来:"大叔,你可回来啦,你怎么去了这么久?我可担心你了,你还好吧。咦,这是谁?"

　　我放下背上的阿炽,让他靠到树上,回答道:"这是我弟弟。"

　　"哦,二叔。"

　　我一听莞尔,这没心没肺的丫头,却总能给我意外之喜。这也是我决定留在这里的原因之一。

　　是的,我决定带着阿炽隐居在此,这里位置隐蔽,一般人难以进入；而且此处风景优美，物产丰饶，不会有饥冻之忧；更重要的是，这里人心单纯，少有争斗，这是我最看重的。这一片天赐的福地，也许就是上天对我们兄弟的眷顾，让我们有个栖身之所，对此我很是感激。只愿这里平和宁静的生活，不让阿炽有血气涌动的机会，让他永远只是我的小弟。

"大叔，二叔他这是怎么了？"桃花不知道我在想什么，见阿炽靠在树下不醒，不解地问道。

"他只是有些累，过一会儿就好。大叔先把他送回屋去，一会儿就来。"我摸摸丫头的头，转身又把阿炽背在肩上。

"好的，那大叔你可要快些啊，一会儿就要摘桃花了。"丫头在身后大声喊道。

我把阿炽背回小木屋，把他安置在床上，见他还是昏睡不醒，但脸色却逐渐恢复正常，应该是之前变身凿火耗费了血气，现在需要慢慢恢复，应该不会有什么大碍。对于寿数的减少，我却是无可奈何。只有暗暗下定决心，这是阿炽第一次化身为凿火，也是最后一次，以后我一定好好看顾他，绝不会再让他有伤害自己的机会。

想着之前答应了丫头，我便转身出门去找她。

我回到树下，见桃花正在树下等我："大叔，你来了，摘桃花马上就要开始了。"丫头告诉我，所谓摘桃花，就是在场的男孩们爬到高高的桃树上去摘那最美的花，献给自己心仪的姑娘。今天是小红和桃根的婚礼，理当由桃根去爬那最高的树，摘最美的花。但这也是男孩们表情达意的好机会，所以在场的男孩都可以一试身手。

说完这些，桃花一本正经地问我："大叔，你有想送花的小姐姐吗？""我？"我没有想到她突然问到我，摇了摇头，"没有。"

"那挺好。"她小声嘀咕道。

"嗯？好什么？"我没太听清，问道。

"哎呀，没什么啦，他们马上就要开始了。我们一起给桃根哥哥加油啊！"桃花马上扭过了脸，大声说道。

这里的桃树与别处不同，长得格外高大，就是比之雪松也毫不逊色，一棵棵盘曲而上，竟是高耸入云，不见顶端。但这显然难不倒跃跃欲试的小伙子们。他们摩拳擦掌，都想在心爱的姑娘面前好好表现一番。

一声令下，就见小伙子们飞身而上，他们手脚并用，身手矫健，在我看来已经是飞一般的速度了，结果丫头还在下面嚷嚷太慢。

这比赛的难度不小，他们不光要快速而上，如果在树上相遇了，还需要近身打斗。就见他们三三两两地攀爬在树上，先上去的试图把后来的打压下去，而后来的则用力拉扯，试图把前面挡路的赶走。这要是在平地上争抢并不足为奇，可是在这似与天接的大树上打斗就异常精彩了。

眼见得有的力气稍弱的就要被打下树去，但随手一勾，拉过树枝藤蔓就能荡到另一棵树上去，所以看着险象环生，但是并没有人掉下来，下面看着加油的小姑娘们似乎也并不担心。一时之间，只见树与树之间，人人游来荡去，如同肋生双翅。

争了半天，虽然没有人掉下来，但是也没有人占据明显上风，大家都在树腰上你拉我拽，互相牵扯。

丫头在底下看着，开始还大声地喊着桃根加油，再一看他们这个胶着的态势，终于按捺不住，原地一跃，攀上了树！

一群小伙子中间突然来了个丫头，他们开始哈哈大笑，但是对桃花这不着边际的样子似乎已经习惯了。

于是有人逗她："桃花，怎么哪儿都少不了你呀，你这摘了花要送给谁呀？"

小丫头纯属头脑发热，根本就没有想这么多。见有人发问，随口就答："送给大叔！"

"哦——"树上树下所有人都扭头看着我。

"嗯……"我感觉脸有点热，心想：真是傻丫头一个。

小桃花说归说，动作却不慢，甚至比其他人的动作更快。因为身形娇小，她爬起树来似乎完全不费力，我虽然素知她的本事，但如今看来竟还是小看了她。

只见她出没于人群之中，从别人的身侧绕，踩着人家的肩膀，从胳膊肘下面钻，反正从所有的空隙往上蹿。她一个姑娘，小伙子们还真不好跟她动手，白白让她占了大便宜。

就这样，小桃花冲破阻碍，一路往上，小人的身子越升越高，渐渐没入云间，再也不见。

我抬头仰望，正担心之时，突然有人拍我肩膀："大哥。"

我扭头一看，竟是阿炽。

"阿炽，你醒了！你没事吧？"我连忙上下打量他。

"我没事，大哥。我记得自己去了族中找那个恶人，准备找他算账。后来交了手，再后来发生了些什么就不太记得了，醒来就到了这里。是你把我带出来的吗？"

我仔细打量阿炽的神色，他的眼神还有些迷茫，但已无大碍。

自我决定冒充阿炽凿火的身份保护他，父亲就把凿火的秘密告诉了我。

凿火生来身上就带有特殊的印记，父亲为了隐瞒阿炽的身份，很早就设法隐瞒了下来。而凿火在每次化形之后神志都是模糊的，特别是第一次，化形费去了他们太多的精力与血气，因此醒来后脑子会一片空白，什么都不记得。等到再次化身，脑中会留下零星的记忆，之后每次印象会逐渐加深，直到终于明白自己身为凿火的事实，但那也是他们的生命之火将要熄灭的时候。

所以这次阿炽醒来不会有什么记忆，这也正合我意。

"阿炽，你为什么这么冲动？非要自己冒险，你可知道这样有多危险？"我质问他。

"大哥，你别生气，我知道错了。我只是一时气不过，你竟然这样就轻易放弃，我当然要去争一争。你可是凿火！"阿炽也激动起来。

"凿火？怎么突然提起这个？"我吃惊道。我凿火的身份其实只是默认，因为谁都没有见过我变身凿火、肆意杀戮的样子。只是我是族中第一勇士确实是不争的事实，在他们猜测我是凿火的时候，我也没有否认。

"大哥，我知道你是不想打击我，所以不想承认自己凿火的身份。我承认，自我少时知道这个秘密的时候是有些嫉妒你的，因为这样就意味着我永远比不上你。但是，你是我大哥，我们兄弟俩谁是凿火都是一样的，我只是为你可惜。你身为凿火，竟然就这样轻易放弃，你怎么对得起你这身天赋，你让父亲如何能安心？"

见他提起父亲，我实在无话可说，只能告诉他，我们兄弟俩好好的，就是父亲所期盼的。但这些都不是重点，我着急地问他，对于凿火他还知道些什么。

"我还知道什么，我知道凿火是我族中最难得一遇的人，是天生的战士！他们无所畏惧，永不退缩，把所有人踩在脚下，不会犹豫不决，也不会心慈手软。就像父亲，像先辈，他们纵横征伐，所向披靡，我真希望继承这血脉的是我，那样我就可以带领我的族人去征战大荒，令众族臣服！

"大哥，这才是你应该干的事，而不是缩在这小小的山坳里，变得面目全非！"

"阿炽……"我吃惊地看着他，如果不是因为这次行动失败，他一时心绪难平，吐露了心声，我还不知道他有这么大的抱负。对此，我只有在心里喟叹，果然不愧是凿火，可惜我要做的事就是让他这团火彻底熄灭！

看着他那和我相似的面容，如今却和我记忆中的模样有了差别。不管怎么样，还好他只知道这些，更多的他也没有必要知道。就让他这样以为好了，我就可以继续瞒下去。

我这样想着，忽然丫头的声音遥遥传来："大叔，我为你摘到桃花啦！"

我抬头一看，不知什么时候，丫头手里举着一束桃花，从云中钻了出来，正坐在树杈上冲我使劲地摇。

"只是一个小丫头，大哥，你就为了她留在这里？"阿炽嗤笑一声。

"不要胡说，你也知道她还是个小丫头。"我正色道。

阿炽不以为然地哼了一声，不再开口。

远处，桃花手捧着那束花，就像坐在云端一样冲着我笑。一瞬间，那张小脸竟也有了几分颜色。然后她拉过一根藤蔓，竟然就那样从天际荡了过来，乘着风，穿过云，越过人群，带着那束花，撞到我怀里。

"大叔，我为你摘的花，喜不喜欢？"她顾不上擦汗，笑着把花捧到我的面前，花瓣随着她的呼吸一下下颤动。

我好像忽然有些明白她之前说的"那挺好"的意思。

我一时有些惊讶，她还只是个小丫头呀，虽然一段时日不见，看着似乎脸长开了一点，个子长高了一些，但在我眼里实在还是个小女孩。

旁边阿炽又轻笑了一声。我回过神来，把那束花接过，又伸手摸了摸丫头的头："很好看，我很喜欢。谢谢你，丫头。"

她笑得更开心了："那就好。"

一转头桃花看到了阿炽，于是也开心地和他打招呼："二叔。"

阿炽没有想到突然来了这么一句，一时间有些不知所措，片刻后，点着头回答："你好。"

我看着他们俩好笑，傻丫头这性子真是没话说。

既然我想和阿炽定居在这里，当然要去告知族长。

桃花的爹对于我和阿炽，虽然是有些疑问，但是总归没有多说什么。也许是因为之前我的表现给他留下的印象还不错；也许是因为丫头在一旁"大叔""二叔"叫得欢；也许是因为他本就是个睿智的人，看得出我们没有敌意。不管怎么样，我和阿炽总归是可以留下来了。

从族长处出来，我终于松了一口气。以前那些日子都可以离我们远去，从此以后我和阿炽就可以安心待在这片桃源了。

我领着阿炽来到我之前搭的木屋，推门之后对他说："之前是我一个人住，所以盖得小了些，现在你来了，改天我就重新盖个大的。阿炽，哥哥真的很高兴，我们兄弟俩终于可以安顿下来了。以后再没有人能打扰我们，也没有人能伤害你。你看这里物产丰饶，族民和善，住在这里难道不好吗？哥哥很喜欢这里，希望你也能喜欢。"

阿炽只是沉默，没有吭声，也不知道我的话听进去了多少。我知道让他马上接受这些是有些难，只是我太高兴了，忍不住就说了出来。

"阿炽，你之前去找过叔父，应该知道如今族中更加壮大。不错，我是去找过他，然后把你带了回来。"我又接着说道。

阿炽闻言连忙看着我，上下打量。

我一挥手："你别着急，我并没有受伤。我只是答应了他从此再不会出现在他面前。他知道我已彻底放弃，再不会去和他争族长之位，所以就放了我们。"

"大哥，是我拖累了你。"阿炽低声说道。

"说什么傻话。"我把手放在他肩上，"我已经反复跟你说过了，我本来就无意那个位置，这与我是不是凿火没有关系。我们兄弟在一起，好好的，才是最重要的。阿炽，你是大哥唯一的亲人，你才是最重要的。"

"大哥……"他还想要说什么，却被我打断了。

"你也累了，好好休息。有什么以后再说，现在我们有的是时间。"我说完，又拍了拍他的肩膀，转身出了屋子。

隔天一早，我就去了桃林，找好了一棵桃树，我打算把它带回去给阿炽搭屋子。这棵桃树同样高耸入云，枝繁叶茂，平时估计少不了丫头的族人们在上面嬉闹。

此时还早，不见人迹，于是我化出原身，利齿闪现。我再一施力，双齿如戈划过，就见那参天巨木"轰隆"一声巨响，齐根而断，应声倒地。

我拉着它往回走时，偶尔有人路过就会惊讶地看着我，估计他们从没有看过一个人砍这么一大棵树的。

我把它拖回去之后就开始忙活，先分段截好，再开始捆绑搭建。等我忙了一会儿之后，阿炽也醒了，他虽然看起来还是不怎么高兴，但是也蹲在我身边开始帮我的忙。

我一边忙着，一边看着周遭，天光逐渐亮起来，那是族长在布光。一会儿，部落里就会有人声传出，大家慢慢醒来，各忙各的，族地里逐渐热闹起来。河水温柔地缠绕在人们的脚底，桃花如盖遮在他们的头顶。

"这里很美，不是吗？"我转过头去问他。

"是很美，大哥。可是和这里的美景相比，这里的族群才是更珍贵的。"阿炽也看着我，说道，"不要告诉我你没有看出来，他们是狌狌一族。"

"不错，他们是狌狌一族。有关他们的传说很多，传说他们知道过去发生的事情，却无法预知未来；传说他们善酿酒也嗜酒；还传说取其皮毛覆体，就能和他们一样攀爬纵跃，如肋下生翅。"我回答他，"可是这和我们有什么关系呢？也许对一般人而言，这些是难得的禀赋，可我们是凿齿，整个大荒都没有几族能与我们抗衡。阿炽，与我们相比，他们的力量微小得可以忽略不计。就算有些小小的能耐，也只是他们自保的手段罢了，你难道还担心他们？"

阿炽的神情却有些迟疑，他欲言又止，终究没有接话。

"阿炽，你别多心了。他们世代生活在这里，每天就是围着几棵桃树打转，几乎没有出去过，而且生性善良，与世无争。这里与外面的大荒完全是两个世界，这里的生活也与我们之前的生活截然不同。你就安心住下来，时间长了就知道了。"

见我这样说，阿炽点点头说："我知道了，六哥。"

我见他这个样子，心中一宽，也许阿炽现在还不能理解我的决定，但是我相信日子久了，他会明白的。

于是我精神一振："阿炽，这是我们的新家。"

阿炽闻言也加快了手里的动作，我们一起把最粗的几根先搭起来，做出屋子的框架，再把木材一根根填进去，横竖摆好。眼见得屋子大致成型的时候，丫头来了。

"大叔，二叔，你们在搭屋子呀，怎么不叫我帮忙？"丫头热心地说道，"这是大叔砍的桃树吗？真厉害，这么大的树，你一个人拖回来的？"

"丫头，以后我们就要住在这里了。"我很是希望丫头这大刺刺的性格能够影响到阿炽，让他放下心结，好好与这里的人相处，在这里生活得于心。

"太好了，大叔，你以后都不会走了吧，这样我们就可以一直在一起了！"丫头上来抱住我的一条胳膊，边说边摇。

我只当她是孩子心性，于是点头道："是的，以后就不走了。"

"那好，那以后你都只能跟我在一起，不许和别的小姐姐玩儿。"丫头一抱住就不撒手了。

"嗯，这是为什么？"我故意逗她。

"因为我喜欢大叔，以后要和大叔成亲！"丫头突然大声宣布。

我听了大吃一惊："这又是哪一出？傻丫头，这话可不能乱说。"

"我没有乱说。大叔，我这次看了桃根哥哥和小红姐姐的婚礼才知道，原来喜欢一个人是要和他成亲的，成了亲以后他们就再也不会分开了。大叔，我喜欢你，我想要一直和你在一起，永远不分开。"

"你知道什么是喜欢吗？你还这么小。"我有些好笑地看着她，同时用眼神制止阿炽不屑的笑声。

"我怎么不知道，喜欢就是一直想要和那个人在一起，喜欢就是时时刻刻都盼望着见到他，永远不分开。小红姐姐就是这么跟我说的。这次你走了这么久，我每天都不开心，后来小红姐姐问我怎么了，我才知道原来这叫作喜欢。"

"我时时刻刻都想见到你，想要一直和你在一起，不分开。大叔，我喜欢你。"桃花睁大眼睛看着我。

"嗯，"我有些头疼地看着她，一时不知道怎么跟她说，"这种喜欢和要成亲的喜欢是不一样的。你现在还小，长大以后才会明白。"

"喜欢就是喜欢，为什么要长大才能明白。我从未像现在这样喜欢过一个人，以后也不会变。大叔，是你不明白。"她信誓旦旦地跟我说。

"那好，你喜欢那最甜的桃子吗？你喜欢那香醇的美酒吗？这些也是喜欢，你分得清吗？"我问她。

"我……我分得清……"丫头没有想到我会突然这样说，一时顿住。

"你分不清，你还太小了。桃花，你喜欢我，我很高兴，但是你连我是什么样的人都不清楚，就说喜欢我，太草率了。"我耐心地对她说，希望可以打消她这突如其来的念头。

"我分得清,我知道你是什么样的人。大叔,你是个好人,很好很好的人,我不会看错的。我喜欢你,和喜欢桃子、喜欢美酒不一样。"桃花很认真地分辩道。

看着她认真的样子,我忽然有些感动,但是被这么个小女孩当众表白,还是不禁觉得有些好笑。

"好了,大叔已经知道你喜欢我了,大叔也喜欢你,但是不是成亲的那种喜欢,你明白吗?"

"我明白,那是因为你还不够喜欢我。小红姐姐说,等到一个人足够喜欢你的时候,就会跟你成亲。你等着,总有一天我会让你很喜欢很喜欢我的,要和我成亲的那种喜欢。"桃花眼神坚定地说道,然后不等我再说什么,扭头跑掉了。

"哎——"我还没有说完呢,一扭头看到阿炽一副不以为然的样子,叹了口气,"你不要当真,她就是小孩子心性,不知道自己在干什么。"

"我当然不会当真了,想跟我哥成亲,凭她也配,一只狌狌?!"阿炽鼻子里哼出一声。

"阿炽,你不要这么说,同是神族,我们并没有高人一等的理由。虽然他们一族人少势孤,但是不要忘了,正是这样的他们收留了你我。"

"哦,知道了。"

### 二

我们的房子搭好了,我和阿炽就此住了下来。丫头还是一如既往地来找我,却不再像之前那样成天缠着我。

她会偷偷给我带来还带着露水的桃花,刚酿好的新酒,或者是其他她认为好的稀罕的东西,并将它们摆在我的屋外。有几次我推门出去找人的时候,分明看到了屋后藏着的小脑袋,她偷偷地看着我,等我去唤她的时候,却又转身跑开。

难道是害羞了?真是稀罕,当日她大声对我说喜欢我的时候,可是一点儿没脸红。

就这样她隔三岔五地来，可是从来不跟我打照面，我想和她好好说说话，竟然也没有机会。唉，还说自己不是小丫头。

虽然如此，桃花的事也并没有让我很担心。我放心不下的始终是阿炽，他终究与一般人不同，需要我时时看顾。

不过到了这里之后，所见所闻皆是一派安详景象，少了争斗纷扰，阿炽也安静了许多。族人们对阿炽的到来抱有极大的善意，就像当初对我一样。

丫头虽然躲着我，但是有一天一个意想不到的人却来见了我，他就是丫头他爹。

身为一族族长，桃花的爹无疑非常称职。在这片平野里，一族之内不可能没有矛盾，但是无论什么时候，我看到的族人总是一副和乐幸福的模样，足见其治理之能。因此我对他十分敬重，何况他也是桃花的爹。只是不知道他这次专门来找我是为了什么。

他已经不年轻了，但是也并不衰老。他来了之后只是等在屋外，示意我跟他走。我回身看了一眼屋里还在沉睡的阿炽，估计没有大碍，于是随着他来到了一处僻静之所。

"你既然决定留在我们的族地，我也就不拿你当外人，况且桃花那丫头又那么喜欢你。"

一听这话，我刚想开口分辩两句，却被他打断了。

"我今日来不是和你讨论此事的，你别紧张。"他一抬手，"你看这畴华之野就像一块世外之境，无人打扰。可你想过没有，为什么我族没有兴盛强大，而是始终聚居在这小小的山坳？"

"不瞒族长，这也是我一直想请教族长的问题。"我回答道。其实我早就注意到了，他们一族在这里繁衍生息，得天独厚，又没有外敌袭扰，但是族人却并不太多，实在是令人疑惑。

就见族长转身负手，叹了一声："因为上天不允许。"

"上天不许，这是什么意思？"我更加惊讶了。

"我们这里每过一段时间，上天就会降下天火，毁掉我们大半的家园，甚至会有族人因此丧命，所以我们一族始终无法发展壮大。"

族长用沉重的语气说道。

"天火?怎么我从来没有听说过?"我万没有想到会是这样的原因,我来这里这么久了,竟然没有一个人跟我提过。

"孩子们都还小,他们没有经历过,所以不知道;而经历过的人,都不太想去回忆那惨烈的往事。所以无论老少,我们总是尽量开心地活着,因为不知道哪天灾祸就会从天而降。"族长转过身看着我说道。

"既然如此,那为什么不搬离此地?"我不解。

"你说呢?你不是也很喜欢这里吗?"他笑着问我。

我环顾四周如画的景致,确实,这本就是吸引我留在这里的原因。

"我们狌狌一族,并没有什么厉害的御敌本事。估计你也知道关于我们的那些传说,如果有人相信了那些传说,那我们到了外头就只能束手就擒。也许是我老了,在这里待得太久了,没有勇气再去面对外面的风风雨雨,也没有能力保护我的族人。所以即使知道会有天灾降临,也不愿意轻易搬离此地。"说到这里,已经不年轻的族长似乎又衰老了一些。

"那你为什么要告诉我?"我看着眼前的人,不想在那之前看起来睿智的眼光中看到算计的成分。难道我到哪里都避不开这些事吗?我不禁一阵心寒。

但他却上前拍拍我的肩:"你不要多想。我之所以告诉你,是因为你既然选择留在这里,就是我们中的一员,应该知道这些。虽然我们交往并不多,但是我看得出来,你也并不是传闻中的那般模样,凿火。"

"你!"我终于重新打量起眼前之人,桃花的爹,狌狌一族的族长。

他从容地站在原地任我打量。

"你是怎么知道的?"我沉下声音来问他。

"我的族地来了个陌生人,难道我就不管不问吗?那不是我的失职?"他一笑,"早在你被追杀靠近族地的时候,我们就注意到了,你们的对话自然就落进了我们的耳朵里。虽然大荒无边无际，但是各种消息会像风一样被到处传递，何况是鼎鼎有名的凿齿一族。我虽然不知道你们族中到底发生了何事，但是凿火之名我还是知道的。

"照理来说，我们是不应该收留你的，毕竟你们一族在大荒的名声可不太好。可是桃花这孩子偏偏缠上了你，我看着你们相处，你也并不像传闻中说的那般。阿守，我可以这么称呼你吧。既然到了这里，就是与这里有缘，虽然你再也回不了家乡，但是让你心安的地方难道不能成为另一个故乡吗？

"我如今来找你，就是告诉你原委。本来不想这么快告诉你这些，但是上天却不给我们时间。因为天火马上就要再次降临。无论你是打算留下与我们共同面对，还是带着你弟弟离开，我都没有话说。只是你要早做决定，晚了就来不及了。因为大巫也只能卜算出天火降临就在近期，再具体就不得而知了。"

直到他离开，我还是留在原地思索。我没想到自己选的归宿之地有这样的变数。到底是去是留，我还要和阿炽商量，但是在我心里，我知道还是想留下来的，我也相信凭自己对抗那所谓的天火应该也不是完全没有胜算，也许这也是桃花他爹所希望的。只是，不知阿炽会怎么想。

当我回去与阿炽说起天火，他果然还是主张离开。

"大哥，天降灾难就说明此处不宜久留，你难道还要为了一群狌狌冒险与天相抗吗，这样做值得吗？"

"我不是为了他们，我是为了我们。我们好不容易找到了一处栖身之地，我不想就这样放弃它。"我还是想尽力说服阿炽。

"大哥，凭你的能力在大荒何处不能栖身，为什么非要窝在这里呢？"阿炽还是觉得难以理解。

"阿炽，我们离开家乡是迫不得已，这里以后就算是我们的家了。大荒处处凶险，并没有一定的安乐之地，在哪里都可能遇到各种困难。眼前这天火确实出人意外，除了这一点，这畴华之野并没有什么可挑剔的。"

"大哥，你是一心陷在这里，所以我说什么都没有用。行，你说了算，你说抗天火就抗天火，你说不离开就不离开，我都听你的。"

"阿炽，"我惊讶于他这么快就妥协了，原本我以为还要跟他讲半天道理。阿炽他总归是我弟弟，我很欣慰。

"好，那就这么说定了，只是天火来时你只管与其他人躲好就行了，千万不要出来，一切都有大哥。"我又嘱咐他道。

"那怎么行？大哥，你是凿火，什么都习惯了一肩担起，我虽然不如你，但也不能只眼睁睁看着，不管怎么样，总比一群狨狨强。"阿炽着急地说道。

"不要总这样说他们，族长早已知道你我身份，他并不简单。"说完，我就把一早桃花她爹跟我说的全告诉了阿炽。

阿炽听完沉默了片刻，然后看着我说："大哥，他这是故意的。"

我听完一笑："不管他有意也好，无心也罢，他这样做无可厚非。阿炽，既然我们决定留在这里，总要出一份力。既然人家知道我们是凿齿，那就让他们看得更清楚一些。"

对于应对天火其实桃花她爹也早做了安排，毕竟之前经历过，并不是完全束手无策。

之后某一天，族长把全族人都召集了起来，当众向大家宣告了天火的事情。果然，大部分族人都没有经历过，一时之间议论纷纷。

族长伸手示意，压下了众人的议论。他站在高台之上，环视一周，缓缓开口道："大家不必惊惶，我早年经历过天火，只要应对得当，并没有什么可怕的。畴华之野是我们的家乡，哪怕天火降世，也必会庇护我们安然度过。大家看看周围，四处重峦叠嶂，就是我们最好的躲避之所。"

随着族长一声令下，最高大的那座山峰山体洞开，原来内里早就被掏空。隧洞里面灯火俨然，一直往深处绵延，想来足够族民避入其中以躲天灾。

众人一看族长早有安排都安心不少，于是听从族长吩咐，纷纷回去收拾随身之物，好早点躲入山中。

桃花听完他爹的话之后，急急忙忙地找到我，连之前刻意躲着我的事都忘了。

"大叔，到时候你千万不要到处跑，跟着我，我们一起跟着爹爹，保管没事的啊，过去就好了。哦，对了，还有二叔。"她心急火燎地反过来安慰我，生怕我对这里有不好的印象，回头又离开。

"我没事。反倒是你一定要跟紧你爹爹，不要让他为你分心。你爹是族长，要照顾一族的人。你早点进入山中，也好让他安心。你大叔这么大的人，可以照顾自己，你就不要瞎操心了。大叔之前说过会留下来，就一定不会离开，你放心。"我看着她着急的样子，用手摸摸她的头发，笑着对她说道。

"我……我没有瞎操心，虽然爹爹今天在台上当着众人的面说天火不可怕，可是我总觉得不会那么简单。要不爹爹不会这么早就防备，做了这么多。你还是和我在一起，我才能安心。这样，明天一早我就来接你，你和我一起先早早避入山中好不好？"丫头还是忧心忡忡地看着我，不停地跟我絮叨。

这样的她真是和之前判若两人，那大大咧咧什么都不在乎的丫头仿佛不见了。我不禁一笑，同时又心生感动，一贯是我照顾别人，现在被个小丫头这样担心，还真有些不习惯。

"小桃花，谢谢你，但大叔还有些事要办，不急。你一向知道大叔的本事的，你放心，大叔一定帮你守住这里。大叔也要拜托你一件事，到时候你把我弟弟，嗯，你二叔带进山中，让他和你待在一起。"

"大叔，你要干什么？"她一听我这么说就更加着急了，"我要和你一起！"

"丫头，你是女孩，女孩最重要的是保护好自己。大叔是大人，要保护更多的人，你赶紧回去收拾东西，有什么话可以问你爹爹。你放心，回头大叔一定去找你。"说完，我不欲再多说，转身要走。

丫头一见劝不住我，只好一把拉住我的衣摆："大叔，你答应我一定要好好的，你要记得我喜欢你，我喜欢你呀！"说着，眼眶都红了。

唉，真是个小丫头，怎么就一根筋呢？我回身抱了她一下："好，好，大叔记住了，记得小桃花喜欢我，所以我一定保护好自己，行了吧。别这样,一哭就更见不得人了。"我帮她把眼泪擦干,又对她说,"你也该对你大叔有点信心呀。没事的。大叔一向说话算数,对不?"

见我实在没有和她一起走的意思,她只好一步一回头地离开,估计是回去找她爹爹了。好不容易看着桃花走了,我一转身,却看见阿炽倚在门口看着我,不禁又感到一阵头疼,一个个都不让人省心。

"大哥。"他刚要开口就被我阻止了。

"我知道你要说什么,你也看到了,族长已经有了安排,天火想来也没有那么可怕。你和桃花一起避入山中,帮着照应一下其他族人,其他的不必担心,也不用做什么。"我拍拍他的肩头,"难道你还不相信大哥吗?"

我当然不能让阿炽插手,万一到时候情况出乎意料,激发了他的凿火之血,那我就后悔莫及了。

阿炽还想说些什么,我一摆手,示意他不必再说,我还要去做些准备,便转身离去。

如此,诸事皆备,族人们也俱已躲入山中。本以为已经到了生死存亡的时刻,人人绷紧神经,只等天火降临。

谁知躲了老长一段时间,什么也没有发生。天天躲在山中毕竟不便,渐渐地,大家开始怀疑大巫的预言,还有人耐不住开始偷偷往外跑。

我和族长留在外面,轮流巡检,谨防有人跑出来。

正巧这一日绕过山头,我远远就看见一个熟悉的身影,正是桃花。

"丫头,你胆子太大了,这个时候往外跑,赶紧回去。"我有些生气。

"大……大叔,怎么是你?你在这儿干吗?"她一见是我也吓了一大跳,有些结巴地说道。

"我在这里就是专门看着你,免得你胆大包天到处乱窜。"

"我没有乱窜,我就是想起来之前你送我的那些小玩意还没有带上,万一天火来了烧了就可惜了。"她讪讪地说道。

我一时无语，叹气道："那些有什么要紧，就算毁了烧了，我再给你做新的不就行了，这也值得你冒这么大的险往外冲。"

"那谁知道以后你给谁做去了呀，要是你看上其他的小姐姐从此以后只给她一个人做怎么办，那我不就没有了吗？"她有些气鼓鼓地说道。

"你这语气变得可真快，"我好笑地看着她，"之前还信誓旦旦地跟我说一定会等到有一天我喜欢你，现在又没信心了？"

"那还不是你老说人家是小孩子，看不上人家。"小丫头还是噘着嘴。

"好了，你不要回去拿了，大叔保管那些东西都没事。而且大叔答应你，在你长大之前都不给其他小姐姐做了，好不好？"我只好哄她。

"真的？大叔你可说话要算话，只给我一个人做，等着我长大。"桃花这下高兴了，扬声说道。

"大叔一向说话算话，你不记得了吗？好了，这下安心了吧，赶紧跟我回去，再不许往外跑了。"我拉过她的手，带着她往回走。

"大叔，你真好。"小丫头高兴坏了，牵着我的手一荡一荡的，往山中走。

"大叔，你说这天火到底什么时候来呀，我在山洞里都要憋坏了。而且还没有新鲜的桃儿吃，我都饿瘦了。"走了一段，她又开始嘀咕。

我还真是挺佩服这小丫头的，开始一听天火要来，火急火燎地要我跟着她赶紧躲起来；现在一看情况可能没那么糟，马上又恢复了原样，心可是真大。而且我看他们狌狌一族都这样，也不知道这是好事还是坏事。

正说着，突然桃花一指天际："大叔，你看那是什么？"

我抬头一看，天际突然出现了一点亮光，随后那亮光逐渐变大。此时天本已昏沉，但那一点光芒却如一支光箭，越来越近，越来越亮，带着耀眼的光和灼人的热，遽然来到眼前，在猝不及防之际轰隆落在地上，立时砸出一个巨大的深坑。然后火一下子腾起来，再向四面八方铺展开去，周遭立成一片火池。

"快走，天火来了！"我连忙护住桃花往山中跑去，还好她本就跑得不远，因此来得及躲避。

安置好桃花之后，我到了外面开阔处查看情况。

此时所有人都已意识到天火降临，只见不断有火球从天而降，带出火星四溅，在地上砸出大大小小的坑洞。族人叫嚷着躲进山洞，看着外面天摇地动。

那高山四周被河流环绕，所以有不少火球从天上呼啸而至，然后砸进河中，水浪掀起，再轰然落下。所幸只有零星火球落在山上。

我在四周仔细察看，看是否有人因天火被阻在了山外，一时并无所获。我心中稍安，因为听族长的描绘，天火之威远远不止于此。

果然，当天完全暗下来后，本该是一片漆黑，可下一个瞬间，就见万千天火如万支羽箭从天到地铺洒而来，条条光线如被人从天上扯下钉入地里，形成一片光瀑，散出无限光芒，刺人眼目。大地仿佛被点亮，到处火舌肆虐，天上地下俱是火光，山上也不能幸免。

透过强光，我看到了族长在高处向我示意，于是仰天长啸一声，化出原身！天地之间突现巨大的半人半兽，钢筋铁骨，双齿嶙峋。

我来到平时平静的河水边，此时水面因为不断砸入的巨石而翻涌不已。

我无视那些飞降的天外之物，缓步走到河中，双掌摊开，全身神力一催，河水随着我的手掌被缓缓抬高；而后我双掌上举，那水便如巨蟒般飞射而出，绕于山体之上，再淋漓落下，如此再三，浇灭山火。与此同时，族长张开屏障，把整座山护住。

我心下大定，缓缓回到岸上，站稳身形，深吸一口气，双掌握拳，再猛然捶在地上。

只听轰隆一声，大地发出悲鸣。随着我身形移动，双拳在不同地方落下，大地的震动轰鸣声越来越大。终于随着我最后一次砸下双拳，大地颤抖着陷落，露出之前早就被挖空的内里。

在我和族长之前的布置中就包括把整个地下挖空，再预备好足够的积土，当然这主要是我的手笔。因此只要我震断几处连接处，大地就能立时凹陷。此时无论大小，所有还在灼灼燃烧的天降巨石都被埋入其中，我再一挥手，之前备好的泥土漫天而起，再齐齐落下，彻底将火种埋葬。

据族长之前的描述，天火从零星而至到呈万箭齐发之势，看似凶猛，但时间却不长，因此我们再撑上一会儿应该就能把这次天火度过去。

凶险之处在于族长的屏障支撑不了多久，这里的地脉十分奇特，我无法撑起屏障保护他们，似乎只有狌狌族自己的族人才能办到，因此我们需要速战速决。

眼看大地上火苗将歇，天上也再没有天火降落，我松了一口气，正准备去山中接应。突然空中骤然又现出亮光一片，我大吃一惊，只见天际天火再次成形，而坠落的方向竟然直指最高的那座山！

我来不及多想，第一个光球已直直落下，砸在屏障之上，激起光波一片，而后屏障剧烈震荡！想来族长支撑屏障此时已到极限，因错料了形势，使大家立时陷入了险地。

只见那巨大的火球接二连三地落下，屏障不停激荡，危如累卵。

我急行几步来到山巅，见族长已跌坐在地，他双手握住那根从来不离手的桃木手杖，神力由此断续发出维持屏障，只是脸色惨白，嘴角血线不断。此时他见我赶来，喘息半天才开口说话："阿守，你来了。"

"我来了，不用担心，"

"阿守，对不住，最后还是要劳累你。"

"族长，我既然选择了这里，就会守护它，你放心，我一定护它周全。"

此时天火还在接连往山顶而来，我站在最高处，仰天而视，凭空生出一股戾气来。为何上天就是与我们兄弟过不去，我们已经躲到了此处，却还是灾祸不断，紧追不舍。

一瞬间我惊觉此时的心情，自己毕竟是凿齿一族，面对困阻，只会遇强更强。还好阿炽不在这里，他若在此处必会血气翻涌，现出原形，那就糟了。

此时已容不得我多想。既然已经避无可避，那就面对！

我怒吼一声，再次化出原身，神力再催，巨大的干与戈应声而现！

那是巨大的盾牌与长戈，是我的双齿所化。这也是我们凿齿一族最强的武器。我们的双齿即是我们神力的凝结，从双齿在外的表征就能看出其人的神力强弱。

但我凿齿一族之所以闻名大荒，被称为最强的战士，不仅是因为在战斗中可以用利齿直接撕碎敌人，更重要的是利齿还可以化为干戈，御敌与进攻兼具，这才是我们在战场上与敌厮杀而立于不败之地的主因。

如今，在这他乡之地，畴华之野，我变化出战斗的形态，誓要与天周旋到底。

我左手干，右手戈，看着昔日的桃源变得满目疮痍，昂首面对漫天火光，巍然屹立。

一个巨大的火球拖曳着长长的火光从远而至，眼看就要落下，但是它被一杆长戈截住，那戈再一施力前推，那火球便滚落山下，掉入河中。

转瞬，又有两颗天火同时落下。只见一面巨大的盾牌被人横举向天，与其中一颗火球正面相撞，发出一片骇人声浪，激起山下河水翻腾；再见那盾牌一斜，火球便掉下山去。而另一颗天火则被那转过来的长戈一戈刺去，正中核心，就见那长戈猛然翻转，火球轰然碎裂，再散下山去。

之后，又有更多火球降落，那人手持干戈，无惧直面。他在山巅方寸之地，磕、挡、挑、刺，进退腾挪，手中二戈不停，在一片绚烂天火中如起战舞，漫天流光都变作他一人鏖战的背景。正如他自己承诺的那样，没有一颗火球能落在山上，自然藏身山中之人也俱安然无恙。

高山之上有一人降世，半人半兽，舞动干戈，与天相斗，庇佑弱小。

这是我后来听桃花他们描述的自己。

只是后来发生的事却并不尽如人意。

三

等到这场天火彻底过去，族人们终于走出山洞欢呼雀跃的时候，桃花他爹，却倒下了。

在应对天火的整个过程中，桃花他爹都不负一族之长之责。从前期的准备，到后来的处理都安排得宜，因此才能保全族人。只可惜，之后发生的意外还是耗去了他的生机。

此时，大家围在他身边，听他交代最后的事。桃花早已哭红了眼睛，紧紧握住父亲的手，仿佛那样就能留住他。而族长却只用手轻抚她的发顶，说她是个傻孩子。我和阿炽也在场，虽然我已见惯了生离死别，但面对这样的场面，还是感到悲伤。

桃花他爹安抚住小女儿，望着站在面前的众人，目光一一扫过四个儿子，最终又回到桃花身上。

"你们不要悲伤，天火降世，我们一族能够得以保全已是万分幸运。这次，幸亏有阿守在，否则我就是我们狌狌一族的罪人了。"说到这里，他坐在地上朝我点头示意，"阿守，我代表全族人谢谢你。"

"族长，不必如此，族长大人耗费全身神力只为庇护族人，我也十分感佩。"说完，我也回了一礼。

他闻言微微一笑："除此以外，我还有一件重要的事情要交代。"他郑重说道。

"我们狌狌一族的传承与他族不同，是由前任族长临死之前才传给继任者，至于谁是继任者就要看天意了，能继承多少也要看天意。大家知道我族的族长一直由我们这一支担任，但现在我有四个儿子，应该挑选谁继承族长之位我也不知。按理说，我应该在这个位置上再待一段时日，等我的儿子们再长大一些，那时再传位继承更为妥当，只可惜，上天不给我这个时间。所以，今日，我就要挑选出那个继承族长之位的人。桃根、桃干、桃枝、桃叶，你们上前来。"

大家一听更为悲切，特别是那四个年轻人，他们眼中含着热泪，围到了族长身边。

"父亲，您放心，无论是谁继承了族长之位，我们都会好好帮着他，看顾好族地，让畛华之野和您在的时候一样。"最大的桃根说道。

"好，好。那我就放心了，桃根你再进前来。"桃根依言上前，族长把手中的手杖搭在他肩上，一阵神力涌动直传而去。可是就像有什么东西阻挡一般，那金色的神光奔涌之后却在桃根身前停滞不前，没有办法传导到桃根身上。

族长尝试再三，终于停手，叹息道："可惜，桃根，你不是族长人选。"

桃根惊讶片刻之后，很快接受了这个事实 "没关系父亲，是谁都可以。"然后把桃干推到了前面。

于是族长将手杖搭到桃干肩上，再次尝试，可惜同样的情况再次发生，桃干也不是那个人。

之后桃枝、桃叶也都上前接受试炼，可惜都没有办法继承神力，成为族长。

到了此刻，大家都惊诧地看着族长，他显然也没有料到会出现这样的情形，喃喃自语道："我狌狌一族的传承方式沿袭至今，从来没有变过，如今这是为什么？"族长沉思片刻，突然一转念，把目光落在了桃花身上。

"桃花，你上前来。"他对着桃花说道。

"爹，你叫我？不可能是我的，我什么都不会呀！"桃花边抹着眼泪，边走上前去。

族长看着眼前的小女儿，她还只是个小丫头，身量都还没有长足。他长叹一声道："爹爹也不希望是你，爹爹只希望你还是个整天只知道吃桃喝酒、无忧无虑的孩子。可是，如今情势迫人，只有试一试了。孩子，神力试炼非同小可，你还太小，要挺住，知道吗？"

"知道了，爹爹！女儿会坚持的！"桃花眼神坚定，小脸上写满郑重。

族长不再多言，再次伸手，把那根桃木手杖搭在桃花瘦弱的肩膀上。可是这次令人惊异的情形发生了。只见那金色神光如波浪般从族长手上涌过手杖，再传到桃花肩头，光芒绽放，之后顺利进入了桃花体内，仿佛欣喜找到了新的主人。随着神力的不断传递，桃花全身都沐浴在神光之中。

族长见状叹了一声"天意"，便不再说话。众人于是明白，桃花将是新一任的一族之长。

传承的仪式还在继续，桃花的小脸衬着神光，渐渐显出了庄严之相。反观族长，却更加见其衰败之色。我一时感慨，想到了自己的父亲。父亲去世之时没有谆谆教导我如何继承壮大凿齿一族，只要我保护好弟弟。

就在我怀想之时，桃花却呻吟出声，只见她额头渐渐渗出汗水，身体也开始颤动，像是已承受不住传承之力。

但是族长却没有停止的意思，他神情沉重地看着她开口道："孩子，坚持住。"

桃花本已咬紧牙关，双眼紧闭，此时听到爹爹唤她，勉力睁开眼睛答道："女儿晓得。"

听了此言，族长欣慰地点头。不知是想尽快结束这煎熬的过程，还是族长已到最后关口，只见他猛然催动神力，那神光陡然一亮，光芒四射，众人眼前一花，耳畔传来桃花"啊"的一声。

等双眼能重新视物后，大家却发现原来的桃花不见了，取而代之的是一位陌生的少女躺在地上。在大家惊异之际，我却迅速脱下外衫给她裹上，再扶她坐起。因为我一眼就看出她就是桃花，长大后的桃花，她有一张我以前亲手雕琢过的脸。

此时本已昏倒的族长也慢慢醒转过来，此刻的他须发皆白，老朽衰败，跟之前判若两人，只有一双眼还是睿智如昔。

他一看桃花如此模样，忍不住伸出手去："可怜的孩子。"我连忙把桃花抱到他跟前，他费力地抬手，再次抚在她的发顶，"她这是因为身体太过弱小，一下子承受不住传承之力，猛然催发了身躯所致。想不到我的桃花竟然是先祖们属意之人，能够得到他们的认可，全然继承了先祖之力，这可是从未有过的事情啊。只是从此以后她必要比旁人更辛苦一些。"

说完族长又把眼光转到我身上:"桃花虽然顽皮,但却是个好孩子。她对你……"说到此处他顿了一下,"无论你怎样决定,都请你能好好地照顾她,无论是以何种身份。"他的气息渐弱,声音已几不可闻。

"我答应你。"我看着他的双眼,说道。

"谢谢……"那只抚在女儿发顶的手终于放下,再也没有抬起。

等桃花醒来已是几日后的事情了。我守在她床边,看她幽幽醒来,缓缓睁开双眼,开口唤我:"大叔?"

此时的她已与之前完全不同,变成了我之前想象的模样。她身量修长,脸庞如桃花般娇艳,眉宇之间更有了一分舒朗大气,眼前的少女已经是一族之长了,只是唤我的模样一如往昔。

"你醒了?有没有哪里不舒服?"我扶她坐起,仔细打量她的神色,除了脸色还有些苍白以外,看似并没有哪里不妥。

她摇摇头:"我没事。爹爹呢?"

她昏倒之后并不知道后来发生的事,我略一沉吟,本来这个消息由她的哥哥们告诉她更为妥当,但是现在他们都不在跟前。

"桃花,你听我说,你现在已经是一族之长了。"说着,我拿起旁边那根桃木手杖递给她,"所以无论发生什么事都要坚强,就像你父亲一样。知道吗?"

"大叔,你说什么我不明白。父亲,父亲他怎么了?"她茫然地接过手杖,焦急地问我。

"你的父亲把全部神力传给了你,他已经去了。"我终究要告诉她。

"去了?什么去了?去哪里了?"她神情慌乱地对我说,见我没有回答,片刻后明白了我的意思,"父亲不会抛下我的,他最疼我了,我要去找他!"说着就要下床往外奔。

"桃花,你听我说。"我连忙扶住她,"你爹爹临终之前最欣慰的事就是找到了你们一族族长的继承人,那就是你。你难道要辜负他吗?"

顺着我的眼光,她看向了自己手中的手杖,终于意识到父亲已经不在了。"大叔!呜呜呜——"她一头扑到我怀里,放声大哭。我拍着她的背,轻声安慰她道:"桃花,不怕,还有大叔。有大叔在,什么都不用怕。"

族长的墓选在临水的一棵桃树下,大家都来送他。桃花虽然还是眼泪不断,但已能勉强克制自己。她站在队伍的最前面,身着族长的长袍,手里紧握住桃木杖,对着已经安放于树下的父亲的躯体,鞠了三下躬。

"父亲,桃花小时候顽皮,总惹您生气,没少让您操心。但是如今桃花长大了,又成了族长,桃花别的不敢说,但一定会和您一样拼尽全力护佑族民,护佑畴华之野。请您放心!"说完桃花跪下,又磕了三个响头,泣不成声。族人们跟在她身后也磕了头,我和阿炽在一旁行礼。之后,族长终于长眠于桃树下。

这次天火之后清点族民,大部分人都因躲在山中得以保全性命,但还是有少数族人在这次灾祸中丧生,应该是因天火降世太突然而没有及时躲避。在安葬了桃花她爹之后,族人们也把他们安葬在桃花林中,相信他们会一起庇佑这片土地。

回去的路上我和阿炽又谈起了桃花的父亲,阿炽当时在山中对她父亲的举动也看得十分清楚。

"没想到小小的狌狌,倒也令人刮目相看。"阿炽边走边说。

"不要小视大荒上的任何族群,阿炽,特别是当他们心中有要守护的东西时,再弱小的生命也会爆发出令敌人胆寒的力量。"

"我知道了,哥。"阿炽点头道,"说起来,这次所有人都见识了你的力量,你这下是想走都走不了了,特别是新的桃花族长。"说完,他看着我一笑。

"不要胡说,桃花她父亲才刚去世。"我加重了语气。

阿炽却还是坚持:"我有没有胡说,日后自见分晓。"

## 四

重建家园的工作也进行得很顺利，虽然桃花是个女孩，但是并没有人对她继承族长之位有更多意见。当她身穿族长衣袍指挥众人时，大家都能按照她的安排行事。当然如果我和她站在一起，这种效果会更加明显。

"大叔，"此时，我们并肩而立，桃花指着远处的一片土地说，"你看，等再过些日子，桃花又会再次盛开。等到了那个时候，这里又会变得和以前一样了。"

虽然人长大了，但她在我跟前却还是像个小丫头，看到她能重新振作，从父亲去世的悲伤中走出来，我也很高兴。但是我知道她终究是与以前不同了，她不再像之前那样缠着我问东问西，也不像以前那样笑得没心没肺。更重要的是，在丧礼之后，我再没有见她在人前落过泪。也许，在那一瞬间，小桃花真的长大了。

"是呀，我相信过不了多久这里就会恢复如初，到时候你又可以再去办桃子节、品酒节、爬树节什么的，不是很好？"听我这样说，她终于笑起来，我们都想起了从前。

"那时候我非要参加比赛，大叔你就给我做了个假人。结果我一上台就露了馅，爹爹让我赶紧下来免得丢人，可是他最后还是把最大最甜的桃儿给了我。"

"大叔，"她转过身来看着我，眼泪终于从眼中落下，"我想起爹爹就忍不住想落泪，可是我知道爹爹一定不想我这样，所以我就强忍着。可是现在没有旁人，大叔你那么强，所以我在你面前流泪也没有关系，对不对？"

"当然，丫头，你在大叔面前还是可以和从前一样，大叔不笑话你。"我拍拍她的肩说道。

她不好意思地吸吸鼻子，又接着说："我现在想起来了，你当时做的人就是我，可我当时却以为是你喜欢的小姐姐，还笑话你。现在想起来这些就像做梦一样。大叔，你会一直留在我身边的，是吗？就像你对父亲说的那样。"

"丫头，你长大了，要相信自己一定能做个好族长，就像你的父亲一样。这一点无论有没有我在你身边都没关系，因为你们的心是一样的。"说着，我又想如从前那样摸摸她的发顶，手动了一下又止住了，"至于我，我既然答应了你父亲，就会成为你最大的助力，你放心。"

"无论以哪种身份？"

"无论以哪种身份。"

"大叔，你还记得我说过的话吗？我说过的话就会算数。但是我现在不会再像小时候那样逼你，因为我现在知道一个人的情意靠逼迫是得不到的，就算眼前勉强得到了也不会长久，只有心甘情愿地给，才能问心无愧地拿。大叔，谢谢你肯陪在我身边，这样，我就还有机会，对吗？"

说完，她也不等我回答，伸手擦干眼泪，快步走向前方的族人们。

时间总是能淡去伤痕，让人重获前进的力量。一段时日之后，桃花的族长开始当得有模有样，虽然有时也会犯错，但是当她施展神力帮助族人时，我在众人眼中看到了敬服。一切都在朝着好的方向发展。

可是意外总是来得令人猝不及防。

这一日，突然有族人来报，说自己在祭拜亲人时感觉墓地有些异样，像是与之前不同，再三思量之后只得挖开一看究竟。结果却令他大吃一惊，原来埋在地里的尸体竟然不见了！

这发现非同小可，凡是家里有亲人离世的都紧张起来，万不得已只有都挖开来查验，结果令人大吃一惊，竟然有许多人的尸体都不翼而飞。

这下子人心惶惶，亲人不能入土为安，活着的人又怎能安心。

桃花也着急坏了，仔细带人查看桃林，看看有没有什么蛛丝马迹能够探得。只可惜这实在是有些为难她，探查了好几日，既没找出尸体失踪的原因，也没有找到丢失的尸体，只弄得她灰心丧气。

之后，又不知道从哪里起了传言，说是因为上次天火死的人太少，上苍生气了，所以夺走了这些人的尸身作为惩罚。还说这些人的尸体已经被上苍带走了，是不可能再找到的。

这传言不知道从何而起，但是很快就传遍了平野，凡是有亲人去世的人都悲痛万分，死去还要受罚，实在不是能接受的理由。

桃花从早到晚忙着查找真相，却一无所获。我安慰她不要过于着急，因为只有冷静下来才有可能找到线索，但是又不得不提醒她，要不要看看自己父亲的墓。

桃花这才回过神来，自己父亲的墓也有可能被动了。她完全不能想象自己的父亲死后还会被人打扰，听我这么一说才猛然醒悟，六神无主地看着我："大叔，我有点怕。"我知道她在恐惧什么，因为如果真的有什么发生，她怕自己会承受不起。

我双手扶住她的肩，低下头看着她，说道：'有大叔在，不怕。"

于是我和她决定悄悄地去做这件事，这样无论结果如何都可以先对众人隐瞒。

晚间，我们来到了墓前。我先把四周好好探察了一番，并没有发现什么异状，脚印是有，但是都很正常，没有特意用力加深的印记。如果要动这座墓，一个人显然是不够的，需要几个人合力，但是现场并没有留下几人一起合力挖墓的痕迹。

不错，我自始至终都认为这些事情是人为的，根本就不存在什么上苍把尸体带走的可能。这么说的目的只有一个，那就是阻止人们去继续探察尸体失踪的真相，而这个传播谣言的人很可能就是偷尸体的人，或者是其同伙。

平野谣言四起，也暴露了一个重要信息，那就是这个人或者这一伙人就在族人中间，就在这里，并没有离去！

当然这些都是我的想法，还不到跟桃花说的时候，等我有了确凿的证据，这个人就跑不掉了。只是眼下还是要先确认桃花的父亲是否安好。

我们一起打开土封，墓葬的内里露了出来。里面是用一整棵桃木做的大盒子，是我专门为她父亲做的。桃木盒的封盖非常沉，而且我还设置了一个复杂的机关，一般人不可能打开，桃花的父亲就被安放在里面。

到了此时桃花已然不敢看了，我一看封盖的机关已经破坏，是被人强力弄开的，不免暗自心惊，已有了不好的预感，但还是心存侥幸地推开了封盖。

里面空空如也。

见我半天没有出声，桃花终于忍不住转过身来，当她一下子看到盒子里面什么都没有时，顿时崩溃了。

"父亲！爹——谁把你偷走了？谁？！我要……我要杀了他，对，我要杀了他！"桃花的眼神开始错乱，神力在周身游走，手杖上发出刺眼金光。自她继承族长之力以来，还从没出现过这样的情形。

我一把握住她的手："桃花，冷静！"

"我冷静不下来！大叔,他们偷走了我的父亲！"桃花泪流满面，手中金光更盛。

"桃花，你必须要冷静，只有冷静才能找出你的敌人，才能知道他们的目的。"我按住她的肩膀，沉声对她说道。

"敌人？目的？"听到我的声音，她终于镇定了一些，尽力思索。可是过不了一刻，她抓住我的手，痛苦地摇着头说："可是大叔，我想不出来！我不知道谁是我们的敌人，他们又有什么目的！我真是傻！"说完忍不住用手猛地捶头，痛哭失声。

我忍不住把她抱入怀中，制止她的动作："桃花，你还有大叔，大叔会帮你的。你放心，大叔一定帮你找到凶手。"她像个孩子似的趴在我的怀里痛哭，边点头边喊大叔。我抱着她安慰她，就像她小时候一样。

渐渐地，她终于冷静下来，我用手帮她轻轻擦去眼泪，心中暗下决心，一定要为她尽快找到凶手，绝不轻饶。

"桃花，不要难过，先把这里整理好，不要让人看出异状。"

桃花从我的怀抱里离开，点点头，和我一起动手把墓地恢复原状。

"大叔，幸亏有你在，要不我真不知道怎么办才好。"桃花眼眶通红，勉强说道。

"你已经做得很好了，只是现在情况特殊，你还要做得更好一点。现在最重要的是不能让族人看出异常来，否则会对他们打击更大。告诉大叔，你能做到吗？"我狠狠心对她说道。

"我知道了。大叔你放心，我能。"

"好孩子。"

把桃花送回去之后，我回到家里，却发现阿炽还没有睡，他在等我，

"阿炽，你怎么还不休息？"

"大哥，你不也还没有休息吗？"阿炽给我递过水来。

"出了这么大的事，桃花累坏了，我总要帮她。"我喝了一口水，说道。

"那，你们找到线索了吗？"阿炽问我。

"还没有，疑点甚多，都还无法解释。"

"哦，跟我说说吧，说不定我能帮上忙。"

"比如凶手到底为什么要偷族人的尸体，偷走了以后又放到了何处？还有是如何做到现场毫无痕迹的？这些都令人不解。"

"确实令人费解，大哥，你早点休息，别把自己累着。其实照我说，这事说到底也没有什么大不了的，只是丢了尸体，又不是丢了活人。一群狌狌，这么折腾。"阿炽不以为然道。

"阿炽，不要这么说，我们已经和他们生活在一起了，不分彼此。之前天火降世，族长为庇护众人而牺牲，你不是也很感佩吗？如今众人的尸体失踪，当然要尽力追回，否则怎样祭奠亡人，安慰生者。何况，这人竟然能够这样神不知鬼不觉地偷走尸体，日后难保不会再次作恶，所以绝不能轻纵。"我正色道。

阿炽见我如此说，也就没有反驳，只是说道："那族长确实有些神力，尸体被盗了小桃花肯定伤心。"

"嗯，你是怎么知道族长的尸体被盗的？"我疑道，有关族长尸体被盗一事，我并没有明说。

"大哥，你刚刚自己说的呀，众人尸体失踪，又特意提到族长

功绩。"阿炽一愣之后，答道。

"阿炽，你实话跟我说，这些事是不是你干的？"我突然问道。

"大哥，你说什么呀？我怎么会去做这样的事？"阿炽吃惊地看着我。

我沉吟片刻，开口道："本来我也不相信是你，但是这畴华之野，凭一己之力能搬动族长大墓的除了我就是你，而且我之前设置的机关也被人强力破坏，你又始终对他们一族十分轻视，不由得我不做此想。但是……我实在想不出来你这么做的理由，现场又没有脚印痕迹，你化出原身施力不可能不留下深深的脚印，所以但愿是我猜错了。阿炽。"

说完，我看着他的眼睛，不想从中看到逃避与躲闪，因为我实在不愿意怀疑自己的亲弟弟。

阿炽听我这样说，也直直地看着我的眼睛："大哥，既然你这样说了，那我也明明白白地告诉你，我是瞧不起他们，觉得你为他们付出太多，我为你不值。但是，这件事不是我做的，我没有这样做的理由。"

"真的？"

"真的，大哥，你相信我。"

"好，大哥信你。阿炽，无论你要做什么，只要有你的理由，大哥都会帮你，但是无论如何你不能骗大哥，否则大哥会很失望，你知道吗？"我郑重地对他说。

阿炽点点头："知道了。"

虽然阿炽确实有作案的能力，但是我找不到他这样做的理由，如今又听他这样认真地答复我，我相信这些事不是他干的。他毕竟是我弟弟，应该有凿齿一族的骄傲。

· 五 ·

于是，第二天我和桃花又到处探查。

我暗自推测族人内部作案的可能性不大，也没有动机，最有可能的就是外族之人。

畴华之野地势隐蔽，外面云遮雾绕，一般人很难找到入口，并且族中本就有人时刻巡防在外，一有外人进入就能马上传信，但是除我和阿炽之外并没有再听到有外族之人进入的消息。难道是因为之前天火降世，有人趁乱闯了进来，隐藏在我们之中？

阿炽倒是知道一条进出的密道，是他无意中发现的，所以之前他才能进出自如。但自他告诉我那条密道后，我已经将密道的位置告诉了桃花，她也派了人看守，所以应该不会有疏漏。

思来想去还是天火那几日有人趁乱而入的可能性更大一些，所以我们加强了山中隐蔽之处的巡查。虽然暂时还是一无所获，但是在此之后，也再没有发生尸体失踪的事情。

接连几日都风平浪静，我还是每日到处巡逻，希望可以找到蛛丝马迹，起码先找到那些失踪的尸体以告慰族人。

可就在我一日晚归回家时，竟然发现阿炽不见了！同时，我还察觉到一丝不同寻常的气息，那是同族的气息。除了我与阿炽之外，还有别的凿齿潜了进来

我大吃一惊，不知发生了何事，难道是叔父背信弃义，劫走了阿炽？似乎不太可能，毕竟上次见面之后话已说尽，怎么会突然反悔。不管怎样，我急速循着气息而去，再次来到了熟悉的地方，那棵雪松之下。

远远看到雪松下站着几个人影，他们手中干戈并举，正是凿齿！

其中一人的长戈指向树下绑着一人的喉间，我一看之后胸口一紧，那人正是阿炽！

那几人见我到来也并不慌张，看来是专程等我的。

"凿火，你终于来了，我们等你很久了。"为首一人说道。

"你们是从雪乡而来，是叔父的人？"我一边缓缓靠近，一边问道。

他们一共六人，并不是不能对付，但要把握好时机。看着阿炽虽然像是昏迷，但是没有外伤，可先与他们周旋，我暗自盘算。

"你不要再往前了，就停在那儿！"那人又开口说道，"不错，

正是族长派我们而来。"

"派你们来干什么，为何抓我弟弟？"他们称我为凿火，看来是因为叔父还没有告诉他们我的真实身份，但是为何又要抓住阿炽，之前明明已经放过他了。

除非他们根本就不是叔父派来的，而是其他势力。可是我并没有听说在大荒还有其他部族的凿齿存在，这些人的来历实在是蹊跷。我虽然对他们的身份有所怀疑，但此时阿炽在他们手里，只得忍耐。

"为何？"那人闻言哈哈笑道，"为了凿火你呀。你可知道我们为了找你费了多少工夫，要不是天火降世也难得进来。你躲在这世外之地隐姓埋名，不是浪费了大好天赋，值吗？"

这些人的口气竟然与阿炽一模一样，倒是凑巧。

我闻言只是笑笑："浪不浪费的不劳你费心！"一个心字刚出口，我趁其不备猛然上去抓住了离我最近的一人，然后用手扼住他的喉咙。

"怎么样，现在再好好谈谈？"我对着那个用戈指着阿炽的人说道。

他们显然也没有想到我会猝然发难，转眼就落了一人在我手中。

那为首之人一愣之后，说道："真不愧是凿火，难怪族长对你忌惮至今，所以派了我们兄弟前来。我们来此的目的也很简单：族长说了你既然不肯为他所用，那就把双齿留下。一来免除后患，二来凿火的双齿世间难得，我们要带回去。"

此话一出，我更加怀疑他们不是叔父派来的，叔父早就知道我并非凿火，不会为了我的双齿派人千里而来，而且如果要凿火的双齿，上次就不会放过阿炽。

双齿是我们凿齿一族的象征，特别是凿火的双齿，因为神力巨大，握在手中就是世所罕见的神兵，战场杀敌的杀器。只是失了双齿，凿齿也就丧失了神力，所以我们一族把双齿看得无比珍贵。

我的双齿虽然比不上凿火，但是在不知内情的人眼中也确实可以冒充一二。只是这帮人口口声声说是奉了族长之命，到底是想干什么，看来是他们的身份见不得光。

"如今你们也有一人在我手中,还想提条件,是不是过分了?"我说着手里紧了紧,那人顿时涨红了脸。

为首之人一见,并不搭话,而是向后做了一个手势,持戈之人把戈也往前递了一线,一缕血丝顿时从阿炽喉间流了下来。

"我们要是完不成任务回去也会被处死,性命本来就不在自己手中,你想怎样随便。但是凿火,你的弟弟就不一样了,你可要想清楚。"那人沉声说道。

我看到阿炽受伤,立刻心中一疼,他说得没错,阿炽就是我最大的弱点。

就在我沉吟之际,阿炽因为受伤却醒了过来,一见我就在眼前,忙开口唤道:"大哥!这是怎么回事?"说着开始用力挣扎。但是持戈之人手一动,喝道:"要想活命就别动。"我连忙制止他:"阿炽,别动,大哥会救你的。"

"大哥,这到底是怎么回事?"阿炽一脸茫然地看着我,"他们是谁,绑着我干什么?"

"我们是族长派来的,为的是取你兄长的双齿。"那为首之人答道,"跟你一次说清楚,免得你话多。"

阿炽一听果然更加激动了:"大哥,我就说他不是什么好东西,你偏不信!你看,过了这么久隔着这么远,他还是找来了。大哥,你早听我的取而代之,又怎么会有今天的局面!"

我心知不是叔父派的人,但此时并不是说明的好时机,何况我也不能告诉他真正的原因。

正犹豫间,那为首之人却不耐烦起来:"凿火,你到底是怎么想的,你要是想不明白,我们就帮帮你。"说着月戈猛然在阿炽胸前划了一道,鲜血顿时涌了出来。阿炽"啊"的大呼一声,又看着我喊了声"大哥"。

我脑子一炸,再也不能思考,实在是不能眼看着阿炽受这样的折磨!我没有了双齿不要紧,但阿炽绝不能有事!想到这里我一咬牙:"住手!我给你们就是。"

那人闻言止住动作,但那戈又回到了阿炽的喉间。我一看再不迟疑，怒吼一声化出原身，两颗利齿现于眼前，寒光一闪。一时间我看到所有人的眼睛都亮了。

我一手握住其中一齿，神力一催，用力一拔，浑身一颤，那根利齿齐根而出，鲜血淋漓，半身赤红。

一齿离身，我顿时感觉到浑身神力从伤口处奔涌而去，不可遏止。身体陡然一软，我单膝跪倒在地。我抬头看向阿炽，他眼中流露出不舍的神色，张了张嘴，却什么都没有说。

于是我缓过一口气，重新站起，颤抖着伸出手去，准备再拔另一颗。

突然我听到了最不可思议的声音——"住手！"那是阿炽的声音，然后就见刚才还持戈以对的人马上上前去给他松了绑。

"阿炽？"我不敢置信地看着阿炽过来扶住我，身体却仍然忍不住发抖。哪怕我心里有过一丝怀疑，但是仍然不敢相信自己的眼睛。

"阿炽，这些，都是你安排的？你骗我？"我气息不稳地问他。

他眼神闪避，不敢正视我。但我岂容他躲闪，直直盯着他，再问一声："阿炽？！"

终于他一梗脖子，回道："是！"

顿时我觉得一片天旋地转，随神力奔涌而出的鲜血冻结，胸口冰冷。

"为什么？"我推开他的手，往后退了一步，看着他，我的亲弟弟，又问了一句，"为什么？阿炽！"

"为什么？大哥，我已经说过很多遍了，我不喜欢待在这里和一群狌狌生活在一起，我也不想你待在这里。我们的家不在这里，它在北方，在雪乡，我要回去！你非不肯，那我就只有自己回去！"阿炽大声对我说道。

"回去？"我笑起来，用手擦去嘴边鲜血，"你不是要回去，你是要去当族长，你不甘心隐姓埋名生活在这里，这才是你真正的目的。对不对？"

"大哥，你！"阿炽似是吃了一惊地看着我，但转眼露出了桀鹜的神情，与以前判若两人。我吃惊地看着他，怀疑眼前之人不是我的弟弟，或者说我本就从没有认清过他。

"你说得没错！大哥，你是父亲的儿子，我也是父亲的儿子。你能继承族长之位，我为什么不可以？就因为你是凿火？可是你看看你的样子，哪里有半分像凿火？你根本配不上这个称号！"他大声指着我说，转而又回身拿起了我刚断的那颗牙，"只有我，我才是最应该继承凿火之血的人！只有我才能带领我们凿齿一族横扫大荒，裂土称王！那个人算什么东西，也好意思坐在族长的位置上，那里只能是我们一脉的座席，其他人胆敢尝试，我就让他死！"说完，他挥动利齿，催动神力，那利齿便应声化为长戈，寒光闪耀，就像我曾经挥舞的那样。

"只要我有了它，是不是凿火又有什么关系？我有凿火的利齿，我就能变成凿火！"他挥舞那柄长戈，得意地笑起来，难以抑制的笑声显示了他此刻是何等的高兴。

我却闭上了眼。

"大哥，你怎么了，不想看了？我知道你是为了我好，可是你的好桎梏了我，我想要振兴我们凿齿一族有什么错？要是我早当上族长，那什么金翅鸟族怎能在东方称帝？帝俊又算得了什么？好在现在也不晚，我终于得到了我想要的！"

他又靠近我，缓缓说道："大哥，我还要告诉你一件事。你不是一直在查那群狌狌的尸体吗？其实你猜对了，就是我做的。意外吗？可惜你还是错信了我。

"那是一群狌狌，当我第一次意识到这一点时，是那次参加什么婚礼，我一眼就看中了他们身上最有价值的东西——皮毛。只要剥其皮披于身就能如他们一般飞上纵下。你也知道我们一族身体沉重，虽然力大无穷，但是在隐匿刺杀方面总是欠缺。

"虽然你身为凿火看不上这小小的技能，但是我不一样，只要是能帮助我变强的东西我都不会放过。只要有了这身皮毛，我就能把那个霸占族长之位的人杀死，再不会像上次那样失手。"

我听着他的话，看着他恣意的模样，终于意识到自己错得有多离谱。

他的心思、他的计谋、他的手段，我全部一无所知，所以我哑口无言，我甘心认命。我只是觉得可笑，不知道自己一直以来做的，坚持的，到底有什么意义。所以接下来无论他说什么，我都不会吃惊；他要怎么处置我，我也不惊讶。

果然，他又接着说道："本来我一来就想动手，可是你看得太严了。大哥，你为了别族真是尽心尽力，害我迟迟找不到下手的机会，所以我才答应你留在这里，为的就是等待机会。

"还好，天火来了，这天赐的良机我岂能错过。其实说起来，我已经为他们考虑了，等他们死后才动手，而不是直接杀了剥皮。就像现在，我也不忍心再断去你一齿一样。

"大哥，我知道你现在只剩一半神力了，要是再断去一齿就如废人一般，说不定就活不长久了。我是你的弟弟，怎么忍心你落到如此境地，所以我只要有这根长戈就够了。"说完，他又一挥长戈。

我麻木地听着他说话，听到此处，抬头看了他一眼："哦，这么说，我还要谢谢你了？"

他却激动起来："大哥，你别这样，要不是万不得已，我也不想走这一步，都是你逼我的。我早就向你表明了心意，你非不听，走到如今这一步，这难道全都怪我？难道你就没有一点责任？大哥，你太善良了，你简直不像我们凿齿一族的，更不用说当凿火了。如今我有了皮毛，再加上你的利齿，我就是凿火。所以大哥就安心卸下你的担子，弟弟我帮你扛。"

听他把话说到此处，我看着他，是我错了吗？也许吧，我错在把他看得太重，错在以为凭一己之力就能够改变他的命运。但是我已经错了开头，那就坚持错到结尾吧。那个秘密，我会让它成为永远的秘密。

"对了，你是不是很奇怪，为什么你查了半天都没有线索？"他又笑起来，"那是因为我们每剥一张皮就将其披在身上，果然身轻如燕。我们攀附在藤蔓之上倒垂而下，再去打扫痕迹，地上当然什么都不会有了。所以这小小的皮毛可真是作用不小，我现在就要再去剥些来。至于你，大哥，你就在此休息，你刚刚失了一齿，不宜动武，就留在此处吧。"说完，他把刚才捆绑自身的绳索取过来。

"阿炽，你！你不能这样做！"我万没有想到他竟然敢来绑我。

"大哥，你不要激动，我只是想要你在此好好休息一下，不会再伤害你的。我知道你现在肯定恨死我了，但是事情我已经做了，我也不后悔。

"大哥，我知道你喜欢这里，那以后你就留在这里好了。我现在再去多取几张皮子，你放心，小桃花我会给你留着。毕竟她那么喜欢你，你对她也未必没有……算了，现在说这些已没有什么意义了。

"大哥，从此以后我们都不会再见面了吧，我也没脸见你。说到底，我们的想法不一样，注定了走的路就不一样。那么，大哥，就此别过了，弟弟走了，你保重。"

说话间，他已经把我绑在雪松上，然后又退后看了我一会儿，再一转身，带着那些人飞纵而去。

我心中已经没有什么感觉了，也许心疼到麻木就感觉不到什么了。但现在却不是想这些的时候，我必须要去通知桃花，让她早做应对。

我的神力消耗过大，好不容易才挣脱了绳索，快步往桃花的大屋而去。希望一切都还来得及……

我隐身在桃花的大屋里，看着阿炽带着他的人步步逼近，他们手里还拿着几张粘着血的皮毛。而这边桃花尽量收拢族人在其身后，身着族长仪服的她，手持桃木杖站在最前面，寸步不让。

阿炽轻笑着走上前："小桃花，你让开，光凭你有什么用？连大哥都挡不住我，你又能怎样？"

桃花闻言，把嘴唇咬得更紧，紧握住那根手杖，横在身前："你是个坏人，亏大叔对你那样好，你却狠心伤害了他！还有我的父亲，我的族人，你让他们死后都不得安宁，我不会放过你的！"

"你要怎么不放过我？就凭你一个人怎么对付我们这么多人，嗯？"说着，阿炽一挥手，那几人瞬间化出原身，猛扑上去。

桃花见状催动神力，瞬间光涌了出来，金光璀璨，化出屏障护住众人，一如她的父亲那样。那金色屏障坚不可摧，牢不可破，任阿炽等人怎样攻击都丝毫无损。

终于，阿炽见此情形，拿出了我的利齿，再一催动，化作了长戈。他提戈在手，猛地刺向那屏障，只见屏障急速收缩，震颤不止，眼看就要支撑不住。

桃花的脸色惨白，步步后退；阿炽却笑意更盛，步步紧逼！

就在这万分紧急的时刻，猛然传来"砰"的一声巨响，只见一面巨大的盾牌出现在桃花手中，挡住了那杆长戈！

"大哥！"阿炽一看大喊一声，恼怒不已，因为那正是我的齿，我的盾！

也就在干戈相击的那一刻，巨大的神力反噬到我身上，我感到心房一阵振动撕扯，疼痛再难忍受，猛地吐出一口血来，于是知道自己的心，碎了。

外面两人还在相抗，阿炽显然气疯了，大喊道："大哥，你在哪儿？你出来见我！想不到你竟然肯这样帮这群狌狌，你真是疯了！枉费了我的好意！大哥，我知道你在这里，你出来见我！"

我已没有力气再回他，我从来不知道原来干戈相对的后果是这样痛苦，比我刚才忍痛又拔了一齿给桃花还要痛苦百倍。想来我是凿齿一族中第一个、也许也是唯一一个这样做的人。上天赋予我们凿齿一族双齿，化为干戈本该一致对外，对准自己的敌人，而绝不该彼此相对。因为一旦干戈相向，原本同源的它们神力激荡，互相冲击，只会一起损害本源，反噬己身。也是我实在太傻，没有办法同时保全两方，结果只有让干戈相对，以性命作结。

我现在唯一能做的，只有咬牙坚持，让那面盾牌再坚固一些，再支撑得久一些，挡住那杆戈，那杆同样来自我骨血的利器。

阿炽见无法攻克那面盾牌，终于收回了手中的戈。他向周围看了一眼，扬声说道："大哥，我知道你在这里，我也知道你不想见我。那我就看在你的面子上放过他们。大哥，我走了。以后你就留在这里，我们自此再不相见！"说完，阿炽带着他的人，终于转身而去。

我透过窗子看着他的背影,知道他说的是真的,不管以后他再用怎样的筹谋去对付叔父,不管以后他知道自己身为凿火的身份去纵横驰骋,也不管以后他几次化身后神力衰竭命数不永,都不是我能见到的了。

我能见到的最后风景只在今日。

桃花在我身侧哭得不能自已,我费力地抬起手抚了抚她的发顶。

"傻丫头,别哭了,你做得很好。大叔相信,以后没有大叔,你也能做得很好。

"大叔这一生也不知是对是错,拼命想守护的最终也没能守住,只如笑话一场。但是最后保全了你们,大叔觉得也很好。

"桃花,你是个好姑娘,不要为大叔伤心。大叔把这面盾留给你,你要是想大叔了就拿出来看看,要是还有人敢欺负你们,你就拿着它保护大家。就像大叔还在你身边一样,你说好不好?还有,大叔把这凿齿之牙炼化的粉末也留给你,它是上好的灵药,可以救急,也可以让木头人变得像活人一样。就像大叔以前做的那个,你还记得吗?那时候大叔才到畴华之野,碰上了你要去抢桃子……"

我已经不太说得出话了,风吹过,又有桃花落下,落在我的脸上、身上,似轻舞,又似轻叹。

我伸出手,想要接住一瓣,但它们又从我的指尖滑落,随风远去,不肯停留。

但没有关系,想必之后我就可以置身于这片桃林之中,永远地,安详地,再不被人打扰地安睡。

六

太一和羿坐在大泽之畔,听男子讲了这样曲折的一个故事,直到那人讲完,两人仍然久久沉浸其中,默然无言。

"那之后呢,狌狌一族怎样了?"太一忍不住打破沉默,想知道那畴华之野的族人后来如何了。

可是那男子却再不搭话,仿佛陷入了沉睡。迎面却走来了刚才的那位姑娘。

"我来告诉你们后来怎样了。"那女孩右手一挥，一根桃木杖凭空而现，转眼整个人也变了样貌，从之前的小女孩变成了一位芳华女子。她身着仪服，手持木杖，站在那男子身边。

"你就是桃花族长？"太一惊讶地问道。

"不错，我就是桃花，狌狌一族的族长。"桃花说完，转身对着那男子蹲下身，轻轻说道，"大叔，你终于等到了听你讲故事的人，给他们讲我们的故事，你开不开心？你说我要不要把齿粉给他们？"

那男子却不答话。

"大叔，如果你在，你会给他们吧。毕竟他也是要去救一个能庇护他人的人，就像你一样。"桃花接着说道。

"桃花族长，恕我冒昧，眼前之人……"太一一听到桃花的话，忍不住问道。

桃花转身，眼中有泪光闪动，眼泪却始终没有落下。

"这是我做的大叔的假人，大叔走了之后，我做了无数个，这是最成功的一个。而且我还学会了模仿他的声音。"

原来如此。

"大叔一直庇佑着畴华之野，我想他也一定希望一直看着它无恙。"说完，桃花挥动木杖，漫天翻卷的乌云渐渐退去，汹涌的大泽也慢慢平静，露出了真容。它就像一面镜子，倒映出周围的山水、桃林，原来这里就是畴华之野。

"这大泽是由大叔留下的盾幻化而成的。要是不怀好意的人闯入，这里就会一直阴雨连绵，大泽水浪翻滚，让人看不清深浅，不敢轻易试探，自然也不会有人想到畴华之野就藏在其中。"

"确实是个很好的隐匿之所，但是你就这样把这些告诉我们，还要把齿粉给我们，是不是太轻易了些？"羿对着桃花说道。

"他之前说的打动了我，"桃花指着太一说道，"而且我看到了你们的箭，还有那金色的羽毛。你们是金翅鸟族对不对，没有其他任何羽族能有如此明亮璀璨的羽毛，能仅凭一羽就破开幻化的雨雾。所以你们是凿齿的对手，是那个恶人认定的对手，对不对？！"桃花激动地说道。

没想到竟然露了形迹。两人对视一眼,太一踏出一步,说道:"不错,我是金翅鸟族,我知道你的意思。我们的族长为东方称帝,神力无边,不是任何一族能够挑衅的。你放心,只要他敢来,我们必让他有来无回,为你报仇,为大叔报仇。"

"好,好。我总算是等到了。我们狌狌一族力量有限,我不能去找他报仇。但是你们可以,我把剩下的齿粉都给你们,希望你们记住今天的话。"

"谢谢你,桃花。"

太一和羿走出群山之后,太一招来了鸿雁,把那一小包粉末系在鸿雁的脚上,看着它往东飞去。

"怎么,还在想邪凿齿的故事?"羿见太一若有所思,问道。

"是。为什么世间会有那样的兄弟呢?哥哥为了保护弟弟,用尽了所有的办法,最终却落得那样的结局,真是令人惋惜。"太一叹息道。

"是呀。"羿也叹了口气,接着说道,"有时候情意就像一层纱,蒙住了人的眼睛,让人看不真切,掩盖了其下的真相。那做哥哥的最大的悲哀就是没有看清楚自己的弟弟,或者他看到的一直是自己以为的弟弟。但是这和你没有关系,不要这样,打起精神来,要知道你拥有全大荒最好最厉害的哥哥,人人都羡慕不已。"羿打趣道。

"嗯,你说得对。"太一一想起自己的哥哥,立刻振奋了精神,"我还要去给哥哥找药,不能在这里耽搁了。"

"这才对嘛。"羿拍拍太一的肩,和他并肩而行,声音越传越远。

"太一,我有没有跟你说过,你也是整个大荒最好的弟弟。相信我,以后也会有无数的人羡慕你的哥哥。"

"你别开玩笑,我哪有你说得那样好。"

"没骗你,说真的,干吗不信?哎,你走慢点儿,等我呀!"

此时,在他们前行的远方,在他们视野所能及的尽头,在大荒的极西处，自古横亘的莽莽群山却悄然有了变化。

早已死去的漆黑火山突然苏醒，它们一座接一座地活了过来。

开始是地底发出隆隆的声响，像是奏响鼓乐，告知所有的生灵即将有大的变故到来。接着火山喷出漫天的烟尘，遮住天幕，席卷大地，让整片大地彻底变了模样。最后，它们就像终于抑制不住内心的喜悦，熊熊的火焰从山体喷薄而出，直冲天际，如礼炮轰鸣，震动四方。

炽热的岩浆从山顶席卷而下，一路跃动，燃烧，冲入其下冰冷彻骨的汪洋之中。冰与火交融，冲撞，谁也不能将对手征服，于是在从来没有生命的水中竟然冉冉长出了大树，那树上长的不是绿叶，而是火焰！就像一面面旌旗，又像一支支火把，在水中熊熊燃烧，不熄不灭。

在火山、弱水环绕之中的重重群山也终于逐渐露出了真容。

那是真正的与天平齐的山，被称为天梯的山，传说只要有足够的勇气和力量就能从这里一步一步登上天去，去领悟天意，聆听天谕。

那层层的高山重叠而上，共有九重，从东往西延展而去，其中珍宝、异兽无数，也有无数的神人隐身其间。

这里是整个大荒最神秘的山系，是无数人向往的光明之山，传说中的不死药给人以生的希望；这里也是传说中生命的终结之处，有着大荒至黑至暗的所在，一旦惹恼了这里的神灵，就会落入万劫不复的深渊。这里是时间与空间转化的地方，这里是生存与死亡共存的地方，这里是东方之帝的光芒都照耀不到的地方。

这里是昆仑！

对于昆仑，太一和羿都听说过，但是众说纷纭，莫衷一是，于是两个人开始把自己所知的拼凑到一起。

"我所知的昆仑，光明与黑暗皆由烛龙掌握。他是一位真正的大神，原身为人面赤蛇，身长千里，住在钟山之中。他睁开眼，天地就是一片光明；他闭上眼，万物就陷入黑暗。他呼一口气，大地马上大雪纷飞；他吸一口气，气候又会变得酷热难忍。在大地混沌未开的时候，他口含'火精'夹到幽暗的北地，亮光刹那间照亮了大地，一直照入阴暗的九泉之下。他不饮、不食、不眠、不休，虽然常年蜷曲不动，但其实其影响无远弗届。"太一先开口说道。

"那我知道的就和你不同了。我知道的昆仑诸山以西王母为尊，她神力无边，身边有三青鸟为她传递消息，手下有十巫供她驱使。十巫在各山上采集仙草、美玉，最后交到她手中，她再将其与不死树的果实混合，最终炼成不死药。这不死药可令人死而复生，乃是天下第一奇药。只要有此药在手，天地间就没有什么可惧怕的了。"羿兴致勃勃地对太一说道。

"我当然知道，我来此的目的就是为了向西王母讨得不死药。只要有了不死药，相信哥哥无论得了什么病都不要紧，所以无论如何我也要拿到手。"太一眼神坚定地说道。

太一和羿从畴华之野出来后，便一路向西而行。此时他俩站在昆仑地界之外，看着眼前这不可思议的奇景，极为动容，但是都没有后退。

"既然我们目标一致，那就闯它一闯！"羿眉头一扬，对太一说道。

"好！"太一大声回答。

"既然我们有十足的信心、百倍的勇气，那么相信无论怎样的艰难险阻都不能使我们屈服，对不对？"羿又大声说道。

"对！"太一回应。

"那么首先有个小问题，我们要谋划一下，到底怎么进去？"羿对着太一一摊手。

太一：……

此时的昆仑山中，西王母缓步来到钟山脚下，先施了一礼，然后对着山中说道："九阴，对不住，又来打扰你。我想告诉你，那个人怕是保不住了。"

半晌，山中传来隆隆的声响："阿瑶，你不要太过分，你敢动他一下试试！我掀翻你的昆仑山！"

西王母听到这话并不气恼，仍然平静地说道："我们之间的赌约是你输了，愿赌就要服输，难道你输不起？"

"我是输了赌约，但是没有赌上他，这与我们开始约定的不一样，我不认。"那个声音加重了语气说道。

"我就知道会是这样的结果。"西王母还是没有动气，又接着说道，"九阴，我这次来是想告诉你，既然你不服输，那这样，我们再开一局。想来你也知道了，山外来了两个人，两个不一般的人，其中一个是据说会改变昆仑甚至是整个大荒的人。我们就以这两人作赌，赌一赌这传说中的人能不能改变我们所有人的命运，赌一赌昆仑、大荒的未来，可好？"

那个声音沉吟了一下，回道："我和你赌。"之后就是一片寂静。

西王母又等了片刻，见没有回音，飞身上了山巅。她遥遥望着那两个还在昆仑之外东张西望想办法进来的人，无声地叹了口气，然后转身，就此失去了踪迹。

（未完待续）

# 跋

《裂山海》终于与大家见面了，撒花！

从名字就可以看出它与中国古籍《山海经》是有一定联系的，但并不全是《山海经》中的内容，其他神话中的人物在本书中也有登场哦。

说起《山海经》就不得不提起我喜欢的中国神话，它虽然不太成体系，但正是因为其中遗漏的空白才让后人有了发挥的余地，才有了之后许许多多的故事演绎。

它的精彩与博大总令人沉醉。

于是就有了这个系列。

没错，这是个系列文，时间线会蔓延得有些长，那是因为我的脑子里总会有情节来回跳跃，让我时不时停下现在进行的故事，去讲一些别的时空发生的事情。当然，它们彼此之间是有联系的。

所以请大家看文的时候耐心一些，我也会在每章的前面标明纪年。

不过这个过程也蛮有意思的，就像一幅拼图，慢慢拼凑最后成形。

好啦，所有想说的话都在文里啦。

希望我写得高兴，你们看得开心！

我们山海再见！

流水

### 图书在版编目(CIP)数据

裂山海／流水著.—武汉：长江出版社，
2021.11
ISBN 978-7-5492-7906-7

Ⅰ.①裂… Ⅱ.①流… Ⅲ.①幻想小说—中国—当代
Ⅳ.①I247.5

中国版本图书馆CIP数据核字(2021)第186480号

本书由流水委托天津漫娱图书有限公司正式授权长江出版社，在中国大陆地区独家出版中文简体版本。未经书面同意，不得以任何形式转载和使用。

## 裂山海／流水 著

| | |
|---|---|
| 出　　版 | 长江出版社 |
| | （武汉市解放大道1863号　邮政编码：430010） |
| 选题策划 | 漫娱图书　颜　燕 |
| 市场发行 | 长江出版社发行部 |
| 网　　址 | http://www.cjpress.com.cn |
| 责任编辑 | 江　南 |
| 特约编辑 | 曹　静 |
| 总 策 划 | 罗晓琴 |
| 装帧设计 | 殷　悦　许　颖 |
| 印　　刷 | 恒美印务（广州）有限公司 |
| 版　　次 | 2021年11月第1版 |
| 印　　次 | 2021年11月第1次印刷 |

| | |
|---|---|
| 开　　本 | 880mm×1230mm　1／32 |
| 印　　张 | 9.25 |
| 字　　数 | 292千 |
| 书　　号 | ISBN 978-7-5492-7906-7 |
| 定　　价 | 42.80元 |

版权所有，翻版必究。如有质量问题，请联系本社退换。
电话：027-82926557(总编室)　027-82926806(市场营销部)